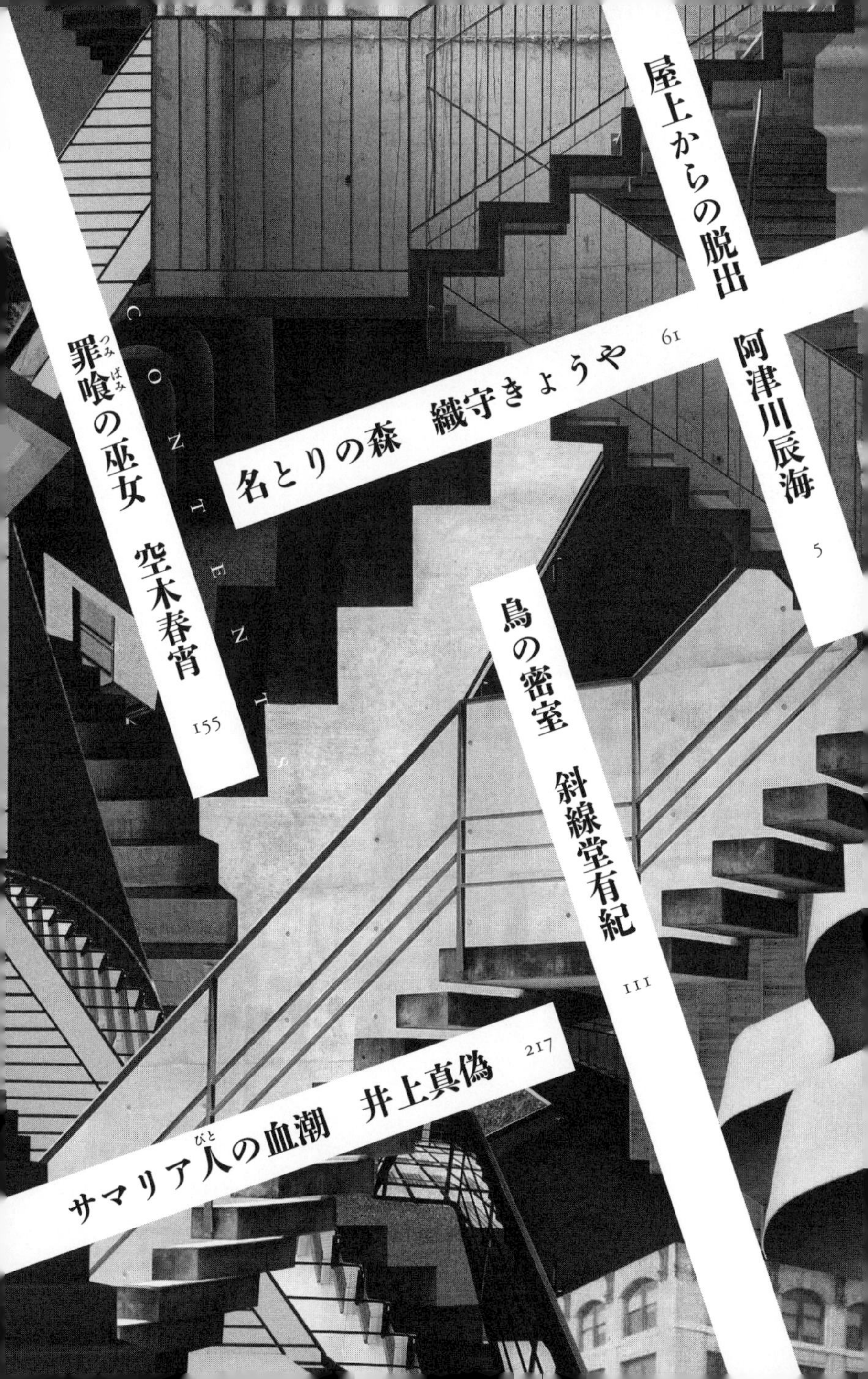

CONTENTS

脱出
ミステリー小説集
Mystery Stories
ESCAPE

屋上からの脱出

阿津川辰海

1

一ノ瀬《いちのせ》が会場に着くと、入り口のところで人が滞留していた。みんな華やかな服装で、顔には色とりどりの笑みがある。

会場は市内でも有名なホテルで、大きな結婚式場があるというのは一ノ瀬も知識として知っていた。一般の客なのか、スーツケースを転がしている男女が、いっこうにどこうとしない集団に迷惑そうな顔をしていた。

――今日ばかりは、自分たちが主役だという浮かれ気分だ。

一ノ瀬は苦笑しながら、滞留している人の群れを分け、受付へ向かった。

結婚式。

自分のものもまだだし、新型コロナでそういう式自体がめっきり減ったから、一ノ瀬にとっては、これが初めての結婚式である。

会場は準備中らしい。フロントやホールに溜《た》まった人々の顔を見渡すと、当然ながら中学の同級生ばかりではなさそうだ。新郎新婦の友人や、職場の同僚なんかが多いのだろう。

「イチじゃねえか」

突然、懐かしい呼び名で声をかけられた。振り返ると、黒いスーツを着た男がニヤニヤと笑っている。約十年ぶりの再会だったが、鋭い目つきに面影があった。

「おお、ハルか」

笑って、肩を叩《たた》き合う。

ハルというのは、天堂陽《てんどうはる》を縮めたあだ名である。中学時代の同級生で、よく一緒に遊んだ仲だ。馬鹿なこともたくさんやったし、初めて付き合った相手の名前もお互いに知っている。

「なかなか知り合いがいなくて、心細かったんだ」

「どうも、中学の友人は天文部だけみたいだぜ」

そうだったのか、と一ノ瀬は内心納得した。

「天文部のやつ、誰か見かけたか？」

「でもさ、思ってもみなかったよな。まさかあの二人が結婚するなんて……」

「ん？　ああ……」

ハルは釈然としないように言葉を濁した。

会場の準備が整ったというアナウンスと共に、滞留していた人々がぞろぞろと動き出した。ハルの表情の意味が気になったが、聞くタイミングを逃した。

会場に入ると、見知った顔が幾つもあった。いずれも、天文部のメンバーである。

遠藤《えんどう》マリ。

大村茜《おおむらあかね》。

権田悠三《ごんだゆうぞう》。

顧問の吉澤《よしざわ》先生。

同窓会の日、役所の当直の日にあたっていて、参加出来なかった一ノ瀬にとっては、まさにこの結婚式が同窓会なのであった。

友人代表として選ばれた彼女のスピーチを聞きながら、一ノ瀬は急速に記憶が蘇《よみがえ》ってくるのを感じた。

「……二人の馴《な》れ初《そ》めは、十年前に遡《さかのぼ》ります。二人は天文部で出会い、そして、十年前の十二月、ある事件に巻き込まれることになりました。それは二人にとってまさしく危機でしたが、同時に甘酸っぱい思い出、素敵な馴れ初めでもあったのです……」

彼女の口からその話を聞くまで、一ノ瀬はその「事件」を忘れていた。

天文部の関係者六人が、真冬の屋上に閉じ込められ、そこから脱出を試みる羽目になった事件……。

――そうか、二人は、あの時に……。

遅ればせながら、ハルの微妙な表情の意味が分かった。あの事件のことを覚えていれば、二人が結ばれることは不思議でもなんでもない――ということだったのだろう。一ノ瀬は、花で綺麗にデコレーションされたテーブルの向こうに座る新郎新婦の姿を見た。年齢差を感じさせない二人の佇《たたず》まいは、どこからどう見ても幸福そうに見えた。

「素敵な馴れ初め、ね……」

小さな声でハルは呟《つぶや》いた。

一ノ瀬は驚いて、隣のハルを見た。目を細めて、しかし、どこか苦虫を嚙《か》み潰したようでもあって、切なそうで、同時に諦めているような、なんとも言えない表情をしていた。

——もしかして、ハルは……。

一ノ瀬は、あの日の事件を思い出していた……。

2

十年前の十二月十四日。午後九時のこと。

土曜日であり、しかも夜の学校。普段なら絶対入れない校舎の中で、中学生の一ノ瀬やハルのテンションは最高潮に達していた。

「ひゃっほー、泊まり、泊まり！」

部室の机の上に置いたボストンバッグを、ハルは何度も手で叩いていた。ハルの顎《あご》のあたりでは、昨日の夜潰してしまったというニキビの痕《あと》が生々しい赤さを放っている。

「なんか遊ぶもの持ってきた、ハル？」

一ノ瀬は自分のリュックの上に顎を載せて、だらしない姿勢のまま聞いた。

「UNO持ってきた」

「俺はトランプ」

「3DS持ってくるって約束だったろ」

「やだよ。取られたらどうするんだ」

「吉澤先生優しいんだし、大丈夫だって」

ハルは親が厳しく、ゲームの類をなかなか買ってもらえない。だから3DSやWiiU、プレイステーション3なんかで遊ぶのは、一ノ瀬の家がほとんどだった。それでも、スマートフォンだけは買ってもらえたので、今は携帯で出来るゲームを開拓しているという。なるべく無料で出来るやつを。

　一ノ瀬とハルはこの時、中学二年生だった。ゲームや遊びの方が楽しくて、勉強なんてする気にはなかなかなれなかった。

「せ、先輩たち、そんなことして大丈夫なんですか？」

　坊主頭のゴンゾーが、ぶるっと身を震わせながら言った。ゴンゾーの名前は権田悠三で、頭と尻をくっつけて「ゴンゾー」と呼んでいる。坊主なのは、小学生時代に野球をやっていて剃《そ》ったらしく、以来そのスタイルで安定してしまったのだという。

「なんだよゴンゾー。そんなことというなら交ぜてやんねえぞ」

「ええっ、ひどい……」

　ハルはニヤニヤしていたが、カードゲームは人数が多い方が楽しい。一ノ瀬もハルも、ゴンゾーの気の弱さをからかっているだけで、彼を仲間外れにするつもりはなかった。

「あんたたちの馬鹿が伝染《うつ》るから、ゴンゾー君をいじめないで」

　部室に入って来たのは、遠藤マリだった。小さなスーツケースを引いている。

彼女は中学二年の同級生で、委員会では風紀委員に入り、鬼のような厳しさで校則違反を取り締まっている。一ノ瀬とハルは、彼女のことを「おっかない奴」とよく揶揄《やゆ》していた。

「人をウイルス扱いするなんて時代錯誤だ」

「ガキっぽいぞ」

「あんたらの方がよっぽどガキっぽいでしょ。大体、カードなんか持ってきてどうするの？　今日は一晩中天体観測なのに……」

「そこだよ」ハルは指を鳴らした。「一晩中だぜ？　いくらなんでも飽きるだろ」

「そうそう」一ノ瀬は同調した。「だから、俺たちはみんなのために持ってきたってわけ」

「ありがた迷惑もいいところよ。あんたたちがどうか知らないけど、私は星を見るのを楽しみにしてきているんだから」

同じ天文部とはいえ、入部動機は色々ある。一ノ瀬とハルは、明らかに天体望遠鏡弄《いじ》りに心惹かれたクチだった。この学校には屋上にＯＢＯＧ会から寄贈された天文台があり、天体ドームにおいて動く巨大な天体望遠鏡は、少年心をくすぐる大メカニックだった。ハルは情報部も兼部していて、そっちではホームページ作りや動画作りなどで遊んでいるようだ。

一方のマリは、明らかに星に惹かれているメンバーである。風紀委員というお堅い立場からは想像出来ないほど、マリはロマンチストで、夜間の天体観測時には無邪気に目を輝かせる。ゴンゾーもマリに近い動機だろう。「もう野球はこりごり」という消極的な動機もあったようだが。

ふふっ、という軽い笑い声が一ノ瀬の思考を断ち切った。

「君たちは、いつもそれだね。見ていて飽きないよ」

手にしていた文庫本をパタンと閉じ、微笑みかけたのは、三年生の大村茜である。

「あ、ごめんなさい茜先輩。うるさかったですよね」

茜はゆっくり首を振った。

「ううん、構わないよ。周りがどれだけ騒がしくても、本は読めるしね」

「すごいっすよね、その集中力。見習いたいっす」

一ノ瀬は言った。事実、本を読んでその内容を理解しながら、周りの会話にもついていけるのだから、一ノ瀬には羨ましかった。

茜は星座の物語に惹かれて、天文部に入部したという。小説も星が絡んでいるものが好きらしいから、スマートフォンの横にそっと置かれた『天地明察』という本も星が絡んだお話なのかもしれない。上と書いてあるが、上下巻の本など、一ノ瀬は読み通せる気がしない。

「茜先輩はどう思います？　カードなんていらないですよね？」

マリは勢い込んで聞いた。

茜はくすくすと笑って言った。

「これが、ゲーム機なら私も反対するんだけどね。ほら、ゲーム機の明かりで、星が見えづらくなるでしょう？　だけど、カードくらいならあってもいいかもね」

「そんなあ」

「よっしゃ」

ハルが大げさに喜んでみせる。

「夜を過ごすといっても、寝袋ではどうしても、眠りが浅くなるしね。退屈しのぎにはちょうどいいかも」

「寝袋で寝るの、俺、初めてです。天体観測の時は、携帯も使えないっていうし……」

ゴンゾーが不安そうに言った。彼は今年が初めての天文部での宿泊行事だから、不安が多いのだろう。

「大丈夫だって。一晩くらいなら、むしろせいせいするよ」

マリがさばさばした調子で言った。

「ママからの電話が来るかもって思わなくて済むし、友達からのメッセージにも返信しなくていいし。それに、この部室には鍵をかけておくから、盗《と》られる心配もない」

二〇一三年当時ということを考えれば、マリの携帯疲れはかなり早いようにも思えるが、二〇一一年にはLINEもサービスを開始していたし、携帯に振り回されているように感じるというのは、当時からの一ノ瀬の本音でもあった。まだ「デジタルデトックス」という言葉が定着する前だが、あの天文部合宿は、そういう役割を果たしていたのだろう。現に、まだ天体観測前なのに、一ノ瀬、ハル、マリは、もうカバンの中に携帯を仕舞い込んで、顧みることもなかった。

「だったら、いいですけど」

ゴンゾーはそれ以上言い返すこともなく、携帯をカバンに仕舞った。

「でも、いくら合宿とはいえ、男どもと相部屋っていうのはなあ」

マリが言うと、「なんだとお」とハルが鼻息を荒くした。

「お前なんて、誰も女として見てないっつーの」

「あ、ひどい！　先輩、男子連中がひどいんですけど」

「まあまあ、あんまりケンカしないで」

「先輩は彼氏とかいないんですか？　いたら、こんな合宿なんて心配なんじゃ」

ふふ、と茜先輩が笑った。

「いないよ。いたとしても、別に心配するようなことじゃないし」

「えー、でも道田《みちだ》先輩が、茜先輩のこと気になってるって、もっぱらの噂《うわさ》ですよ」

「どこの噂なの、それ……」

茜先輩は初めて、困ったような笑いを浮かべた。

道田先輩というのは、野球部の元部長でエースだった。今はもう引退しているが、いわゆるイケメンだし、女子の間でも人気が高い。道田先輩と茜先輩ならお似合いかもしれないと、一ノ瀬は思った。

「ここ、ちょっと暑くないですか。少し窓を開けても……」

ゴンゾーは部室の窓に触れようとした。

「おっと、それはやめてくれよ、権田。俺が怒られることになるから」

部室の扉を開けて入ってきたのは、吉澤先生だった。

「あっ、はい……」

ゴンゾーがまたしゅんとしてしまう。

「みんな揃《そろ》っているな」

吉澤先生が部室を見渡した。三十代後半くらいの地学教師で、生徒に優しいし、テストも易しいので人気が高い。

「今夜の星は綺麗だぞ。ふたご座流星群もよく見えそうだ」

十二月十四日の土曜日。天文部のメンバーは、ふたご座流星群が極大になる日に合わせて合宿を組んだ。十四日から十五日にかけての「一泊二日」だ。

「昨日も見えたけど、今日はもっとくっきり見えそうだね」

茜先輩が言った。

「そういえば、昨日天文部のグループLINEにマリが貼った写真、可愛かったな。流星群が楽しみって、空の写真を撮ってたけど、全然映ってなくて——」

マリが顔をサッと紅潮《こうちょう》させた。

「せ、先輩、その話はもういいですから」

普段の、風紀委員としてのマリからは想像もつかない姿だった。しかし、笑いはしなかった。今日が楽しみな気持ちは一ノ瀬も同じだったからだ。

「みんなも屋上に上がって、ちょっと見に来ないか?」

「いいですね。寒さの感じも見ておきたいし」

一ノ瀬たちは、その場に荷物を置いて、ひとまず屋上へ下見に行くことにした。吉澤先生、茜

先輩、ハル、マリの順に部屋を出ていく。一ノ瀬とゴンゾーも後に続こうとしたが、

「あれ、ゴンゾー。上着着なくていいのか？」

一ノ瀬は部室の隅に置かれたコート掛けを指さした。ゴンゾーがよく着ている、黒のダウンが掛かったままだった。

「この部屋、暑くて。ちょっと汗かいてますから……」

「そっか。まあ、戻ってくるから後でもいいかもしれないけど……」

その時、ピコン、という音が鳴った。ＬＩＮＥの聞き慣れた通知音である。

「あっ、俺かもしれません。ちょっと見てきます。先に上がっててください」

ゴンゾーはそう言って、部室の中に戻っていった。

ゴンゾーはこの行事に初参加だ。冬の屋上の寒さがいかに厳しいかも知らない。いくら戻ってくるとはいえ、ダウンなしではこたえるはずだ。

だが、それも全部経験だと思って、一ノ瀬は内心ニヤニヤしながら黙っていた。

一ノ瀬は、この時のことを後で悔やむことになる。

3

屋上への階段を上がると、屋上へ続く引き戸の前に、掃除用具入れと簡単な棚がある。棚には鍵がかかっていて、そこに天体望遠鏡や三脚などが仕舞われていた。いちいち部室から抱えて持

ってくるのは大変なので、ここに置かせてもらっている。掃除用具入れは扉のロックのところが馬鹿になっていて、きっちりと閉まらない。今日も半開きの状態だった。

本格的な天体観測は後だが、一応天体望遠鏡をかついで外に出る。

出た瞬間、びゅうっと強い風が吹き抜ける。自然にぶるりと体が震えた。出かける前に見た天気予報では、今日の夜の気温が一度、明日の朝にはマイナス二度になるところもあるとのことだった。

「ひゃー、寒い寒い！」

面白いくらいにぶるぶる震えているハルは、それでもジャンパーを羽織っている。

「いくら寒くても、あんたらは大丈夫でしょ」

「何？」

「馬鹿は風邪引かないんだし」

「なんだとぉ」

ハルとマリがいつものようにケンカを始めたので、一ノ瀬は苦笑する。

しかし――。

一ノ瀬は空を見上げた。

ほう、と自分の口から白いため息が出たのが見える。

夜空は絶景だった。

雲一つない黒い天幕に、きらきらと白や赤っぽい星がちりばめられている。冬の冴え冴えとした空気のせいか、見通しやすい空だった。これなら流星群もよく見えるだろう。絶好の天体観測日和だ。

普段は天体望遠鏡のメカニズムにしか興味のない一ノ瀬をも、圧倒するような夜空だった。

「いいものでしょう」

ふと視線を戻すと、吉澤先生が微笑を浮かべて一ノ瀬を見ていた。どこか誇らしげな表情である。

「楽しみになってきました」

吉澤先生が頷《うなず》いた。

「あれ、茜先輩は？」

あとから上がってきたゴンゾーが、間抜け面で聞いた。ハクション、とさっそく特大のくしゃみをぶちかましている。

「もうすぐ来るよ」

「もうすぐって、どうして――」

ゴンゾーが食い下がるので、マリは顔をしかめた。

「トイレだよ」

ゴンゾーの後ろから現れた茜先輩が、ガラガラと音を立てて、階段室に繋《つな》がる引き戸を閉めた。

「あっ、はい……」

ゴンゾーは耳まで赤くして俯《うつむ》いた。

「ゴンゾーってデリカシーないよね」

マリがいなすように言う。ゴンゾーはますます姿勢を低くして、平身低頭していた。茜先輩はクスクスと笑いながら、ゴンゾーを見つめていた。

部員たちと先生六名が揃ったので、屋上からさらに外階段を上り、天文台へ向かう。天体ドームは既に動いていた。ドームが動くと、半球の一部の壁が動いて、スリットのように開く。夜空が覗く、そのスリットの部分に天体望遠鏡の向きを合わせ、天体観測をするのだ。

そして、壁が開いて外が見えるということは——ドームの中は、室内とはいえ、外同然の寒さなのだ。

ドームの床のフローリングが、やけに冷え冷えとして感じられる。部屋の隅に石油ストーブがあり、茶色の毛布も六枚、重ねられていた。

合宿中、深夜はここや屋上で天体観測を行うが、さすがにここで寝ては風邪を引く。寝袋を使って眠るのは、部室の床である。

「今日は一段と寒いなあ、ここ」

マリが不満そうに言った。

「カイロあげようか」

茜先輩がコートのポケットからカイロを出した。

「下に行けば、カバンの中にたくさんあるよ」

「ぜひ分けてください！　去年もやったのに、うっかり忘れちゃいました……」

マリは残念そうに俯いた。

「しかし、天候に恵まれて良かったですよ。先週までは雨の予報もついていたので、どうなることかと」

吉澤先生が穏やかな声で言った。

「これも私の日ごろの行いのおかげですね」

マリが言うと、「じゃかあしいわ」とハルがツッコんだ。マリは吉澤先生の前でだけ、ああいう冗談を言う。一ノ瀬やハルにもあんな感じで接してくれれば、あんまり怖がらなくても済むのだが。

「じゃあ、下に戻ろうか。今度は道具を全部揃えて戻ってこよう」

吉澤先生はそう言い、天文台から下りた。一ノ瀬たちも後に続く。

先頭の吉澤先生が、階段室に続く引き戸に手をかける。

異変はその時、起きた。

「……あれ?」

吉澤先生がぼそっと呟いた。

彼は何度も戸を引く動作を繰り返す。そのたびに、ガタッ、ガタッ、という音がするが、扉は開かない。

「先生、どうかしたんですか」

「いや、何かが引っかかっているみたいで、開かないんだよ」

一ノ瀬は背中に氷を当てられたような感じがした。

「先生、代わってください」

ハルが言って、扉を摑《つか》んだ。ぐっと体重をかけて引っ張るが、扉は開かなかった。

「おい、イチ、手を貸せ」

言われるまま動いた。一緒に引っ張っても同じだ。ゴンゾーや先生の手を借りても、同じことだった。サッシは少し緩く、押すと、戸と戸の間にわずかに隙間が出来るが、指一本通すことさえ出来ない。

——どういうことだ?

引き戸は磨《す》りガラスになっていて、向こうの様子はうっすらとしか見えない。しかし、ガラス戸の向こうには、斜めに細い棒のような影が見える。

「何か引っかかっているみたいね」

茜先輩が言った。

「でもこれ、なんでしょう」

「箒《ほうき》じゃないか」

吉澤先生が言った。彼は影の下の方を指さしている。

言われてみれば、確かに箒に見える。一番下の部分には、横向きの影が一つある。影の全体はTをひっくり返して、縦線を少し傾けたような形だ。横棒にあたるのが、箒の掃く部分ということになる。

「倒れてきたのかも」

ゴンゾーが早口で言った。

「倒れてきたって、あの掃除用具入れから？」

マリが厳しい口調で言った。

「あり得るんじゃないか」一ノ瀬はフォローするつもりで言った。「あの用具入れ、鍵が締まらないじゃないか。ずっと半開きになってる」

「だから、倒れて、戸の内側に引っかかったっての？」

「外せないのか、これ」

ハルがガラス戸を蹴って、箒を外から揺らそうとする。だが、ガッチリ嵌《は》まっているのか、影に変化はなかった。

一ノ瀬は焦り始めた。まさか、このまま学校の中に戻れないのではないだろうか？　引き戸にものが引っかかる、というこれ以上ないほど日常的なトラブルが、どうしようもなく心を不安にさせた。

不安のせいか、体がますます冷えてくるように感じた。

校内に戻る道はただ一つ。この引き戸のみだ。他に道はなく、この屋上は地上から約十五メートルの高さにある。飛び降りることも出来ない。

このまま夜を越さなければいけなくなったとすれば、一体、どうすればいいのだろう？

屋上にはフェンスがあるだけで、外とは繋がっているし、上には星空が広がっている。こんなにも開けている場所であるにもかかわらず――。

今この時をもって、一ノ瀬たちはこの屋上に、完全に「閉じ込められた」のだった。

4

「状況を整理しよう」

吉澤先生の指示で、一ノ瀬たちは天文台に上っていた。ドームを閉じて、ストーブの周りに集まり、少しでも暖を取ろうとする。

「まず、携帯を持ってきている人はいないか。それで連絡が取れれば、誰か助けを呼べるんだが……」

この問いには、全員が首を横に振った。天体観測の本番は後だ、と分かっていたけれど、全員、合宿時の習慣で部室に置いてきてしまっていた。

一ノ瀬は、ふと思いついて聞いた。

「ゴンゾーは？」

「え？」

「携帯。出る直前に、見に行っていただろ？」

彼はぶるっと体を震わせ、またくしゃみをした。

「ま、まさか！　持ってきませんよ！」

彼は大げさな身振りで否定した。

「困ったね」吉澤先生は唸《うな》った。「確かに夜空の観測には不要だけど、持ってきてくれていれば、万事解決だった。じゃあ次の方法は……」

「誰か、助けにきてくれる人はいないんですか。校内に誰か……先生とか」

ハルの問いに、吉澤先生は首を振った。

「今日は土曜日で、いつもなら休日にちょっとした仕事を片付けにくる先生もいるけど、全然いなかったね。こんな時間に部活動をしているのは私たちだけだし……あとは、宿直の警備員さんが一人いるくらいだ」

警備員を含めても、七人。この広い校内に、それだけの人数しかいないのだと思うと、途端に心細くなった。

「警備員さんを呼ぶ方法はありませんか？」

「ないね。ここには、内線電話の類もないから……」

天文台には内線電話がない。ＯＢＯＧの寄付によって、あとから作られたところだから、電話を引いていないそうだ。階段室まで戻れば内線電話があるが、それも引き戸が開かないのでは意味がない。

偶然、箒が倒れてきただけ――。

原因はほんのくだらないことなのに、見事に八方塞がりで、危機的な状況だった。朝方に向けて、どんどん気温は下がっていく。ホームレスは冬の夜に凍死する危険が高く、行き倒れとなる人（行旅死亡人）も多いというが、その危機が彼らにも迫っていた。一応、雨風をしのげるドームと、ストーブ・毛布はあるのだが、さっきまで全開にされていたドームの中は凍えるほど寒かった。

どうにか、この屋上から脱出する方法はないか。

「引き戸を思い切って壊しちゃうのは？」

マリが言うと、ハルが首を振った。

「さっき蹴って試したが、全然ダメだ。びくともしない」

「危ないからやめてくれ」吉澤先生が言った。「それに、あんまり屋上の風が強くて、強度に不安があるからと、強化ガラスにしたと聞いたことがある」

「だったら、何かで殴りつけても難しいかもしれませんね」

マリが引き下がった。

「じゃ、じゃあ、大声で助けを呼ぶのは？　俺、大声には自信があるし……」

やたらとそわそわしながら、ゴンゾーが言った。野球の経験が言わせるのかもしれない。

しかし、そちらも望み薄だった。宿直室は一階で、大声でもなかなか届かないだろう。五階を見回りしている時に叫べば、あるいは聞こえるかもしれないが、警備員の巡回ルートやタイミングは分からない。

学校の近くには人家が少なく、裏手には神社、周辺は小学校の敷地で、その向こうにようやくマンションがある。

「声じゃあ、あそこの住民には届かないかも。通行人に期待するしかないけど……」

「ずっと外にいて機会を窺うのは、かなり体力を使うわね」

茜先輩がため息をついた。元々低血圧気味の彼女の顔は、ますます白くなっていた。

「無理だよ。これじゃあ——どうやっても助けを呼べない」

「じゃあ！　どうするっていうの！」

マリが突然怒鳴った。一ノ瀬の体がピクッと跳ねた。それを見たマリは、ハッとして口元を押さえ、目を逸《そ》らした。

「ご、ごめん……でも、どうしていいか分からなくて」

「大丈夫よ、遠藤さん。こんな状況で不安なのはみんな一緒だから」

茜先輩はそっとマリの手を取り、なだめるように言った。

普段からは想像もつかないマリの姿に、一ノ瀬の心臓はまだ暴れていた。マリに怒られたことは何度もあったが、今のが一番こたえた。

「……あの、みんなが持っているものと、ここにあるものを集めてみませんか。何か使えるものがあるかもしれません」

一ノ瀬が言うと、全員がポケットの中身を取り出したり、天文台の中を調べたりした。

すると、物品のリストはこんな感じになった。持ち物の下に書いてあるのは、持っていた人の名前だ。天文台の備品には、「天文台」と表記した。

○カイロ（貼るタイプ）　茜先輩
○ポケットティッシュ　ハル
○ボールペン（赤）　マリ
○ハンカチ　全員
○ハサミ　ゴンゾー
○チョコレート、飴　数個　マリ
○財布（ICカード、紙幣など）　吉澤先生
○名刺入れ（ステンレス製）　吉澤先生
○天体望遠鏡　三台　天文台
○天体望遠鏡のケース　三つ　天文台
○懐中電灯　一つ　天文台
○養生テープ　一つ　天文台
○毛布　六枚　天文台

毛布は合宿に備えてあらかじめ持ち込んでおいたので、人数分ある。九死に一生を得たという感じだ。

「役に立たないものばっかりじゃないか」
「イチ、お前にはそう見えるのか？」

ハルはニヤリと不敵に笑いながら言った。

「だってそうだろ。ロープでもあれば、屋上から下りられたかもしれないけど……」

「頭を使えば、意外となんとかなるかもしれないぜ」

ハルは意気揚々と言った。彼は一ノ瀬と遊ぶボードゲームの中でも、思わぬ知恵を発揮するところがある。学校の成績は悪いが、いわゆる地頭が良いというやつで、頭が柔らかいのだろう。

天文台にいるメンバーは、一様に不安な顔つきだった。ゴンゾーはさっきから鼻水が止まらず、どんどん具合が悪くなっていく。マリも落ち着きがなく、さっき怒鳴ったことでバツが悪そうにもしている。茜先輩は落ち着いているように見えるが、どんどん肌が青白くなっているのが分かった。吉澤先生は責任を感じているのか、せわしなげに貧乏ゆすりをしている。

「イチ、見てろ。俺はここにあるアイテムだけで、この密室からみんなを救い出してみせるぜ」

5

「ちょっと、外の様子を見てきていいですか。近くに誰か歩いているかもしれない」

ハルは立ち上がった。一ノ瀬を見ると、「イチも来いよ」と言う。

吉澤先生が許可したので、一ノ瀬たち二人は外へ出た。

風が吹きすさんでいて、体にこたえる。ジャンパーの襟を立てた。

「なあ、なんか策があるのか？」

「それをこれから考えるんだろ」

ハルはぶっきらぼうに言いながら、カン、カンと足音を立てて外階段を下りていく。

二人は階段室へ続く引き戸の前に戻ってきた。試みに引いてみるが、やはり開かない。

「どうにもならないか」

ハルは言いながら、その場にしゃがみ込んだ。糸屑《いとくず》のようなものを拾っている。彼は手の中で拾ったものを弄《もてあそ》びながら、「なるほどなあ」と呟いた。

「何がだ」

「いや、こっちの話だ。とにかく、こっから出る方法が最優先だ」

ハルは糸屑をぽいっと捨ててから、屋上の隅の方へ歩いた。

風の冷たさに耐えながら周囲の景色を見渡す。神社や小学校の方は真っ暗で、まるで闇に包まれているみたいだった。

遠くに、人家の明かりがようやく見える。

「あそこにある家も、今日は流星群を見上げているのかな」

「お、イチ、なんか詩的だな」

「茶化すなよ」

一ノ瀬はムッと唇を尖《とが》らせた。

「しかし、その可能性に賭けるのもありかもな」

ハルはそう言いながら、フェンスの網を摑み、人家の明かりを見据えた。

天文台に戻ると、ハルは「旗を作りましょう」と言った。

「旗？　でも、ここには材料なんて……」

吉澤先生が困惑していると、ハルは毛布と養生テープを持ってきた。

彼はテープをビッと千切ると、毛布に貼り始める。毛布の毛羽立った表面には強く粘着しないが、ひとまずくっついている。

彼はテキパキとテープを千切り、毛布の表面に角ばった「Ｓ」の字を描き出した。

そこまで作業が進むと、ボーッと見ていた面々も、ようやく意図を理解し始めた。「俺、テープを切る役やります」とゴンゾーが申し出たのを皮切りに、それぞれ作業を手伝った。

「出来た」

毛布の表面には、カクカクした書体で「ＳＯＳ」の文字が描かれた。茶色の表面に半透明のテープが貼られているので、それなりに目立つ。天体観測のために、屋上の照明は落としてしまっており、階段室に行かないと操作出来ない。だから、懐中電灯を点《つ》け、旗を照らすことにした。

懐中電灯の光でモールス信号を打ち、ＳＯＳを求める案もあったが、誰もやり方を知らなかったし、受け取り手にも知識がないと意味がないので、却下となった。

「他に何か書いておかなくていいのか？　天文部とか、学校名と屋上とか」

「いや、これでいいんだ。この即席旗を、人家に向けて掲げる。そうすると——」

一ノ瀬はあっと声を上げた。

「今日は流星群を見ている人も多いはずだ！　空を見上げたなら、このメッセージに気付いてくれる！」

「そういうことだ」

ハルが自信に溢《あふ》れた笑みで頷いた。

「早く掲げてみましょう」

茜先輩に促され、男性四人で旗と懐中電灯の設置に向かうことになった。

「待って」

茜先輩がゴンゾーを呼び止め、自分のコートを脱いで、ゴンゾーに羽織らせた。

「先輩、何を――」

「私はストーブの傍《そば》にいるから暖かいし……上着なしじゃ、風邪を引いてしまうわ。さっきからくしゃみも止まっていないじゃない」

ゴンゾーは見開いた目を、ぱちぱちと瞬《しばたた》いてから、自分の手や鼻の周りをハンカチで入念に拭いた。そうしてから、コートに初めて手を触れ、コートの前をかきあわせた。ゴンゾーは体格が良いので、ボタンは留められなさそうだが、防寒の足しにはなるだろう。

人家の方を向いたフェンスまで戻ってきたが、次の問題に気付く。

「おい、この旗と懐中電灯、どうやって固定するんだ？」

「便利な道具はない。このまま持っているしかないだろう」

それもそうか、と思った。

三人が旗を持つ担当、一人が懐中電灯を持つ担当になった。電灯の光はやはり小さく、これで下から見えるのかどうか、心もとない。だが、やるしかなかった。

十分ほど四人で旗を持つうちに、ごっそりと体力を奪われた。寒さもさることながら、旗を広げていると、旗が船の帆のようになって風を受けるので、かなり踏ん張っていないと飛ばされそうになる。この作戦に効果があるのだろうか、今頃、あそこにある人家では警察に通報してくれているのだろうか——と不安に思いながらこの寒空の中過ごすのが、何よりもしんどかった。

「ハル、これじゃ耐えられない！　どこかに固定しよう！」

「私も一ノ瀬君に賛成だ」懐中電灯を持っている吉澤先生が言う。「天堂君、旗も懐中電灯も、養生テープでフェンスに固定しよう。強度は足りないかもしれないが……」

ハルは渋々といった様子で頷き、養生テープでフェンスに旗を固定しようとした。吉澤先生も、懐中電灯を足元に置き、作業を手伝った。四人で分担して、四隅をフェンスに固定する。

「ヘァックショイ！」

その瞬間、ゴンゾーのくしゃみが炸裂した。

フェンスがガシャン、と音を立てて揺れる。ゴンゾーが手を離し、同時に風がびゅうっと強く吹きすさんだ。旗がマストのように風を受けて膨らむ。

「あっ——」

旗が一ノ瀬の手から滑り落ちた。そこから先は早かった。ハルと吉澤先生だけが踏ん張ったが、旗は風を受けて夜の闇に消えてしまう。

「ああ……」
　こうして旗作戦は失敗した。
　得られたもの——不明。
　喪《うしな》ったもの——毛布一枚、五メートルほどのテープ。

　ゴンゾーは「引き戸が開かないかもう一度見てくる」と言って、階段室の方へ向かった。自分の失敗が恥ずかしいのだろうと思い、一ノ瀬たちは一人にしてあげることにした。吉澤先生は、ちょっと心配そうだった。

　天文台に戻ると、マリと茜先輩がストーブの傍で何やら作業をしていた。

　一ノ瀬たちの姿を認めると、マリの顔がパッと明るくなった。

「どうだった？」

　一ノ瀬が首を振ると、すぐにその表情は曇った。

「誰かが気付いてくれたかどうかも分からないし、毛布も一枚持っていかれた。最悪だよ」

「そう……」

　ゴンゾーが戻ってきた。なんだかひどく青ざめた顔をしている。

「どうだった、扉？」

　一ノ瀬は何気ない風を装って聞くが、ゴンゾーは黙って首を振るばかりだ。よほど、自分の失敗がショックなのだろう。

「マリたちは何をしていたんだ？」

ハルが問うと、マリは手元の小さな紙をハルに差し出した。トランプくらいのサイズの紙だ。

「これ。バラ撒《ま》いたら、誰か気付いてくれないかなって」

ハルの手元を覗き込むと、それは吉澤先生の名刺だった。名刺の裏面の白い部分に、赤ボールペンで「ＳＯＳ」と書かれている。名刺は複数枚あって、自分たちの事情を細かく書き込んだものもあった。

「なるほどね。旗よりも情報は多く書けるってわけか」

一ノ瀬が言うと、茜先輩が「そうね」と頷いた。

「ただ、これを外に落としたところで、誰かが拾って、信じてくれないと意味がない。一ノ瀬君たちは、十分くらい外にいたわよね。人通りはどうだった？」

一ノ瀬は首を横に振った。

「全然ダメです。真夜中だから通りかかる人も見えませんでしたし、近くには何もないですから、車が通るくらいで、名刺は拾ってくれないかも」

「そうだな。それに、先生としてはこの手を使うのは避けたい」

「どうしてですか、吉澤先生」

マリが問う。

「うん。この手で助かったとしても、名刺を全て回収出来るとは限らないだろう。そうすると、名刺が明日とか、一週間後とか、関係のない日に見つかって騒ぎになるかもしれない。学校側としては、それは避けたいってことだ」

「で、でも先生、今困っているのは私たちで……！」

マリはまたカッとなったが、下唇をギュッと噛んで黙り込んだ。

マリの焦りも分かるが、先生の理屈も理解出来た。さっき旗を持って外に立っている時に分かった——すぐに効果が出ない仕掛けは、こっちの体力も奪ってくる。

「じゃあ、この手も使えないか」

ハルはカイロを手に持っていた。

「幸いハサミがあります。カイロの中を切り裂いて、酸化鉄の粒子を取り出せば、酸化反応の熱をそのまま毛布に与えることが出来る。上手くいけば——」

「燃える、というんだね。でも、それも出来れば避けてほしい。今日は風が強い。近隣の人家や、神社の森なんかに火が燃え移ったら大変だ」

一ノ瀬たちは確かに危機的な状況にあった。しかし、それは日常的な危機だった。そしてそういう危機であるがゆえに、採れる手段もおのずと限られてくるのであった。

外に出ると、フッと人家の明かりが消えるのが見えた。

もう、午前零時を回ったのだろうか。

これからどんどん、自分たちに気付いてくれる人は少なくなっていくだろう——それが、一ノ瀬の焦燥をより煽《あお》り立てた。

6

まさに八方塞がりだった。

「何かねえのかよ」ハルが頭を掻《か》きむしった。「すぐに誰かが駆けつけてくれて、周囲への影響も小さい方法……」

ハルは体を冷やさないようにするためか、天文台の中をぐるぐると歩き回っていた。

「ハル、それやめて！」

毛布にくるまったマリから鋭い声が飛ぶ。元から怒りっぽい方ではあるが、この状況下でますますひどくなっていた。

「仕方ねえだろ。毛布が一枚足りないんだから……」

ハルはぶすっとした顔で言った。

ハルは「自分の失敗だから」と、毛布の使用を自分から辞退した。吉澤先生が「そんなわけにはいかない」と止めて、二人は三十分ずつ交代で使うことになっていた。だからなおさら、体を動かして温めているのだろう。

「それは……分かっているけど……」

マリはまたバツが悪そうな顔をして目を伏せた。

「天堂君、やっぱり毛布は君が……」

そう言う吉澤先生の唇も青っぽくなっている。今日の寒さはそれほど身体にこたえた。

「そういうわけにはいきませんから」

ハルはやんわりと断るが、彼自身、小刻みに身体が震えている。

――ダメだ。このまま一晩過ごすのは、あまりにもまずい。

まだ誰も言い出さないから黙っていたが、一ノ瀬は尿意を感じていた。女子二人の前で言うのも気が引けた。ペットボトルの備蓄でもあれば、ハサミがあるのだから、簡易トイレが作れたのだが、それもかなわない。

「ハル先輩、せめて、俺の毛布を……」

ゴンゾーが立ち上がり、自分がくるまっていた毛布を渡そうとする。しかし――。

彼はそのまま、床に横ざまに倒れた。

「ゴンゾー⁉」

茜先輩が真っ先にゴンゾーに駆け寄った。

一ノ瀬も近づいて、ゴンゾーの体に触れると、ゾッとするほど熱くなっていた。額に触れるとなおさらよく分かる。呼吸は浅く、あえぐように肩を動かしていた。苦しそうな息だった。咳《せき》が止まらず、その咳が体全体を使ってするような大きなものなので、これでは体力を消耗するだろうと一ノ瀬は思った。

「ゴンゾー、熱があるじゃないか！」

ハルが叫んだ。

「だ、大丈夫ですから、先輩……」

「大丈夫なもんか、お前、なんでこんなになるまで――」

「まずいな」

吉澤先生の顔が蒼白になっていた。

「親御さんからは気を付けるように言われていたんだが……クソッ、私のせいだ……」

「吉澤先生、何か知っているんですか？」

一ノ瀬が問うと、先生の表情が曇った。

「……これは本人からも言わないように頼まれていたんだが……」

ゴンゾーは小さく頷いた。

「先生……みんなになら、いいですから。言わない方が、心配かけます」

「分かった」先生は、決意を受け取った、というように深く頷いた。「あのな、みんな――ゴンゾーが野球をやめたのは、病気をしたからなんだ。病名はプライバシーに関わるから、言わないことにするが……肺に関わるもので、ともかく、再発が怖い病気なんだ」

「だからスポーツはやめて、天文部だったのか」

ゴンゾーは目だけで頷いた。

一ノ瀬は部室でのことを深く悔いていた。

――俺のせいだ。

ゴンゾーの病気のことを知っていたら、絶対に、あそこでダウンを着るように言ったのに。自分が意地悪せず、あそこでちゃんと教えてやっていれば、こんなにひどくはならなかったのではないか。

思えば、茜先輩がコートを貸したのは、ゴンゾーの態度に何か感じるものがあったからなのかもしれない。一ノ瀬は自分が不甲斐《ふがい》なく、情けなくなった。

突然、ハルはパッと駆け出して、天体望遠鏡のケースにかじりついた。

「ハル！　お前、何をこんな時に――」

一ノ瀬は叫んだ。こんな非常事態に、天体観測どころではあるまい。

「吉澤先生！　どれですか、どの天体望遠鏡が壊れているんですか？　教えてください」

「え――？」

先生はハルの気迫に押されるままに、三つの天体望遠鏡のうちの一つを指さした。

ハルはその一つを取り上げてから、すべての望遠鏡のケースを剝《む》いた。それぞれの肩掛けストラップの部分を、何度かピンと引っ張った。

一ノ瀬はハッとした。

「ハル、いくらなんでもそれは危険すぎる」

ストラップを結び合わせて、ハーネス代わりにしようというのだろう。ハサミもあるから、ケースから切り取って結び合わせるつもりかもしれない。しかし、ストラップを三つ合わせても、せいぜい五、六メートルくらいにしかならない。それに強度にも不安がある――。

「イチ、お前はいつも短絡的だな」

ハルは一瞬、一ノ瀬にだけ自信に溢れた笑みを覗かせた。しかし、すぐに引き締まった顔つきになると、吉澤先生に向き直った。

「先生、お願いがあります」

「なんだ」

「ゴンゾーを助けたいんです。明日の朝を待っていたら、もっと悪くなるかもしれない。何より、目の前のゴンゾーを見ていられません」

「私もその点は同じ気持ちだ。だが、名刺や火では……」

「あの二つの方法がダメなのは、今日以降に大きな影響を残す可能性があるから、ですよね――だったら、今日だけ、今日のこの時だけ、騒ぎになってしまってもいいですか。それだけで済むんです。影響がまるでないとは言いません。だけど、これしか僕には思いつきませんでした」

そうして、ハルは語り始めた。

吉澤先生の目が次第に見開かれていく。

「乗った」

先生がそう言った時、ハルの目が輝いた。

一ノ瀬、ハル、吉澤先生の三人で外に出ることにした。

振り返ると、マリは両手を組み合わせて、祈るようなポーズをとっていた。

茜先輩は毛布の上に寝そべったゴンゾーの傍にいて、励ますようにその手を握っていた。

「先輩ごめんなさい、俺……」

った。

「いいんだよ、ゴンゾー君」

その時、ゴンゾーが何か茜先輩に言っていたが、うわごとのようで、内容までは聞き取れなかった。

人家の明かりが消えたためか、夜は墨汁をまぶしたように一層暗くなり、夜気はますます体の芯を震わせてくる。

「先生、この壊れた天体望遠鏡……元々はいくらくらいなんですか」

ハルは全長四十センチの天体望遠鏡を、赤ちゃんでも抱くように持っていた。

「まあ……十万円しないくらいかな」

「ひぇ。聞くんじゃなかったです」

先生は苦笑した。

「仕方がない。その天体望遠鏡は壊れていて、買い替えが必要だったのは確かだし……同じくらいの重さがあって、天堂君の計画に使えそうな道具は、他になかった」

「先生が味方っていうだけで、心強いですよ」

ハルが少し青ざめた顔で強張《こわば》った笑みを浮かべる。冬の寒さは、ハルの体力も蝕《むしば》んでいた。

ハルは得物《えもの》を取り出した。

それはケースの肩掛けストラップを三つ結び合わせ、先端のケース部分に壊れた天体望遠鏡を仕舞った代物だった。

吉澤先生がストラップの先を手に巻きつけ、しっかりと握り込んだ。

「私の準備はいいぞ」

一ノ瀬とハルはしっかりと見つめ合ってから、頷いた。彼らの手には、天体望遠鏡の入ったケースが抱えられている。

「それじゃあ、行きますよ！」

せーのっ、というハルの掛け声で、一ノ瀬とハルは同時にケースを空に投げ上げた。

宙に飛んだケースは、ストラップがピンと張り、フェンスに引っ掛かると、フェンスに接した部分を支点に、半月状の軌道を描いた。

つまり即席の振り子である。

ストラップの結び目が外れたり、ケースの中身が飛び出ることもなかった。

——ここまでは成功、あとは計算通りになることを祈るのみ……。

次の瞬間。

ガシャン、と階下で音がした。

同時に、ビービービーと、けたたましい警報音が鳴り響いた。セキュリティ会社の警報音である。

部室で先生は言っていた。ゴンゾーが「暑いから」と窓を開けようとした時のことだ。

——おっと、それはやめてくれよ、権田。俺が怒られることになるから。

ハルは、あの発言に注目した。つまり、夜間は警報システムが作動していて、窓が開いたり、割れたりすると、警報が鳴るのではないかと思ったのだ。だから、ゴンゾーが窓に触れるのを止めたのではないか、と。

もちろん、警報システムを鳴らすというのは大ごとだ。セキュリティ会社の人が急ぎやってくることになってしまう。だけど、会社の人よりも前に、異常事態の報を受け、真っ先に駆け付ける人がいる——。

耳を澄ませていると、警報音の向こうで、バタバタという足音が聞こえてきた。次いで、階下の教室の鍵を開け、扉を開ける音——。

一ノ瀬は夜気をいっぱい胸に吸い込んだ。そして、ハルと先生と声を合わせ、叫んだ。

割れた窓から階下の警備員に聞こえるように。

7

十年前の十二月十四日——。

今から思えば、懐かしい日々の記憶である。日常と隣り合わせの、地味な危機でありながら、それでも一ノ瀬たちにとっては真に迫った危機。

あの後、屋上に駆け付けた警備員が引っかかっていた箒を外し、校内に入れたことで、一ノ瀬たちは助かった。ゴンゾーは夜間救急をやっている病院に搬送され、すぐに医師の処置を受けることが出来たので、それ以上大事には至らずに済んだ。警備員がすぐにセキュリティ会社に事情を説明し、来てもらわないで済んだが、それでも大事には違いない。でも、批判は一手に吉澤先生が引き受けてくれた。ガラスを割った件もお咎《とが》めなしで済んだ。

しかしあの時を思い返してみると、一つ気になることがある。それは、警備員に箒を外してもらい、ようやく校内に戻れた直後のこと。警備員に小言を喰《く》らって、吉澤先生がペコペコ頭を下げている時に、ハルは床に転がった箒を手にして、何やら見つめていたのだ。

その箒の真ん中に、糸が結び付けられていた。しかし、その糸は途中で千切れている。

「……なるほどな」

ハルはそう言ってから、糸を丸めて取り外し、ポケットに仕舞っていた。


結婚式が終わり、二次会の誘いを受けたが、天文部のメンバーは少なく、アウェー感が強かったので辞退した。新郎と新婦には充分に、おめでとうと伝えられたことだし——。

それよりも久方ぶりに再会したハルと飲み直したかった。

一ノ瀬は二駅ほど離れた、お気に入りの居酒屋にハルを連れていった。鉄鍋餃子が美味しい店で、小ぶりなのでいくらでも食べられてしまう。良心的というか、価格破壊といった感じの店なので、いつも学生で溢れている。

「ふうん、お前、いつもこんなところで飲んでんの」

ハルがニヤニヤしながらハイボールを口にした。

「いいだろ、別に。公務員は安月給なんだよ」

ハルはメガバンクに勤めているというから、余計に引け目を感じて、そう言った。

「そんなこと言ってないだろ。俺だって、肩の力を抜いて飲めた方が楽しいよ」

ハルの声は、別段嘘をついている風ではなかった。「そうか？」と一ノ瀬は引き下がってやることにする。そう思うと、ハルがワイシャツの袖をまくり、ネクタイの先を胸ポケットに押し込んでいるところは、なんだか様になっている。

ポコン、とＬＩＮＥの通知音がした。ハルは携帯の画面を見てから、何か嫌そうに、顎を突き出した。

「どうした？　職場から連絡でもあったか？」

「いや……なんでも」

ハルは気まずそうに顔をそむけた。

「それにしても、懐かしいよなあ。屋上事件。あの時はハルの機転がなかったら、俺たちあそこで凍え死んでいたかもしれないもんな」

「そうだな」

ハルはハイボールを呷《あお》った。その表情はどことなく暗い。

「しかし、驚いたよなあ。まさか、あの時のことがきっかけでゴンゾーと茜先輩が結婚するなんて」

確かに、茜先輩がコートをゴンゾーに貸してやったり、倒れたゴンゾーに真っ先に茜先輩が駆け寄ったり、寄り添って手を握っていたり、思い返してみると、二人の接近を思い出すエピソードはあった。あの時のことがきっかけになって、年の差カップルが生まれたわけだ。中学から十年を経て、結婚とくれば、これはもう純愛と言っていいのではないか――。

一ノ瀬はマリのスピーチを聞きながら、そんなことを思っていた。

「ハル、お前さ、茜先輩のこと好きだったのか？」

「は？　なんでそうなる」

「だってお前、『素敵な馴れ初め』って言葉に反応して、なんとも言えない顔してたぜ」

ああ、とハルは嘆息する。

「それは違う。あの時点では、茜先輩が事の経緯を正しく把握しているのか疑問だったからさ。でも……いや、それは順を追って説明した方がいいか」

「ハル、お前、さっきから何の話をしてるんだ？」

「気付かなかったのか？」

ハルは一拍置いて驚愕《きょうがく》の事実を告げた。

「あの事件は、あの中の誰かが引き起こしたものだってことに」

「ちょっ、ちょっと待ってくれ――」

一ノ瀬は手にしていた生ビールのジョッキをドン、と机に叩きつけた。泡が傾いて、こぼれそうになる。

「引き起こされた、っていうのはどういうことだ？　だって、偶然箒が倒れてきて、俺たちは屋上に閉じ込められることになったんじゃないか」

「そうか。じゃあ、まずはそこの説明からだな」

ハルは餃子を一つ口に放り込んでから続けた。

「俺とイチは、旗作戦を練るために天文台から屋上へ下りただろ？　その時、俺は階段室へ続く引き戸の前で、証拠を見つけたんだ」

「証拠……？」

一ノ瀬はしばらく考えてからハッとした。

「それって、あの時拾っていた糸屑か？」

「そう。あの糸は千切れていたが、引き戸の傍を調べたらビンゴだった。糸の先は室内の箒に繋がっていたんだよ」

ハッと一ノ瀬は息を吸い込んだ。

「まさか……」

「そのまさかだ。ミステリーの世界ではありふれた、『針と糸』の仕掛けだよ。あの箒は偶然引き戸に引っ掛かったんじゃない。あえて言うなら——『犯人』のトリックによって、動かされたんだよ」

一ノ瀬は絶句していた。そうだとすれば、事件の前提が大きく変わってしまうことに気付いたからだ。

「具体的な手順はこうだ。犯人はまず、掃除用具入れの近くに箒を立てかけておく。『偶然倒れてきた』という言い訳が立ちやすいように、だな。そして、透明な細い糸を箒の上と下の部分に結び付けて、それぞれの糸を引き戸の隙間から出しておくんだ。

あの引き戸のサッシは少し緩かったから、ちょっと押せば、二つの引き戸の間に糸を通すことも出来ただろう。ここまでの仕掛けを校内で終えたら、自分も引き戸から屋上に出る。そして、二本の糸を引いて箒の向きを調整し、引き戸が開かないように内側で嚙み合ったのを確認したら、糸を切断して証拠を回収する。あの時落ちていた糸屑は、その時のものだ」

「待ってくれ。こういう時、ドラマなんかでは引っ張ったら解《ほど》けるような結び方にするんじゃなかったか？　何か、特殊な結び方を……だってそうじゃないと、証拠が残るじゃないか。現に、犯人は糸屑を残してしまっている。それに、このままだと箒にも糸が巻き付いているんだろう？」

「その通り。犯人がこんな乱暴な方法を採ったのには、大きく分けて三つ理由がある。

一つには、犯人は特殊な結び方の知識があるような、器用な奴ではなかった。二つ目は、これは殺人事件とか、そういう大掛かりな事件じゃないから、犯人も死に物狂いで証拠を処分しようとはしなかった。最後に重要なのは、これが犯人にとって、突発的な犯行であり、充分な計画を練る時間などなかったことだ」

一ノ瀬は唾を飲み込んでから言った。

「で、でも、そんな風に箒を動かして、屋上に天文部のメンバーを閉じ込めて……犯人はど、い、い、い、い、い、いうしてそんなことをしたんだ？」

動機が分からない。一ノ瀬は知恵を絞った。

「もしかして、あれか。合宿中の携帯使用許可を取り付けたかった、とか」

「確かにあの事件を受けて、合宿の時でも携帯を所持するように規則は変わったな。でも、それはあくまでも結果論だ。犯人がそこまで期待して動いたというのは現実的じゃない」

ハッと一ノ瀬は天啓に打たれた。

「もしかして、ゴンゾーを殺そうとしていたのか？　ゴンゾーの病気を知っていた誰かが、ゴンゾーの病気を再発させようとして、それで――」

ハルは首を振った。

「仮にゴンゾーが狙われていたとしても、そんな確実性の低い計画は採らないよ。ゴンゾーがダウンを着てこなかったのだって、偶然に過ぎないじゃないか」

「確かに……」

「もっと言えば、ゴンゾーの病気のことは、あの時点では先生しか知らなかったはずだ。まあ、誰かが陰で知っていた可能性はあるが、そっちは考えなくてもいいよ」

「そうか……」

「それに――」

ハルはハイボールを一口呷ってから言った。

「犯人はそのゴンゾーなんだから」

8

一ノ瀬は絶句した。

ゴンゾー？　あの純朴そうで気弱だったゴンゾーが、あんなにも恐ろしいことを？

パリッという小気味のいい音で現実に引き戻された。ハルが餃子の底の、羽根になっている部分をつっついている。

「根拠なら、明確にあるぜ。さっき、糸を使った箒の操作トリックは話しただろ。それなら気付くはずだ。脱出する方法を探すために全員の持ち物を出してもらった時、ハサミを提出したのは誰だったか」

「あ……」

「まあ、混乱するのも無理はない。あの事件を考えると、ゴンゾーはダントツの被害者に見える。ダウンを忘れて寒さに凍え、病気も再発しかかって、高熱まで出た。危うく死にかけたんだから、疑えなくて当然だ」

「そ、そうだよ。もしゴンゾーが犯人なら、ダウンを着て屋上に上るはずじゃないか。だって、ゴンゾーはこれから屋上が『密室』になるのを知っているんだから。辻褄《つじつま》が合わない」

「それには二つ、理由がある。一つは、ゴンゾーはあの時の合宿参加が初で、屋上や天文台の寒さを知らなかったことだ。特に、天文台のドームの中で過ごせるんだから、大したことはないとたかをくくっていたのかもしれない。実際、ゴンゾーはあの時、部室の暖房のせいで『暑い』と感じていたんだから、ダウンを着てこなかったのは、その時限りの思考としては合理性がある」

「しかし……」

「待て待て、理由はもう一つあるって言っただろ。もう一つの理由というのは、あの屋上の『密室』が、ゴンゾーにとっては時限式のものだったからなんだ」

「時限式?」

「糸のトリックで箒を動かしたのはさっきも説明した通り。そして、ゴンゾーはしっかり『脱出』するための仕掛けも用意していた。それが、箒の真ん中に結んであった三本目の糸だよ。それは階段室内側のロッカーの後ろを這《は》わせてあって、引っ張ると、内側から糸の張力が箒にかかり、箒が外れるようになっていたんだ」

「あ……そっか、ゴンゾーは、中に戻るための仕掛けをちゃんと用意していたのか」

「そういうことだ。しかし、それも問題が生じた。なんと三本目の糸は途中で切れてしまい、『脱出』のための仕掛けはおじゃんになってしまったんだ。それで、ゴンゾーは誰よりもあの状況に苦しむことになった」

　そういえば、ゴンゾーは旗作戦の失敗後、一人で引き戸の様子を見に行った。くしゃみをして、旗が飛んでいってしまったのがショックなのだろうとあの時は思っていたが、実はあの時、仕掛けの様子を見に行っていたのだ。思ったよりもおおごとになってしまったので、『脱出』するための仕掛けを動かし、「箒は外れていた」とでも報告するつもりだったのだろう。

しかし、仕掛けは途中で切れ、本当にゴンゾーは屋上に閉じ込められてしまった――だから、天文台に戻ってきた時、あんなに青ざめていたのだ。

一ノ瀬はハルの荒唐無稽《こうとうむけい》な説を、半ば信じかかっていた。ゴンゾーの悪意を理解したというよりも、ハルの謎めいた行動の数々が、自分の中で腑に落ちていく感覚が強かったからだ。

あの時、校内に戻ったハルは、箒の真ん中から糸のようなものを取り外し、ポケットに仕舞っていた。あれは、高熱を出したゴンゾーが処分し損ねた証拠を、代わりに隠してやったのだろう。武士の情けのようなものかもしれない。

「だけど……ゴンゾーの目的はなんだったんだ？　時限式の仕掛けで、それも、即席のトリックによる『密室』を作るなんて」

「さっき言った通り、携帯使用許可とか、ゴンゾー自身の死とか、巡り巡ってそうなった……というような事象は、動機としては考えづらいよな。だって、ゴンゾーとしてはそうなるかどうか分からないんだから。

でも、たった一つだけ明確に、あの引き戸を閉じることによって達成出来ることがある」

「それは？」

「俺たちが部室に戻れなくなるんだよ」

「は？」

あまりにも単純な答えなので、一ノ瀬は驚いて声を上げた。身も蓋もないと思った。

「さて、ゴンゾーが犯人と聞いたら、何か思い出すことはないか？　あいつの不自然な言動を」

「不自然な……？」

一ノ瀬は自分の記憶を手繰《たぐ》った。

「一つだけ……あるかな。携帯を持っていないか先生が聞いた時、俺はゴンゾーに言ったんだ。ゴンゾーが、通知音を聞いて、部室を出る前に携帯を見に行ったのを覚えていたから。そしたら、ゴンゾーは……」

――ま、まさか！　持ってきませんよ！

考えてみれば、あの反応は大げさだった。いくら天文部合宿では携帯の使用が禁止されているとはいえ、あそこで携帯を取り出せば、むしろヒーローだっただろう。それなのに、「まさか」持ってきていないというのは、どういう意味なのか。

「そう。それだよ。あの発言が支点となって、俺の考えは一直線に繋がったんだ。すなわち――もし、あの時イチが聞いた『通知音』が、ゴンゾー本人のものでなかったとしたら？」

「え？」

それは思いがけない結論だった。しかし、可能性はある。なぜなら、一ノ瀬は実際にゴンゾーが携帯を確認するところを見ていないからである。

「そう、通知音は天文部の誰かの携帯から鳴った。そして、ゴンゾーはそのメッセージの内容を偶然目撃してしまったんだよ。ＬＩＮＥのメッセージなら、ロック画面でも設定次第では冒頭が表示される仕様だ。その人物の携帯の設定がそうなっていたなら、ゴンゾーが盗み見ることはあり得る。

そして、実はゴンゾーが盗み見ることの出来る携帯は、一つに絞り込めるんだ。吉澤先生の携帯はあの場にはなく、マリ、イチ、俺の携帯はカバンの中に仕舞われていた。いくらゴンゾーでも、通知音の正体を確かめるために、人のカバンの中身まで検《あらた》めたりはしないだろう。とすると、ゴンゾーが盗み見た可能性があるのは、机の上の文庫本の隣に、無造作に置かれていた携帯のみ。茜先輩の携帯だけなんだ」

一ノ瀬は声には出さず、この携帯の消去法に感心していた。

「ゴンゾーの動機は、この時、茜先輩に届いたメッセージを偶然盗み見てしまったがゆえに生じた。ゴンゾーは茜先輩にそのメッセージを読ませないように、彼女を屋上に閉じ込めなければならなかった。それが、あの急ごしらえのトリックの真相だ」

一ノ瀬は急速な喉の渇きを感じ、生ビールを飲んだ。ジョッキが空になってしまったが、次の飲み物を注文するより、今は先を聞きたかった。

「それは、どんなメッセージなんだ？」

「もはや、ここまでくると俺の妄想としかいいようがないんだが、確信を持っている。つまりそれは——野球部の道田先輩からの、告白のメッセージだったんだよ」

あっ、と一ノ瀬は声を上げた。

「確か、マリが恋バナで話していた……」

「そう。ゴンゾーは道田先輩からの告白ＬＩＮＥを見た。そして、もし茜先輩がメッセージを見たとすれば、その告白をＯＫするのではないかと不安になったんだろう。なぜそう思ったかと言えば――」

「そうか！」一ノ瀬は膝を叩いた。「あの日、ゴンゾーはやけにそわそわしていて、いくらなんでも緊張しすぎていた。あれは、天文部合宿の機会を利用して、茜先輩に告白するためだったのか！」

「その通り。だからこそゴンゾーは『先を越された』と思ったんだろう。そこで、急ごしらえの仕掛けを考えて、引き戸を塞いでしまった。道田先輩に『先を越され』ないように、だ。もし当たって砕けて、そのうえで振られたなら仕方がないが、道田先輩のメッセージを見られた後では、告白のチャンスすらないと思い込んでいたんだろう」

「ああ……」

「俺は」ハルは続けた。「ゴンゾーは結局、茜先輩に告白するチャンスを作れなかったんだと思う。引き戸の一件がすぐ明らかになってから、俺たちは大抵、男子組の四人と女子組の二人に分かれて動いていた。ゴンゾーと茜先輩が二人きりになった機会はない。大方、ゴンゾーは、引き戸のことにはみんなしばらく気付かずに、二人きりになるチャンスが来るだろうと、甘い見通しを立てていたんだろう。旗作戦の失敗後に、おおごとにしすぎたかもと気弱になって『脱出』のための仕掛けを使おうとしたり、糸が切れて青い顔をしていたのが良い証拠だ」

しかし、そんなゴンゾーにもチャンスが訪れた。一ノ瀬は、式場でマリがしたスピーチを思い出す。

「――権田君が高熱に倒れ、毛布の上でうなされていた時、茜先輩はその手を握り、しきりに励ましていました。その時、権田君は茜先輩に告白したというのです！　あの時は私たちみんな必死でしたから、これで死んでしまうなら、と思ったのでしょう。今はこの通り、みんな元気にやってますが」

観客は笑い声で応えた。生きているからこそ使えるジョークだ。

自分の仕掛けにからめ取られ、自ら命の危機に瀕し、その淵でした告白。ゴンゾーにとっては、どんなにみっともなく、情けなく感じられただろう。それでも、彼の口からは言葉が溢れたのだ。

ハルもハイボールを飲み終わり、空のグラスを見つめていた。しかし、店員を呼ぶ気配はない。空のグラスを弄《もてあそ》びながら、カラン、と氷を揺らしている。

「――お前、この話を聞いてどう思った？」

「え？」

「ゴンゾーの努力が結果的に報われて良かった、と思うか？　恋愛のためとはいえ、いくらなんでも傍《はた》迷惑だ、と思うか？」

「それは……」

どう、なのだろう。一ノ瀬はしばらく自分の胸に問いかけた。一言で言えば、身勝手だ、という感じがする。勝手な思いで部員全員を振り回しておいて、体まで壊して心配をかけた。フェアにいくなら、茜先輩に道田先輩の告白を見てもらってから、自分も当たって砕けろの精神で挑むべきではないか。その機会を奪って、いわば『先駆け』するのも、卑怯に思える。

同時に、どうしようもない馬鹿だ、とも思う。自分であれこれ策を弄《ろう》したうえで、その策にも裏切られて、脱出の仕掛けが使えなくなり、結果、自分だけが体を壊した。ハルが機転を利かせなかったら、凍死していた可能性だってある。

「俺な」

ハルは呟くように言った。

「ずっと気になって、頭から離れなかったことがあるんだ」

「……なんだよ」

「茜先輩さ、ゴンゾーのしたこと、全部知っていたんじゃないかな」

え、という呟きが知らずに口から洩《も》れた。それほど、ハルの考えがあり得ないことに思えた。知っていたなら、告白を受けるだろうか。まして、結婚などするだろうか。

「根拠ならある」ハルは続けた。「箒と糸の仕掛けを誰にも気付かれずに仕掛けるためには、ゴンゾーは、一番最後に屋上に上がってこないといけない。でも、実際にはどうだった?」

「ああっ」一ノ瀬は嘆息した。「ゴンゾーじゃなかった。トイレに行っていたと言って、茜先輩が後から上がってきた」

そういえば、ゴンゾーは茜先輩が自分の後からやってきたのを見て、やけに慌てていた。

茜先輩は少なくとも、不自然な位置に置いてある箒を目にしているはずだった。たとえ糸を見落としたとしても、この時点で茜先輩が箒をロッカーに戻してしまったら、仕掛けは全部パーになってしまう。

「トイレに行っていたというのは、本当のことなんだろう。でも、それによって偶然、茜先輩はゴンゾーの企みを知ってしまった。だけど——黙っていたんだ。それが俺には気になった」

茜先輩の心が、一ノ瀬には分からなかった。ゴンゾーが自分の仕掛けに足をとられ、苦しみながらも告白したことを知っていたなら、その告白をロマンチックに感じることが出来ただろうか。そうでもない、のだろうか。全てを知ったうえで、みっともなくても、自分への想いを貫いたゴンゾーは、茜先輩にとっては可愛く見えたのかもしれない。そんな風に勝手に妄想するのは、茜先輩に対して失礼だろうか。

いや……。

それよりも、茜先輩が全てを知りながら、一ノ瀬たちには黙って、高熱にあえぐゴンゾーを見ていたと思うと——怖かった。

急速に喉が干上がって、一ノ瀬は思わず唾を呑み込む。

「だからさっき、茜先輩にＬＩＮＥした」

「もしかして、居酒屋に入った時に携帯を見てたのって」

「ああ。その返事だよ。見てみるか？」

ハルは薄ら笑いを浮かべながら、携帯を差し出した。どこか、呆れているようにも、諦めているようにも見える。

一ノ瀬は不意に、『素敵な馴れ初め』というマリの言葉を聞いた時に、ハルが浮かべていた表情の意味を理解する。ハルは十年前から、あの一件の経緯に不信感を抱いていた。だからこそ、複雑な表情を浮かべていたのだ。

同時に、居酒屋に入って間もなく、ハルが言った謎めいた言葉を思い出す。

——あの時点では、茜先輩が事の経緯を正しく把握しているのか疑問だったからさ。

ハルがあのように言ったのは、茜先輩からのＬＩＮＥを受け取った後だ。

あぁ……つまり。

手を伸ばすのが怖かった。そこに何が書かれているのか知るのが怖かった。でも、知りたいという欲求には抗《あらが》えない。

一ノ瀬は手を伸ばした。

『ハル君が使った振り子のアレ、もう少し待ってくれたら、私から提案していたよ。だって、聞きたい言葉は聞けたからね。』

名とりの森　織守きょうや

町の外れに、立ち入り禁止の森がある。

夏至《げし》から十日の間にあの森に入ると、帰ってこられなくなる。そんな言い伝えがあって、子どもたちは小さいころから、夏の間は特に、絶対に近づくなと厳しく言われていた。

実際に、昔、入ったきり戻らない人が続出したらしいが、昔の話すぎて、詳しいことはわからない。森の中には崖とか、足場の悪い場所もあるし、動物もいるだろうし、夏は草木が繁って見通しが悪くなるから、余計危険だってことじゃないかなと、この町で生まれ育った父さんは言っていた。あとは、夏休みで昼間遊ぶ子どもが増える時期は、特に事故が多かったんじゃないかとか。

森と町との境目——森に出入りする入り口の手前には、そのあたり一帯の土地を管理している地主の家が建っている。おそらく、かつては無断で森に入ろうとする人がいないように見張る意味があったのだろう。けれど、今ではミツ婆《ばあ》と呼ばれているお婆さんが一人で住んでいるだけで、もはや見張りの役目は果たしていない。

立ち入り禁止のプレートをぶらさげて、木の幹に張られたロープだって、小学生の俺でも簡単にくぐれるから、あまり意味はない。それでも、森に入る人はほとんどいない。皆、入ったところでおもしろいものがあるわけでもない、と思っているんだろう。

けれど、ノキは違った。

「たぶん、夏になると、あの森は力を増すんだ。夏至から十日の間だけ、出入り口は別の世界につながっている。その世界こそ、あの森の本当の姿なんだよ。その間に迷い込んだ人間を取り込んで、出られなくさせるんだ」

それ以外の日は、普通の森のふりをしているのだ、と自信満々にノキは言う。

別に根拠があるわけではない。町の大人たちから聞いた話や、図書館の本や、古い新聞なんかから集めた言い伝えをまとめて、そこからノキが組み立てた推測だった。

「行方不明になった人を後から探しに入っても、見つからないのはそのせいだよ。夏の間に森に入っていなくなった人は、別の世界に、本当の森にいるんだ。その時期を過ぎてから探したって見つからない」

ノキの部屋で、おやつを一緒に食べながら、俺は「へー」と相槌《あいづち》を打つ。

世界中の不思議な伝承や出来事について調べるのはノキの趣味だ。本棚には、『神隠しとは何か』とか『世界の不思議な事件』とか、そういうタイトルの分厚い本が並んでいる。小学五年生が読むには難しそうな本も、何冊もあった。

いつもの道、いつもの場所が、ある一定の条件下でだけ不思議な世界とつながるという話は、世界中にあるらしい。

「具体的にどうなるの？　夏至の日から十日の、その期間中に森に入ったら」

俺がそう訊《き》くのを待っていたとばかりに、ノキは「それがおもしろいんだ」と笑みを浮かべた。

「言い伝えによると……森に入ると、自分の名前を忘れちゃうんだってさ」

　俺は、ごくんとどら焼きのかけらを飲み込む。喉に詰まりそうになって、急いで麦茶を飲んだ。

「完全な記憶喪失とは違って、思い出せそうなのに思い出せない、いわゆるど忘れみたいな感じらしい。だから何かのきっかけがあれば思い出せるんだけど、森を出るまでにどうにかして思い出さないと……名前を忘れたままでは、森から出られないんだ」

「な、なんで？」

「さあ、ただそうなってるってだけじゃないか。あの森が、そういう場所だから。それがルールなんだよ」

　俺の表情が引きつっているのに気づいているのかいないのか、ノキは平然と答える。

「まあ、由来としては、昔、大きな災害を鎮めるために、地主の娘が人柱にされて、その娘が森の主になったって言われてる。それも夏のことだったらしいけどね。それで、森に入ってくる人間を、仲間にするために閉じ込めるんだって。名前はそのためのツールなんじゃないかな。このへんはもうちょっと調べたいんだよね。娘が人柱にされる前から森はそういう場所だったのか、人柱の娘の怨念が森をそういう場所にしたのか……」

「なんでそんな怖いとこに行くんだよ！　やめようよぉ」

「なんでって、興味あるだろ。探検してみたくないか？　夏休みの自由研究にもいいと思うんだ」

　ノキは、妖怪とか、土地に伝わる伝承とか、そういうものが好きなのだ。俺も、話を聞いたり読んだりするだけならちょっとわくわくするけれど、実際に行くとなると話は別だ。そういうのは、自分とは関係のない話だからおもしろいのだ。怖い目にはあいたくない。

「こういう言い伝えが残ってるってことは、つまり、試した人がいるってことだ。期間中に森に入って、出てきた人がいるってことになる。だろ」

びびっている俺に、丁寧に言い聞かせるようにノキが言った。

「ルールがわかってるわけだから、対策のしようはあるよ。たとえば、森に入る前に紙とかに名前を書いて持っておけばいい」

「あ、そうか。だよね」

なんだ、簡単な対処法があるじゃないか。ほっと胸を撫でおろしたのもつかの間で、

「でも、気をつけなくちゃいけない」

と、ノキが容赦なく続ける。

「もし名前を書いたものを落として、それを森に棲《す》む者に見られたら……名前を知られてしまったら、名前を奪われて、森に棲む者たちの仲間にされるんだ。永遠に森から出られず、自分が何故そこにいるのかも忘れてさまようことになる」

「怖！　落としたら終わりじゃん！　だったらメモなんか持って入れないし、持って入らなかったら名前思い出せないし詰みじゃん！　おばけにつかまるエンドしかないじゃんっ」

「おばけって……まあ、おばけか。森に棲む者っていうのも、元は迷い込んだ人間だったんじゃないかなって俺は思ってるんだ。なんでかというと、森に棲む者に追いかけられても、相手の名前を正しく呼べれば助かるっていう言い伝えがあってさ。それってつまり、名前があるってこと

だろ。名前を奪われると仲間にされるっていう話からも推測できるんだけど」

「どっちにしてもおばけの名前なんかわからないんだから対策しようがないだろ！」

俺がわめくと、ノキは、まあ、それはそうだけど、と言って頭を掻《か》いた。

「だから、メモは落とさないようにしっかり身につけるとか……たとえば下着とか、外からじゃ見えないところに書いておくとか。一番いいのは、信頼できる誰かと一緒に入ることだな。忘れちゃうのは自分の名前だけで、一緒に入った相手の名前は覚えてるんだから」

「あ、そっか。頭いい」

ノキは俺に誉められてまんざらでもなさそうな様子だ。まあね、というように胸をそらした。

「ただし、森に入ったら、名前は取扱注意だ。お互いの本名をフルネームで呼ぶのは禁止。森に棲む者に聞かれるかもしれないからな」

俺はごくりと唾をのむ。

注意も何も、そもそも、そんなものがうろついている場所には行きたくない。危険な場所や怖いものには、近づかないのが一番だ。

「それに、森の中ではちゃんとお互いに気をつけて、ずっと一緒にいるようにしないといけない。一度はぐれると厄介だ。森では記憶が混乱するらしいから、再会できたとしても、それが本当に自分の思う相手かわからない……」

「それって、何かが化けてるかもってこと？　森に棲む者ってそんなこともできるの？」

「さあ、俺も言い伝えを聞いただけだからわからないけど、どうとも解釈できるよな」

これまた結構怖いことを言われている気がするけれど、ノキは冷静だ。

「そういう事態にそなえて、合言葉を決めておくとか……もっと簡単に、お互いの名前を言えばいいか。でも、はぐれないのが一番だ。昔は、手をつないだり、紐《ひも》でお互いを結んで森に入ったりしたらしい」

俺たちもそうする？　でも動きにくいか、とノキは笑った。

俺が一緒に行くことを前提に話している。いつ一緒に行くって言ったんだよ、と俺が小声で呟《つぶや》くと、ノキは、意外そうに瞬きをした。

「でも、来るだろ？」

正直なところ、気が進まないどころの話じゃない。それに、俺が嫌だと言えば、ノキは強要しないとわかっている。

でも、ノキと一緒なら、大丈夫な気がした。それに——怖いという気持ち以上に、ノキの「信頼できる誰か」に自分が選ばれたことが誇らしくて、俺は首を縦に振っていた。

ノキは満足そうに頷《うなず》いた。

「色々調べて、ちゃんと用意しなきゃな。夏至から十日ってタイムリミットもあるんだから。あ、父ちゃんにも母ちゃんにも、姉ちゃんにも秘密だぞ。絶対止められるから」

「わかってるよ。秘密な」

食べかけのどら焼きを、乾杯するように掲げる。

もともと、誰も近づかない森だ。近くにある建物といえば管理人の家だけで、あのあたりは人通りもほとんどない。管理人は耳も目もいいとは思えないお婆さんだし、皆から変わり者扱いされて、ちょっと遠巻きにされているから、あの家を訪ねてくる人もそうそういないだろう。自分から言いさえしなければ、誰にも知られずに森に入れるはずだった。

その場所は、名とりの森、と呼ばれている。

＊　＊　＊

「そんなに急ぐことないんじゃない？」

「ちょっと休憩しようよ」

「私、喉渇いちゃった」

疲れたとか道が歩きにくいとか、姉ちゃんはさっきから文句ばかりだ。俺は歩きながら振り返った。俺の二、三歩後ろを歩いていたはずの姉ちゃんが立ち止まったせいで、いつのまにか数メートルの距離が開いていた。姉ちゃんはぶつくさ言いながら、背負ったリュックからペットボトルを取り出している。

「さっき休んだばっかりだろ。こんなペースじゃすぐ日が暮れちゃうよ。水飲む間、立ち止まるくらいなら待つけど」

「はあ？　こんなとこまでついてきてあげた優しいお姉様に対して、その言いぐさは何よ」

仕方なく、俺も立ち止まった。離れるわけにはいかない。せっかく誰かと一緒に森に入っても、はぐれてしまっては意味がない。

姉ちゃんが水を飲むのを待ちながら、空を見上げた。重なり合った木の枝と葉で、ほとんど隠れているけれど、日の光は漏れてくる。

まだ朝だ。その割に森の中は薄暗い。けれど、歩くのに不自由なほどではなかった。日の光が遮られるぶん、涼しいのはむしろ助かる。

「はー、生き返った。やっぱり水分をとらなきゃね」

「水分はいいけどさ、ルール、ちゃんと覚えといてよ。はぐれたら終わりなんだから」

「はいはい、森を出る前にあんたの名前を教えればいいんでしょ」

「で、俺は姉ちゃんの名前を……あれ、姉ちゃんの名前って何だっけ？」

「はあ？　ヤコよヤコ！　ちゃんと覚えてなさいよ、意味ないでしょ」

「あ、そうだった、いつも姉ちゃんって呼ぶから……って、ダメだって口に出したら！」

「平気だって。近くにはいないみたいじゃない、その、森に棲む者？　だっけ」

言われて、俺は慌ててあたりを見回した。ポケットに手を入れて、ミツ婆にもらったお守りに触れる。

森に棲む者というのがどんな姿をしているのかはわからないが、とにかく、誰も、何も、動くものは見当たらない。大丈夫そうだ。ほっとして、お守りから手を放した。

仮に聞かれてしまったとしても、下の名前だけならセーフらしいが、どちらも知られないにこしたことはない。

「あれ、姉ちゃん、なんで自分の名前……忘れてないの？」

「袖の内側のタグのとこに名前書いてあったの、さっき見えたの」

「そういうのが不用心なんだって！」

「いいでしょ別に、下の名前だけなんだから。細かいなあ」

ノキやミツ婆の話を直接聞いていないからか、姉ちゃんにはどうも危機感がない。

森に棲む者にはまだ遭遇していない――どういう姿をしているのかもわからないが、今のところそれらしいものには出会っていない――けれど、油断はできない。

俺は自分の名前を思い出せない。森に入ったときからそうだ。その時点で、この森が普通ではないことははっきりしていた。

俺はもう一度ポケットに手を入れて、お守りを指先で確かめる。

こんな森に入りたくなんてなかった。お守りがなければ、怖くて入れなかったかもしれない。でも、絶対に入らなければならなかった。


お守りをくれたのは、森の管理人のミツ婆だ。森のすぐそばの家に一人で住んでいる。これまで気にしたこともなかったけれど、その家に「三津川《みつかわ》」と表札がかかっているのを見て、初めて、俺は、ミツ婆の「ミツ」というのが下の名前じゃなく、名字からつけられた呼び名なのだと知った。

立ち入りを禁じられた森の管理人というだけでも不気味な上に、本人も不愛想だから、子どもたちはミツ婆には近づかない。俺も、ちょっと魔女みたいで怖いなと思っていたけど、ノキは気にしていなかった。

あの日も、俺とノキが、下見のために森の前まで来て、ロープが張られた向こう側を覗《のぞ》いていたら、いつのまにか家から出てきたらしいミツ婆が、後ろに立っていた。

「入ってはいけないよ」

そう声をかけられて、俺は飛びあがったけれど、ノキはよそいきの笑顔で「こんにちは」とミツ婆に挨拶をした。

「見てただけです。町の歴史に興味があって。人柱の話って本当なんですか?」

「私の生まれる前の話だからね、嘘とも本当とも言えないよ」

そんな話よく知ってるね、とミツ婆は呆《あき》れたように言った。ノキのしらじらしい嘘はバレているようだ。

「なんで立ち入り禁止なんですか?」

「崖も多いし、見通しが悪い場所もあって、迷いやすくなっているから。実際に迷って帰れなくなった人もいたらしいからね」

「おばけがいるからじゃなくて?」

横から口を出してしまった後で、子どもっぽいことを言った、と後悔する。

案の定、「ああ、いるかもしれないねえ」とミツ婆はおもしろがるように言った。

「危ないから、やめておきなさい。子どもの遊ぶ場所じゃない」

そう言われると、ちょっと、入ってやろうかという気になってくる。

でも、同時に不安にもなった。やっぱり、あの森には何かがあるのだ。崖とかがあって危ないから、というのは、なんだか、とってつけた理由のように思えた。

普段なら、子ども扱いに俺より反発しそうなノキは、はい、わかりました、といい子の返事をして、あっさり森に背を向ける。行こう、と俺を促して歩き出した。

「待ちなさい」

呼びとめられて、俺たちは足を止める。

こちらを見ているミツ婆と目が合った。

「こっそり入るつもりなんだろう。お見通しだよ」

ミツ婆は、はあ、とため息をついてから言う。バレた、と思って俺はドキッとしたけれど、ミツ婆の表情も言い方も、厳しいものではなかった。それよりもむしろ、あきらめのまじった声だ。しょうがないねえ、と言いながらミツ婆は、薄いカーディガンのポケットを探って、何かを取り出した。

「これを持っていきなさい」

両手に、一つずつ。こちらへ差し出されたそれを、ノキがまず受け取る。

俺も、そっと手を伸ばして受け取った。

赤い布でできた、小さな袋だ。長方形の袋に、ひもが通してある。布ごしに、木か厚紙の札のような固い手ざわりを感じた。

「お守り……？」

神社のお守りには「金運」とか「家内安全」とか書いてあるけれど、これには何も書いていない。形だけはお守りっぽいけれど、どうやら手作りのようだった。

「私は森の管理をしているからね。どうしても森に入らなければいけない事情があるときは、これを持って入っているんだ。でも、お守りがあるからって油断しちゃだめだよ。そもそも、入っちゃいけない場所なんだ。この時期は特に、本当は近づくのもよくない。でも、放っておいたら、あんたたちは勝手に入ってしまいそうだからね」

私もずっと見張ってはいられないから、と言ってミツ婆はまたため息をつく。

「ありがとう！」

「ありがとうミツさん」

「うちの土地で子どもが行方不明になんかなったら、責任問題だからね」

管理人のお守りなんて、なんだかご利益がありそうだ。俺もノキも、できるかぎりのいい子っぽい笑顔と声でお礼を言ったのに、ミツ婆は「しらじらしい」とでも言いたげに顔をしかめる。

「何度も言うけど、この森は立ち入り禁止だ。そこに張り紙もしてある。それを無視して入って、怖い目にあっても私は知らないよ。お守りも、入っていいっていう意味であげたんじゃない。何も持たずに入るよりは、まだましだから渡しただけだ」

私はちゃんと、だめだって言ったからね。何かあっても、後から私の名前を出さないでちょうだいよ――そんな風に釘《くぎ》を刺して、俺たちに背を向ける。すぐそこにある家に向かって歩いていく後ろ姿を、俺とノキはその場に立ったまま見送った。

憎まれ口も、不愛想な態度も気にならない。ゲームの中で、思わぬところで攻略のためのレアアイテムを入手したときのような気分だった。

ミツ婆が家の中に入ってしまってから、ノキが「やったな」というようにお守りを掲げてにかっと笑ってみせる。

「ミツ婆に見つかって、ラッキーだったな。何か色々知ってそうだったし、言い伝えのことも、頼めば詳しい話を聞かせてもらえるかも。人柱になった娘のこととか、これまで行方不明になった人のこととか」

「しつこくして、お守りを返せとか言われたら困るよ」

「そこはうまくやるって。でも、これをもらえただけでも大収穫だったな」

本当にそうだ。行方不明になった人たちは、お守りを持たずに入ったから出られなくなったのかもしれない。お守りをもらった俺とノキは、名前を忘れずに済むかもしれない。

「これがあるからって油断するなって言ってたし、あんまり期待しすぎないほうがいいかもよ」

慎重にそう言いつつも、俺の声は弾んでいた。怖いことは怖いけれど、お守りがあるのとないのとでは、心強さが全然違う。

「でも、いよいよ本物っぽいな。言い伝えがただの噂《うわさ》だったら、わざわざこんなお守り用意しないだろ」

ノキに言われて、はっとした。

確かにそうだ。お守りをもらって安心していたけれど、考えてみれば、安心できるようなことじゃない。大人で、森の管理人のミツ婆でも、お守りを持っていなければ入らないような森だということだ。そして、あの口ぶり。この森には、本当に何かあるのだ。

「わくわくするな」

嬉しそうなノキに、そのときは「うん」と答えたけれど、早くも俺は怖気《おじけ》づいていた。お守りを握りしめて、ノキが思い直してくれないかなと考えていた。

ノキが森へ入ったのはその数日後だ。

それきり帰ってこなかった。

一年前のあの日、夏至の日から七日目の土曜日に、俺はノキと一緒に、森へ入るはずだった。

でも、土壇場で怖くなって、「やっぱりやめとく」と言ったのだ。

ちょっと頭が痛くて、風邪ひいたかもしれないから——なんて、今思えばバレバレな言い訳だ。

でも、ノキは俺を責めなかった。そっか、無理しないほうがいいよ、と気遣ってくれた。俺はノキと別れて家に帰って、眠くもないのにベッドに入った。

俺が行くのをやめたから、ノキもあきらめるかもしれない、と少しだけ期待していた。

でも、ノキのことだから、きっと、あきらめはしないだろうとも思っていた。

俺が元気になるまで待つから二人で行こう、と言われたらどうしよう、と気が重かった。

クーラーのついた部屋でごろごろしていたからか、その日の夜、俺は本当に熱を出した。

何日か寝込んで、ようやく元気になったときには、夏至の日から十日は過ぎていた。

そして、ノキは行方不明になっていた。

俺が寝込んでいる間に、警察が出動して、町中を探しまわって、町外れを流れる川の下流で、ノキの持ち物を見つけたらしい。

川辺に流れ着いてひっかかっていたのを警察がノキの家族に見せ、ノキのものだと確認したそうだ。

川遊びをしていて足を滑らせたのだろうと考え、大人たちは川のまわりや、森の中を探したけれど、ノキは見つからなかった。まだ捜索は続いているけど、難しいだろうね、かわいそうにねと、母さんが涙ぐみながら話すのを聞きながら、俺は呆然《ぼうぜん》としていた。現実味がなかった。

捜索が打ち切りになったと聞いて、俺はノキの家を訪ねた。

警察が川べりで見つけたというノキの持ち物は、ミツ婆にもらったあのお守りだった。ノキがいなくなる前にそれを持っていたのを、ノキの姉ちゃんが見ていて、弟のものだと証言したそうだ。

「川には行っちゃだめだって言ってあったのに。一人でつまらなかったのかな。もっと一緒に遊んであげればよかった」

ノキのお母さんも、姉ちゃんも、顔色が悪かった。

俺は、やっとの思いで、おばさんたちのせいじゃないよ、と言った。

「俺が一緒に行けなかったから……」

「そんな風に思わないで。[redacted]くんは熱を出して寝ていたんでしょう。それこそ、[redacted]くんのせいじゃないよ」

反対に優しく慰められてしまい、それ以上は何も言えなかった。秘密にするとノキに約束したし、ミツ婆を困らせることになるかもしれないし、それに、信じてもらえるとも思えない。

けれど、俺にはわかっていた。

川は、森の中から流れ出ている。ノキは川に落ちたんじゃない。森の中でお守りを落として、帰れなくなったのだ。

ノキは、夏至の日から十日の間だけつながる、本当の森にいる。きっと今も迷っている。警察や、大人たちが探しても見つからなかったのは、夏至の日から十日が過ぎて、森が姿を変えてしまったからだ。

俺が嫌がったから、ノキは一人で森へ入ったんだろうか。

何の準備もせず、考えなしに入ったとは思えない。ノキのことだから、ちゃんと対策をして、森に棲む者に名前を奪われるようなことにはなっていないはずだ。お守りを落として、出られなくなっているだけだ。

それなら、俺が迎えにいかなければならない。

俺はズボンのベルト通しからぶら下げた黄色の紙テープを少しちぎり、背伸びをして、手の届く高さの枝に巻きつけた。木の枝にテープを巻いて、帰るときの目印にするのだ。

森の地図とかガイドがなくても、そうやって印をつけておけば迷わない、とノキが言っていた方法だった。

歩いてきたほうを振り返ると、ぽつぽつと、ちょうど俺が少し視線をあげた高さに、黄色い色が飛び飛びに見える。これで帰り道がわかる。

俺の持ってきた黄色いテープのほかに、ノキの残した目印がないかと、探しながら歩いていたけれど、今のところ、一つも見つかっていない。

俺にはああ言ったのに、ノキは枝にテープを巻かなかったのだろうか。

注意しながら森の中を見回していたら、ノキの目印じゃなく、おかしなものを見つけた。

数メートル先で、黒い影のようなものがゆらめいている。

一瞬熊かと思ったけれど、それにしては小さいし、向こう側がちょっと透けて見える。

「何かあそこ、もやみたいなのない？　黒っぽいやつ」

俺が指をさすと、ペットボトルをリュックにしまった姉ちゃんがそちらに目を向け、怪訝《けげん》な表情になった。

「そんなのある？　蚊柱《かばしら》じゃない？」

なるほど、小さい羽虫が集まっているようにも見える——けれど、どうやらそれは人の形をしているようだ。

ドキッとした。

きっとあれが、森に棲む者だ。

「し、静かにして。気づかれないように離れよう」

俺は右手で、ポケットの中のお守りをぎゅっと握った。

左手で姉ちゃんの手をつかむ。

「ちょっと、何よ」

「離れてたらお守りの効果が届かないかもしれないだろ」

声をひそめて早口に言った。なるべく近くにいたほうがいい。それに、ノキから聞いた話を思い出していた。森の中ではぐれたら厄介だ。

黒い影は、ゆっくり近づいてくる。

逃げなければ、と思ったけれど、速さはそこまででもない。人が普通に歩いているくらいの速度だ。走れば振り切れるだろう。

でも、あれはこちらに向かってきているんだろうか。目も鼻もない黒い影だから、わからない。

俺たちを追いかけているというより、ただ、進路上に俺たちがいただけかもしれない、と期待して、あえて大きく横へずれてみた。そうしたら、黒い影も横へずれて、斜めに進み始める。俺たちめがけて向かってきているのは間違いないようだ。

俺は姉ちゃんの手を引いて、走る速度を上げる。

「ねえ、待ってよ、そんな走ることないでしょ」

「追いつかれたらどうなるかわからないだろ！」

「追いつかれるって、何によ。何かいた？」

姉ちゃんは全然怖がっていない。俺に手を引かれながら後ろを振り返り、ねえ、何よ、と繰り返している。

姉ちゃんにはあの黒いのが見えていないのだ。

もしかして、お守りを持っていないから？

そう気づいて、俺はポケットからお守りを取り出した。

「ちょっとこれ持ってみて――」

お守りを姉ちゃんに差し出した、その瞬間、足が木の葉でずるっと滑る。

もう片方の足を踏ん張って体勢をととのえ――ようとしたけれど、何故かそこには地面がなかった。正確には、半分しかなかった。

俺は尻もちをついて、そのまま斜面を滑り落ちる。

途中、ごろんと転がったり、なんとか体を起こしたりしながら、何メートルも滑った。少しずつスピードが落ち、最後は、摩擦《まさつ》で止まる。心臓がばくばくと音をたてていた。

俺は、地面に手をついて起き上がる。ぶつけた尻が痛い。でも、どこかの骨が折れたとか、足をひねって立ち上がれないとか、そういう深刻なけがはないようだ。下に行くにつれて傾斜が緩やかになっていたのと、重なった小枝や葉の上を滑る形になったおかげで、それくらいで済んだのは不幸中の幸いだった。

斜面の上を見上げて、姉ちゃんの姿を探す。斜面は草木が生い茂っていて、自分がどこから落ちたのか、よくわからなかった。あのへんかな、と目で探しても、姉ちゃんの姿は見当たらない。

とりあえず、無事だと知らせようと声をあげかけて、はっとした。

斜面の上を、黒い影がうろうろしている。

まるで俺を探しているかのような動きだった。

声を出さなくてよかった。危ないところだった。俺は斜面の下で、体勢を低くする。あの黒い影に目なんてものがあるのかはわからなかったけれど、少しでも見つかりにくくするために、そろそろと這《は》って、近くの木の陰に隠れた。

姉ちゃんは大丈夫だろうか。ちゃんと逃げただろうか。あの黒い影が見えていないようだったから、心配だ。悲鳴とか、争うような音とかは聞こえなかったから、大丈夫だと信じたい。

黒い影は、しばらく斜面の上にとどまっていたけれど、やがていなくなった。

俺はほっと胸を撫でおろす。

頼みの綱のお守りを探してポケットに手を入れ――なくなっていることに気がついた。

そうだ、さっき足を滑らせたとき、ポケットから出して手に持っていたのだ。そのときに落としたに違いない。

どうしよう。おさまりかけていた心臓の鼓動が、また速くなる。

落ち着け、と自分に言い聞かせた。

今落としたのだから、近くにあるはずだ。

目をこらして、斜面を見る。

お守りはどこにも見当たらない。ここからでは見えない、上のほうに落ちているのかもしれない。

途中まで斜面を上りながら探してみたけれど、やはり見つからなかった。途中から傾斜がきつくなって、それ以上は上がれなくなっている。

黒い影は見当たらないが、まだ近くにいるかもしれないと思い、ちょっと控えめに、「姉ちゃーん」と斜面の下から声をかけてみた。

黒い影が声に反応して戻ってくるようなことはなかったかわりに、姉ちゃんからの返事もない。嘘だろ、と泣きそうになるのをぐっとこらえた。泣いている場合じゃない。

まずは姉ちゃんと合流だ。ノキと違って、たった今はぐれたばかりだから、すぐに見つかるはずだ。斜面を上って、足を滑らせた場所へ戻って、お守りも上から探そう。

傾斜が緩やかになっているところを探して、斜めに歩いた。

いけそうかな、と思うとやっぱり途中から傾斜がきつくなっていて上がれない、というのを何度か繰り返す。落ちた場所まで戻るには、かなり遠回りすることになりそうだ。

手首にはめたスポーツウォッチに目をやると、長針が、ほんのちょっとだけ進んでいた。まだ朝と言っていい時刻だ。

おかしい。俺の感覚では、もう何時間も森の中にいる。時計は去年の誕生日に買ってもらったやつだから、電池はまだあるはずなのに。時計が壊れたのか、俺の感覚がおかしくなっているのか、それとも——この森の中での、時間の進み方がおかしいのだろうか。

ペットボトルの飲み物のほかに、コンビニのおにぎりとカロリーバーを買ってきていたけれど、何故か全然おなかはすかなかった。

どうにか傾斜が緩やかになっているところを見つけ、時間をかけて斜面の上へあがった。姉ちゃんを探してあたりを見回すと、少し先の木の間にピンク色が見える。姉ちゃんのジャケットの色だ。

「姉ちゃん！」

思わず呼びかけた後で、森に棲む者のことを思い出した。まだ近くにいるかもしれない。

しばらく警戒しながら様子を見たが、黒い影は見当たらなかったのでほっとする。

それでも、声を聞いて寄ってこないとも限らない。大きな声を出すのは、まだ避けたほうがいいだろう。

俺はピンク色が見えたほうへ近づいた。

姉ちゃん、と声のトーンを落として呼びかけたけれど、返事はない。

不安になって足を速める。木の後ろを覗き込むと、姉ちゃんの姿はそこになく、汚れたジャケットだけが木の枝にひっかかっていた。

グレーにピンクが入った、薄手のジャケットだ。ちょっと古くさいデザインだけど、俺も知っているスポーツウェアのブランドロゴがついていて、姉ちゃんが着ていたものに似ている。でも、よく見ると、微妙に違っていた。それに、これはかなり古そうだ。長い間放置されていたのだろう、埃《ほこり》まみれだった。前に森に入った人が着ていたのかもしれない。

念のために調べたら、服のタグには、サインペンで「フジタノリコ」と書いてあった。やっぱり、ほかの誰かの忘れ物のようだ。

姉ちゃんと合流できなかったことにがっかりして、上着が姉ちゃんのものじゃなかったことにはちょっとほっとして、それから、じわじわ怖くなった。

森の中に上着を置いていくなんて、どういう状況だろう。暑くて脱ぎ捨てた？　何かに襲われて、引っかかったジャケットを置いて逃げた？　――これが一番ありそうだ。

このジャケットの持ち主は、森を出られたのだろうか。

深く考えると、ますます怖くなる。俺はジャケットから離れ、さっき足を滑らせた地点に向かって歩き出した。

さっき自分で木の枝につけた黄色いテープを目印に、落ちたのはたぶんこのへんだ、とあたりをつける。

さっきは気づかずに滑り落ちてしまったけれど、注意して見れば、そこが斜面になっているのはわかった。

そろそろと、今度は足元に気をつけながら斜面の上を進む。

お守りも、どこか近くに落ちているはずだ。

慎重に一歩一歩進みながら斜面を覗き込んでいたら、木の葉の上に赤いものが見えた。間違いなく、俺の落としたお守りだ。斜面の上にしゃがむか寝そべるかして手を伸ばせば、ぎりぎり届くか届かないかくらいのところにある。

喜びいさんで手を伸ばしたいのを我慢した。また足を滑らせでもしたら目も当てられない。慎重に近づき、斜面の上のぎりぎりのところまではいかずに、木の葉の上に四つん這いになった。拾った木の枝でお守りを近くまで引き寄せようとするが、枝の先が表面をひっかくだけで、あまり効果はない。

お守りのひもに枝先をひっかけて持ち上げられないか。腕を上げたり下げたり、試行錯誤していたら、

「タネチン！」

後ろから声が聞こえ、俺は飛び上がった。

その拍子に枝にはね上げられたお守りが、さらに離れたところに飛んでいってしまう。けれど、そんなことより――俺は、枝を放り出して振り返る。

ノキがいた。

こちらへ走ってくる。

目を見開いて、信じられない、という表情をしている。俺もきっと今同じ表情だ。

「ノキ！」

「やっぱりタネチンだ」

タネチンは、俺のあだ名だ。呼ばれた瞬間、それを思い出した。

俺はそちらへ駆け寄って、両手で確かめるようにノキの肩をつかんだ。幻覚じゃない。

間違いなく、本物のノキだ。

「よかったあ……会えた」

身体から力が抜けて、へなへなとその場にへたり込みそうになる。泣きそうになるのを必死に耐えた。

ノキはノキで、両手で俺の腕を、ぐっぐっと押して、俺が本物だと確かめているようだ。

「タネチン、なんでいるんだよ。嫌がってたのに」

「だって、ノキが……」

帰ってこないから。

俺が一緒に行かなかったせいで一人で森に入ったのかもしれないと思ったから。お守りが川で見つかって。出られないんじゃないかと思って。

説明しようとするけれど、涙声になるのが恥ずかしくて口をつぐんだ。

「俺のこと探しに来てくれたのか」

ノキは、俺に訊くというより、独り言のような調子でそう言って、二回瞬きをする。それからしばらくの間黙り込み、やがて、「そっか」と噛《か》みしめる口調で呟いた後、嬉《うれ》しそうに顔をくしゃっとさせた。

「すげーな、いい奴だなタネチンは」

下まぶたにちょっと涙が滲《にじ》んでいて驚いた。大人っぽくてしっかり者のノキが涙ぐむのを見るのは初めてだった。

「もう出られないかもしれないって思ってた」

ぐいっと目元を拭って、涙がこぼれることはなかったけれど、そう言ったノキの声は震えていた。その声で「ありがとう」と言われて、俺は照れくさくなり、当たり前だろ、と返す。びびりまくって、なかなか決心がつかなかったことや、姉ちゃんについてきてもらったことは言わないでおいた。

「あいつらに、名前は知られてない。だから名前をとられたわけじゃないけど、自分でも名前を思い出せなくなって……あ、もう見たか？　あの黒い影みたいなの」

「見たよ。あれが森に棲む者？」

「そうだと思う。あれから逃げてるうちに、来た道がわからなくなって……枝に目印をつけてたんだけど、見つからなくなった。誰かに外されたみたいだ」

それも、森に棲む者たちのしわざだろうか。

「えっ、俺もテープで目印はつけてきたけど、じゃあ、外されちゃうかもしれないってこと？」

「油断はできないな。目印が残っているうちに森を出たほうがいい」

森に入った人をただ追うだけじゃなく、目印を外して道をわからなくさせているということは、森に棲む者たちには、俺たちを森から出さないという目的がはっきりとあるのだ。そして、そのためにはどうすればいいか理解していて、考えて動いている。足が遅い野生動物みたいなものかと思っていたけれど、考えていたよりも危険な相手かもしれない。

「あいつら、足はそんなに速くないし、群れで行動するわけでもないみたいだから、つかまる心配はそんなにないんだけど……タネチンがつけた新しい目印に気づいたら、また外されるかもしれないから、急ごう」

「あ、待って。さっき、お守り落としちゃって」

ノキはお守りをなくしてしまったけれど、俺の持ってきたお守りがある。それがあれば、少しは安心できる。

俺がさっき放り出した枝を拾って、斜面のお守りを引き寄せようとすると、

「ダメだ」

ノキが俺の腕に手を置いて止めた。

「拾っちゃダメだ」

俺は困惑して、ノキを見る。なんでそんなことを言うのかわからない。

斜面から落ちたら危ないから拾うのをあきらめろ、ということだろうか。でも、十分注意して、ノキと二人で協力すれば、なんとかなりそうなのに。

でも、お守りがあったほうが、と言いかけた俺に、

「あれはお守りじゃない」

ノキは険しい表情で言う。

「逆なんだ。あれは目印なんだよ。あれを持っていると、森に棲む者に気づかれる」

俺は凍りついた。お守りに向けて伸ばしていた、木の枝を握った手を引っ込める。

「俺も、たまたま落として、そのせいで助かったんだ」

お守りのひっかかっている斜面から、二人して距離をとりながら、ノキが話してくれた。

ノキも俺と同じように、逃げている途中でお守りを落として、森に棲む者たちが、お守りが落

ちている場所に集まってくるのに気がついたんだそうだ。そこにあるのがお守りだけだと——持ち主のノキはいないとわかると、森に棲む者たちはしばらくしていなくなったが、それが彼らを呼び寄せるらしいことはわかった。それで、ノキはお守りを拾って川に投げ捨て、川の流れと反対方向に逃げて、なんとか今日までつかまらずにいた。水や食べ物は、いくらか持って入っていたけれど、何故かおなかがすかなかった、とノキは話した。俺と同じだ。この森はそういう場所なのかもしれない。

「ミツ婆は、知ってて、わざと渡した……?」

「たぶんね。森に入ったらいつのまにかはぐれて、いなくなっちゃったし」

俺が枝につけた目印のテープを探してきょろきょろしながら、ノキが答える。

「え、ノキ、ミツ婆と一緒に入ったの?」

「うん。最初は、タネチンが来られなくなったから、一人で入るつもりだったんだ。ほら、下着の裏側に名前を書いておけばいいかなって思ってさ。でも、もう一回一人で下見に来たときに、またミツ婆と会って」

森のすぐ前の家に住んでいるミツ婆は、森に近づく人間を家から監視していたのだろう。それで、ノキや俺を見つけると、家から出てきて声をかけた。

「一人で入るのは危ないから、一緒に入ってあげるって言われてさ。確かに、一人よりは安心かなって思って、二人で入ることにしたんだ」

今思えば危ないことしたなと思うけど、そのときはただの管理人の婆さんだと思ってたから

——そう言って、ノキは顔を正面へ戻し、俺のほうを向いた。ずっと上を向いているのは疲れたのかもしれない。

「あの婆さんは、たぶん、この森に人を送り込んでるんだよ。生贄《いけにえ》みたいな……森の主への贈り物なのかな。代々森を守ってる地主の一族らしいから」

ノキが行方不明になった後で、俺は森の外にいるミツ婆を見ている。ノキがいなくなったと騒ぎになっていることは、ミツ婆も知っていたはずなのに、ノキと一緒に森に入ったことなんて、何も言っていなかった。そのことを考えても、おそらくノキの言うとおりなのだろう。

「もしかしたら、最初から、一族ぐるみでそういう役割だったのかもしれないし、あの婆さんが個人的に、森の主と取引か何かしたのかもしれないけど、どっちにしたって、ミツ婆は最初から、俺たちの味方じゃなかったんだ」

自分で目印を大事に持って歩いていたことにもぞっとするけれど、それ以上に、ミツ婆が俺たちを、森に閉じ込めるつもりで送り出していたということが怖い。

「よく知らない相手のこと、簡単に信じちゃダメだな」

ノキは「いい教訓になった」みたいに言うけれど、そんな一言で片づけていいのだろうか。しかし、今は、裏切られたことにショックを受けている場合じゃない。まずは無事に森を出ることを考えなければならない。

「ノキ、よく無事だったね」

「自分でもそう思うよ。けど、完全に信じてたわけでもないからさ。ほとんど知らない人に命綱を完全に預けちゃうのはちょっと抵抗あるなと思って、伝えるのは名字だけにしておいたんだ。下の名前は、ほらここ」

着ている服の首元をぐいっと引っ張って、その下に着た下着も引っ張って、裏側を見せてくれた。

下着の裏、胸元に、「夕陽《ゆうひ》」と細いペン字で書いてある。樟《くすのき》夕陽、がノキの本名だ。

「書いたことも忘れてたんだけど、汗を拭こうとしたときにこれが見えて、思い出した。リスクを分散させておいてよかったよ。タネチンが来てくれたから名字もわかるし、これで森から出られる」

「やっぱりノキは頭いいな」

俺も、姉ちゃんとはぐれたときのことを考えて、どこかに名前を書いておけばよかった。こうしてノキに会えたからよかったけれど、もし会えないままだったら、ミイラ取りがミイラになるところだった。

首元を引っ張ったところに書いておけば、何かの拍子に森に棲む者たちに見られてしまうということもないだろうし、自分では簡単に確認できる。なるほど、こうやって引っ張ればすぐ見えるもんな、と自分の着ているTシャツの首元を引っ張ってみて、あれ、と思った。

サインペンの文字が見えた。まさに下着の裏側、引っ張ると見えるところにはっきりと、「種《たね》崎大翔《さきひろと》」と書いてある。目にした瞬間に思い出した。それは確かに、俺の名前だった。

念のために書いたんだっけ？　確かに自分の字だから、自分で書いたのだろうが、思い出せない。森に入ると、自分の名前だけじゃなく、それに関することも忘れるみたいだ。

「ノキが自分のあだ名だってことはわかるんだけど、まだ正確な名前は思い出せない。変な感じだな。下の名前は覚えてるから、名字だけ教えて」

「あ、うん。……クスノキだよ」

俺が小声で伝えると、ノキは、「そうだった」と瞬きをした。

聞いた瞬間に思い出したらしい。今まで忘れてたなんて、不思議な感覚だ、どうなってるんだろう、なんてぶつぶつ呟いている。名前を思い出してテンションが上がっているらしく、少し声が高くなっていた。

「タネチンも名字だけでいい？　フルネーム要る？　今伝える？」

「あー、いや、俺はいいや。シャツに書いてた」

俺が下着の文字に気をとられて、返事をしながら視線をさまよわせていたのを、森に棲む者たちを気にしていると思ったのか、

「あいつら、特に耳がいいとか目がいいとかじゃないから大丈夫だよ」

ノキはさっとあたりを見回し、黒い影が見当たらないのを確認して言った。

「森の主っていうのも、元は人柱にされた人間なんだから、地縛霊みたいなものなんじゃないかな。だから、万能ってわけじゃないと思う。他の黒い影と見分けがつくのかわからないけど」

「地縛霊？」

「死んだ場所に縛られているみたいになって、そこから離れられない幽霊のこと」

ノキはいろんなことを知っている。

「近くに黒い影が見えない以上、差し迫った危険はないと思ってよさそうだけど、一秒でも早く森を出たほうがいいのは間違いない。……あ、タネチンがつけた目印って、あれ？」

ノキが指さした先に、黄色いテープがあった。枝の高さは、ちょうど俺たちが手を伸ばしたら届くくらいだ。俺が巻きつけたテープに違いない。

「そう、あれ！　あっ、向こうにもある」

ノキが見つけた目印の十メートルほど先にある枝にも、巻きつけられた黄色が見えた。テープのついた枝をたどっていけば、入ってきた場所へ戻れるはずだ。

「てことは、出口はこっちだな。行こう」

「待って、先に姉ちゃんを探さないと」

大股に歩き出したノキを、慌てて押しとどめる。

ノキはぎょっとした様子で立ち止まった。

「姉ちゃん？　うちの姉ちゃんを連れてきたのか？」

「違う違う、ノキのとこの姉ちゃんじゃないって。絶対止められるから秘密にしようって約束してたじゃん。一緒に来たのは、うちの姉ちゃん」

俺が慌てて弁明すると、

「何言ってるんだよ」

ノキは変な表情をする。

「タネチンに姉ちゃんなんていないだろ」

何を言われたのかわからなくて、俺は間抜けに立ち尽くした。

え？　と声が出たのは、一拍置いてからだった。

ついさっきまで一緒に森を歩いていた、姉ちゃんの顔を思い出そうとする。

でも、思い出せなかった。

何歳くらいなのか、どんな顔なのか、何一つ思い出せない。

そうだ、俺は、一人っ子だ。きょうだいはいない。姉なんて最初から存在しない。

「でも、確かに……さっきまで」

声が震えた。足も。

俺と一緒にいたのは、誰だ。ピンクとグレーの、スポーツウェアみたいな服を着て——木の枝に引っ掛かっていた、古びたジャケットによく似た。

そこまで考えて、もしかして、と気がつく。

あの服は、きっと、何年も前に森で迷った人のものだ。タグに名前が書いてあった、確か——フジタノリコとかいう人の。「姉ちゃん」のふりをしていた何かは、以前見た、彼女の服装を真似て、化けていたんじゃないか。もしかしたら、髪型なんかの外見も？

足の震えが大きくなった。

「森に入ると、記憶が混乱するんだ。惑わされたんだな」

事情を察したらしいノキが、気遣うように背中に手を添えてくれる。

「行こう。今なら出られるはずだ」

俺は震えを押さえ込んで頷いた。

森の主は、俺の記憶を混乱させて、自分を姉だと思い込ませた。でも、何でもできるわけじゃない。それは、最初から、ノキが言っていたことだ。森には森のルールがあって、それを守れば出られる。森の主だって、森に棲む者だって、そのルールを破ることはできないのだ。

俺たちは自分の名前を思い出した。黄色いテープの目印をたどって、森の外へ出れば逃げられる。森の主が森から出られないなら、追いかけては来られない。俺たちの勝ちだ。

テープを頼りに進んでいくと、数メートル先の木々の間から、黒い影が現れた。

ぎょっとして思わず足を止めてしまった俺の手をノキがつかんで、すぐ近くの木の陰に引っ張り込む。

「大丈夫だ。お守りは手放したから、隠れたり、距離を開けたりすれば相手は俺たちを見失う」

俺たちは、息をひそめて、黒い影——森に棲む者をやりすごした。

ノキの言ったとおり、影は俺たちには気づかない様子で、ゆっくりと離れていく。

元の道に戻ろうとしたら、進行方向に、また別の黒い影が見えた。

「出口の近くに集まってるんだと思う。俺たちを逃がさないように、見回りしてるのかも」

ノキが小声で言う。ということは、森に棲む者が多く目につくようになってきたら、出口は近いということだ。

黄色いテープの目印をまっすぐたどっていくと、森に棲む者たちにすぐに見つかってしまいそうだったから、テープの続いている方向を確認しつつ、少し横にずれて、木の陰に隠れながら慎重に進むことにした。

「でも、森の終わりに近づけば近づくほどあいつらが増えるんだったら、そのうちごまかせなくなるかな」

「足は遅いから、いざとなったらすり抜ければ大丈夫だ。でも、なるべく見つからないようにしよう」

森に棲む者たち一人一人は足が遅くても、いろんな方向から同時に向かってこられたら逃げ切れないかもしれない。それに、俺たちだって、常に全速力で走れるわけじゃない。

俺が不安そうな表情をしていたからか、ノキは、「大丈夫だよ」ともう一度言った。

「もし森に棲む者につかまっても、名前を呼べば助かるって話だし」

「それがもし本当だとしても、あんな黒い影みたいなやつの名前なんて……」

知りようもない、と言いかけたとき、木の陰から黒い影が現れた。

近い。二メートルも離れていないくらいだ。とっさに後ずさって距離をとる。

一体だけだから、囲まれたり、回り込まれたりする心配はない。

逃げようと背を向けた俺の横で、ノキが黒い影——森に棲む者に向き直り、

「オハラショウキチ！」

誰かの名前を叫んだ。

影に変化はない。ゆっくりとこちらへ近づいてきている。

違うか、と呟いて、ノキも相手に背を向けた。

「え、何？　誰の名前？」

「うろうろしてる間に、前に森で迷った人のものらしい手帳を見つけたんだよ。ほかにも、靴とか、いろいろ。そこに名前が書いてあったから、覚えてた。試しに呼んでみたんだ」

「ああ、俺も、何か古そうな服を見つけた」

二人で走ると、森に棲む者との距離はすぐに開いた。あまり出口から離れたくないから、円を描くようにぐるっと回って元の場所へ戻ろう、とノキが提案する。その間に、森に棲む者とはさらに距離をとれるだろうし、相手はそのまま俺たちを見失うかもしれない。

「俺は、森に棲む者は、前にこの森で迷った人間のなれのはてなんじゃないかと思ってる。だから、黒い影のどれかは、俺が手帳を見つけた、オハラショウキチのはずなんだ。本人はもう覚えてないだろうけど」

俺は、もう十メートル以上後ろにいるそれを振り向いた。人間にしては、動きが緩慢だ。ふらふら近づいてくる感じはゾンビっぽいけれど、ゾンビにしても大分ゆっくりしている。本物を見たことはないが、たぶん、夢遊病の人の歩き方はこんな感じなんじゃないだろうか。

後ろを向いたまま、走る速度を落として、観察した。

近づいてくる黒い影は、大人の女の人くらいの大きさに見える。

あっ、と思った。頭に浮かんだ名前があった。

「……ちょっと待って。もしかしたら」

俺は立ち止まり、いつでもまた走り出せるように準備だけして、黒い影が近づいてくるのを待った。ノキも、俺のしようとしていることを察したのか、足を止めて一緒に待ってくれる。

はっきり声が届くくらいの距離まで近づいてきた相手に、俺は、

「フジタノリコさん」

と声をかけた。

それはぴたりと動きを止めた。

形のはっきりしない、黒いもやのようだったものが、急にはっきりした輪郭を持って、女の人の姿になる。

ピンクとグレーの、登山用らしいスポーツウェアを着ていた。

俺が彼女の服装と顔を認識したのとほぼ同時に、輪郭がまたぼやけて——その姿自体が薄れて、空気の中にふわっと広がるように消えた。

黒い影だったものは、跡形もなくなった。

「やったな」

ノキが興奮した様子で俺の肩を叩く。

「うん、このへんで見つけた服に名前が書いてあったの思い出して」

「当たりだったな」

何分の一かの確率で、当たったのはたまたまだ。ラッキーだった。

黒い影がいなくなったので、黄色いテープが見える場所まで戻る。

枝にテープをつけた木の近くには森に棲む者が集まるだろうから、あくまで遠目にテープを確認できるくらいの位置をキープして歩くことにした。

しばらく歩くと、また別の黒い影がいたけれど、距離があるからか、こちらに気づいた様子はなかった。俺たちは影のいた場所を通りすぎた後、ときどき振り向いて、影がこちらに近づいてきていないかを確かめた。

「森の主も……名前を当てたら消えるのかな？」

「その可能性は高いと思う」

ノキは真剣な表情で頷く。

ノキが調べた言い伝え、森のルールは、どれも正しかった。森に入ると自分の名前を忘れる。名前を忘れたままでは森から出られない。森に棲む者につかまっても、相手の名前を呼べば助かる——それなら、ほかのルールも正しいと思っていい。

名前を思い出した今なら外に出られるはずだし、それに、森の主が森に棲む者たちの親玉なら、「名前を呼べば助かる」というルールは、森の主にも有効なはずだった。

「森に棲む者の正体が森で迷った誰かだとしたら、持ち物とかを見つければ名前がわかるけど……森の主は違うよね」

名前を知る方法なんてあるんだろうか。昔からこの森の主として恐れられていたなら、ナントカ様、みたいな呼び名があるのかもしれないけど、俺たちは知らない。名とりの森だから、ナトリ様とか？

「森の主は、というか、今そう呼ばれてるものは、人柱になったっていう地主の娘じゃないかと思ってるんだけど……調べておけばよかったな」

「そういえばそんなこと言ってたね。でも、江戸時代とかの話だろ？　もうちょっと後？」

どちらにしても、そんな昔の人の持ち物なんかが森の中に残っているとは思えない。

図書館とかで町の歴史を調べれば、人柱の娘の名前がわかったかもしれないけれど、今ここではどうしようもなかった。

「慰霊碑でもあればいいんだけどな。人柱の魂を鎮めるための……塚とか、お墓みたいなものでも」

ノキがそう言ったとき、前方に人影が見えた。

ノキも気づいたらしい。足が止まる。

人影は、女の人だった。その後ろに、三体の黒い影を引き連れて、俺たちを待ちかまえているようだった。

「あいつだ」

俺は小声でノキに伝える。

「俺と一緒にいた。俺が、姉ちゃんだって思ってたやつ」

今は、自分の姉だとは思わない。知らない人だ。

いや、人じゃない。森に棲む者の親玉。森の主だ。

ノキは黙って頷く。

俺には、ピンクとグレーのウェアを着た女の人に見える。でも、ノキには、違う風に見えているかもしれない。

森の主がここにいるということは、その向こうが森の出口なのは間違いなさそうだ。

森に棲む者たちをやりすごしてきたのと同じように、今度も、気づかれないように大回りしてその後ろを通って出口へ走ろう——そう作戦を立てる。

それをノキに伝える前に、森の主がこちらを見た。

気づかれた、と思った瞬間、こちらに向かってくる。

うわ、と思わず声が出た。

思ったより速い。黒い影の姿をした、森に棲む者とは比べものにならない。まだ距離があるから逃げ切れるかもしれないが、余裕というわけにはいかない。

森の主がまっすぐこちらへ向かってくるので、俺は思わず反対方向へ走り出した。出口からは離れることになってしまうけれど、とにかく今はつかまらないことが大事だ。

ノキもすぐ隣を走っている。

走りながら振り向いたら、さっきよりも距離は開いたようだった。森の主は、森に棲む者たちよりは速くても、俺たちほどは速く走れないらしい。よかった。これなら逃げ切れる。

気が緩んだせいか、何かに足をとられてつんのめった。走っていた勢いのまま、俺は前のめりになって地面に倒れる。

木の根につま先が引っかかったらしい。転んだ拍子に、根に挟まっていたつま先は抜けたけれど、そのとき足首をひねったようだ。力を入れると痛みが走って、すぐには起き上がれない。

地面に手をついたまま振り返ると、どんどん近づいてくる森の主が見えた。

俺を追い越したはずのノキが戻ってくる。

「ミツカワ！」

ノキが、俺に肩を貸して、助け起こしてくれながら、森の主に向かって叫んだ。

三津川――ミツ婆の家の表札にあった名前だ。地主の家。そうだ、人柱になった娘も、地主の家の娘だった。

その名前を聞いて、森の主の動きが、少し遅くなった気がした。でも、止まらない。名字だけじゃダメなのだ。下の名前が必要だ。

「……ヤコ」

思い出した。彼女は、ヤコと名乗っていた。さっき。

「ミツカワヤコ！」

大声で呼ぶ。

正しいはずだ、という確信があった。

けれど、森の主は止まらなかった。

近づいてくるその顔には、どんな表情も浮かんでいない。それがはっきり見える距離まで来た。

なんで、と声が漏れる。

「ヤコって？」

「あいつが自分で名乗ったんだ」

ノキが俺の左腕の下に体を潜り込ませ、立ち上がらせてくれる。ひねったほうの足に体重がかからないようにして、なんとか立つことはできた。でも、これじゃあ走って逃げるのは無理だ。どうしよう、どうしよう。つかまったらどうなるんだろう。森に棲む者の仲間にされるかもしれない。名前を奪われなければ大丈夫だという保証はない。

ノキに、俺を置いて逃げてくれと言うべきなのかもしれないけれど、置いていかれるのは怖かった。さっき、ノキが引き返してきてくれてすごくほっとしたのだ。でも、このままだと二人ともつかまってしまう。

「……俺たちと同じかもしれない。名前の一部だけがあだ名になって」

ノキが呟くのが聞こえた。

「ミツカワ、アヤコ！」

ノキが、森の主に向かって呼びかける。

相手が反応しないのを見て、すぐにまた別の名前を呼んだ。

「ミツカワ……カヤコ！」

そうか、ヤコはあだ名なんだ。クスノキをノキ、ミツカワをミツと呼ぶみたいに。

「ミツカワ、サヤコ！」

三つ目の名前を呼んだとき、森の主が、止まった。

もうすぐ近く、ほんの一、二メートルのところまで来ていた。でも、動かない。

びっくりしたような表情で——まるで、その名前の意味を考えているかのように、片足を踏み出しかけた姿勢のまま動きを止めている。

今だ、とノキが言って俺を支えながら走り出した。

傷めたほうの足にはなるべく体重をかけないで、半分、片足で跳ねるみたいにして、ついていく。

森の主は追ってこない。森に棲む者たちも、彼女の後ろでもやもやとわだかまっていた。

十分に距離をとってから、直角に曲がってしばらく走り、また直角に曲がる。そうやって、元の道へ戻ってきた。

止まったままの森の主と三つの黒い影が、遠くに見えた——気がしたけれど、実際には、見えたのはひとかたまりになった黒い影だけだ。その陰になっているからか、森の主の姿は見えなかった。

黄色いテープを巻いた枝の下を一直線に進む。もう、道を阻むものはない。

木々の合間から、外の景色が見えた。出口だ。

やった。出られる。

ほっとして、涙がこみあげてきた。

でもまだ泣くには早い。無事に脱出してから——。

ふっと、走る速度が緩んだ。

俺に肩を貸してくれていたノキが立ち止まり、そっと、俺の腕から手を放す。

ここまで来ればもう大丈夫だな、と呟いて、なんだか寂しそうな、悲しそうな、大人みたいな笑い方をした。

「あとちょっとだ。頑張って歩け」

俺に肩を貸すのに疲れたのかもしれない。それなら別にいい。足は痛いけれど、外まではあと少しだから、自力で歩ける。

でも、ノキがそういうことを言っているんじゃないのは、その表情を見ればわかった。

「一緒に出よう。俺、自分で歩くから」

「俺はいい」

いいってなんだよ、と笑おうとしたのに失敗して、声だけが上ずった。

背中からのしかかるみたいな恐怖に包まれる。森に入った瞬間よりもっとだ。出口はすぐそこで、もう、俺が――俺たちが助かるのは決まっているようなものなのに。

「ダメかもしれない」

ノキは静かな声で言った。泣き出すのを我慢しているみたいな表情で、声も震えている。

「俺は長く森にいたから、もう、何か、別のものになってるかもしれない」

なんでそんな怖いことを言うんだよ、と俺は言った。俺だって泣きそうだった。

「俺がこの森に入って、どれくらい経った？」

訊かれて、俺は口ごもる。

ノキが森へ入ったのは、去年の夏至の七日後だった。だから、ちょうど一年くらい。正確には、三六〇日だ。

時間のことは、考えないようにしていた。

でも、訊かれたのに黙っているわけにはいかない。俺が答えると、ノキは小さく頷いた。

「そっか。タネチンがそんなに変わってなかったから、何年も経ってるわけじゃないってわかって安心したけど……でも、一年か」

予想していた、というような感じで、取り乱したりはしない。でも、視線はゆらゆら、定まらなかった。

「俺、その間、ほとんど何も食べないでこの森にいたんだ。もしかして自分はもう死んでるんじゃないかとか、生きてるとしても別の何かなんじゃないかとか、何度も考えた。考えないようにしてたけど、それでも、どうしても頭に浮かんで」

怖いんだ、とノキは言った。ノキがそんなことを言うのは初めてで、俺は動揺する。

一年も森の中にいたのに、ノキの服とか、顔や身体がほとんど汚れていないことには気がついていたし、何を食べて、どうやって生き延びたんだろうとは思っていた。でも、不思議な森の中では不思議なことが起きるのだと自分を納得させていた。

そのとき、気がついた。いなくなる前のノキは、俺よりちょっとだけ背が高かった。でも今は同じくらいだ。

成長していない。ノキだけが。

「来てくれて嬉しかった。本当に、すげー、嬉しかった」

泣きそうな表情でありがとう、なんて言うから、ぶん殴りたくなる。何勝手に、お別れみたいな空気出してるんだよ。

「ダメだ。そんなの」

俺はノキの腕をつかんだ。ひねった足首がずきっと痛むけど、かまわない。

「俺たちはルールを守ったんだ。夏至の日から十日以内に森に入って、名前もちゃんと覚えてる。出られるはずだよ。そういうルールだ」

ノキを引っ張って、出口へと連れていく。一歩、一歩。

森を出て外へ踏み出すとき、最後の一歩で、抵抗するようにノキの身体に力が入ったけれど、無理やり引きずり出した。

光の中へ。


森から出た後のことは覚えていない。

なんとか脱出したはいいものの、俺たちはどこかで力尽きて、二人そろって倒れているところを発見されたらしい。救急車を呼んだのが誰なのかはわからない。ミツ婆かもしれないし、別の誰かかもしれない。

一年間行方不明になっていたノキが帰ってきたことは、大騒ぎになった。俺もノキも、何も覚えていない、と言い張った。

相談したわけじゃなかったけど、二人とも、同じようにした。本当のことを言っても、誰も信じないだろうと思ったのだ。

俺たちはもう名とりの森へは近づかないと、たくさんの大人たちに約束させられた。俺たちは素直に従った。

あの森に、もう、主はいないのかもしれないけれど。

しばらくして落ち着いてから、森の中であったことを色々考えた。

わからないことはいくつもあったけれど、一番不思議だったのは、姉のふりをしていた森の主が、あだ名とはいえ、自分から名乗ってみせたことだ。最初は俺の名前を引き出そうとしたのだろうと思っていたけれど、何度も考えるうちに、もしかしたら、それだけじゃないかもしれないと思うようになった。

森の主の彼女は、何らかの理由で、自分のあだ名だけを覚えていたのだろう。俺やノキのように、誰かにあだ名で呼ばれて思い出したのかもしれないし、人柱にされたとき、どこかに書いてあったのかもしれない。けれど、俺たちと同じで、正確な名前は思い出せなかった。

彼女も、あの森から解放されたくて、誰かに名前を呼んでほしかったのかもしれない。

今は、そんな気がしている。

森から戻って一か月が過ぎ、二か月が過ぎ、半年が過ぎた。

俺たちは中学生になった。

あっというまに季節は巡った。

最近ミツ婆の姿を見かけないと、大人たちが話しているのを聞いたけれど、三津川の家まで確かめに行くことはしなかった。

俺はノキより背が高くなった。ノキは気にしていないふりをしている。でも、前よりもよく牛乳を飲んでいる。

もうじき、また、夏が来る。

鳥の密室

斜線堂有紀

正規の裁判手続きに拘泥《こうでい》してはならぬ。それを厳格に守っていては、十万に一人の魔女も罰することはできない。

魔女を火刑にしない裁判官は、裁判官自身が焼かれるべきである。

ジャン・ボダン『悪魔崇拝』

首を吊《つ》られた女の死体が、ブラブラと風に揺《ゆ》れている。ベネデッタの見る限り、その女には身体《からだ》の大半が無かった。腕も足も腹すらも抉《えぐ》り取られ、藁《わら》で作った人形のようである。落《お》ち窪《くぼ》んだ目はただの穴と化《か》しており、ぽかりと開いた口には舌すらなかった。

火で焼かれる前に首を吊ってもらえるのは、自白をした魔女への慈悲《じひ》である。だが、この女には舌すらない。この状態で、一体どうやって罪の告白をしたのだろうか。

ベネデッタは辺《あた》りを窺《うかが》う。誰も彼も悲惨な魔女――かつてはコルドゥラと呼ばれていた――の死骸《しがい》に気を取られ、フードを被《かぶ》ったベネデッタに気がついていない。ベネデッタはマントの内側で密《ひそ》かに指を組んだ。どうか、あの魔女の魂が慈悲深き神に救われますように。もう二度と、悪魔などと手を組むことのないように。地獄の招きに応じることのないように。

魔女の為に祈ったなどと知れれば、次あそこに吊られるのはベネデッタになるだろう。そう思うとぞっとした。吊られ焼かれることよりも、悪魔と姦淫《かんいん》した呪われし魂と並べられることが恐ろしい。

――魔女はおぞましく、魂の奥底まで汚れている。バルタザール・フォン・デルンバッハ司教は、ベネデッタにそう言った。ならば、あの魔女が死《し》に際《ぎわ》に罪を悔《く》やんで神に祈ったところで、一体何の意味があるというのか。舌を切り取られた後の懺悔《ざんげ》も、穢《けが》された後の告白も、ベネデッタは同様に腑《ふ》に落ちなかった。尤《もっと》も、それを表に出すことはない。魔女への罰に意味が無いのなら、今この町で行われていることは何だというのか。そういうことになってしまう。

ベネデッタが絞首台《こうしゅだい》から去ろうとするのと入れ替わりに、死体を処理する泥剝《どろは》ぎ達が魔女を縄から下ろした。これからあの死体は、魔女の塔にある大きな窯《かま》の中で焼かれることとなる。昔は死体を乾いた磔木《はりき》に括《くく》り付《つ》けて焼いていたのだが、最近はその磔木を用意するのに骨が折れるようになった。それだけ魔女が多いのだ。

そこでデルンバッハ司教が導入したのが窯だ。魔女はそこに押し込められ、焼かれる。魔女を焼いた後の窯の中は、一夜経《た》っても悲鳴をあげてしまうほどに熱い。魔女を焼く際の炎が地獄から渡ってきているからだという。魔女はこれから向かう地獄を先に味わうのだ。

ベネデッタは泥剝ぎ達に追い抜かれないよう、足早に教会へと向かった。ベネデッタの暮らす教会の横にそびえ立つものこそ、彼らの目指す魔女の塔だからだ。

今日も魔女の塔から煙が立《た》ち上《のぼ》る。地獄から噴《ふ》き上《あ》げる黒い煙が、空を覆《おお》い、光を遮《さえぎ》ってしまう。

かつて——とはいえ、一年ほど前のことだ——魔女の塔は、町を守るためのただの監視塔だった。春にはそこに燕《つばめ》が巣を作り、ベネデッタは密かに親鳥へ餌を与えていたものだ。それがいつの間にか魔女達を責《せ》め苛《さいな》む魔女の塔へと変貌《へんぼう》してしまった。聞けば、国中の町や村で、同じように魔女の塔が作られているという。
何かがおかしくなっているのに、それを止める手立てがなかった。

聖女ベネデッタは輝かしい道を歩んできた。

靴職人の家の三女に生まれたベネデッタは、五つの時に神のお告げを聞いた。ベネデッタは人を導き救う運命にある、と。その声は魂の奥底を震わせ、使命を身に帯びるに足《た》るものだった。預言さえ携《たずさ》えれば、田舎娘《いなかむすめ》でも王に見《まみ》えることの出来る時代である。

ベネデッタが向かったのは王城ではなく、生家から離れた大きな町にある教会であった。ベネデッタの母は娘を神に嫁《とつ》がせるべく、デルンバッハ司教に預言の話をした。すると彼は、幼いベネデッタを神の声を聞《き》き遂《と》げた聖女と認め、修道院へと迎え入れた。

それから十年が経つが、ベネデッタはこの町から一度も出たことはない。両親に会うこともなく、自身の全てをこの町と教会へ捧《ささ》げてきた。町の人々もベネデッタを慕《した》い、彼女に愛を返してくれている。かつてベネデッタは、自分の住んでいる町を楽園のようだと思ってすらいた。

だが、今はどうだろうか。

この町は魔女に侵《おか》され、害悪魔術による病が人々の間に蔓延《まんえん》している。

「ベネデッタ、ああ、聖女ベネデッタ、儂《わし》は魔女として火刑に処されたグレーテの父親でございます」

教会に戻る途中で、老人に声をかけられた。

勿論、この男のことは知っていた。石工《いしく》のハンス翁《おう》だ。彼の娘が魔女であったことも、彼女が数カ月前に生きながら焼かれたことも知っている。ベネデッタの背に嫌な汗が浮かんだ。

「ベネデッタ！　神の声をお伝えください！　グレーテは魔女ではありませんでした！　グレー

テはあの恥知らずのヴィネケに金を貸しておりました。あの男が、明日食うパンにも困っていると言ったからです！　私のグレーテは隣人に慈悲をかけました。なのにヴィネケがグレーテに与えたものは、魔女としての密告です！　あの男は、端金《はしたがね》を踏み倒す為だけに、グレーテを焼いたのです！　神にお確かめください。グレーテは魔女ではなかったと、ヴィネケの明日のパンの為に、グレーテは地獄へと引き摺られていったのだと！」

　ハンス翁は今になってヴィネケの借金のことを知り、いてもたってもいられなくなったのだろう。確かに、相手が魔女として裁かれれば、借金を返済する必要はなくなる。だが、そんなことの為に人を魔女として告発するなど、ベネデッタには信じ難かった。なおも言い募るハンス翁の背に手を置き、ベネデッタは何とか言葉をかけた。

「認めたくないことかもしれません。けれど、グレーテは魔女だったの。デルンバッハ司教はちゃんとグレーテを審問《しんもん》し、彼女と姦淫していた悪魔がそれを認めました。グレーテは心の底から悪魔を崇拝しておりました。それは——」

「それは……神の御言葉か？」

　ベネデッタの言葉を遮るように、ハンス翁が言った。ベネデッタの喉《のど》がひくつく。

「魔女かどうかの審判は偏《ひとえ》にデルンバッハ司教様に委《ゆだ》ねられております」

　ベネデッタはそれだけ言うと、ハンス翁を振り切るようにして足早に教会へ向かった。

　グレーテのことが記憶に残っているのは、ベネデッタが初めて審問の様子を目にした魔女だったからだ。

　それまでベネデッタは、魔女に直接関わることはなかった。魔女に関連する事柄は全てデルンバッハに委ねられ、ベネデッタはいつもと同じように教会での業務をこなし続けていた。デルンバッハは魔女を取り調べる時は塔に籠《こも》るので、ベネデッタはそれらを見ずにいられたのだった。審問の末に魔女が処刑される時ですら、ベネデッタは教会に籠りただひたすらに祈りを捧げていた。

　魔女の叫び声も民衆の熱狂も共に恐ろしくてならなかったからだ。

　だが、グレーテの審問の際、デルンバッハは一番大きな木桶《きおけ》に水を汲《く》んで、塔に持ってくるように命じたのだ。

　魔女狩りが活発になってから、塔に足を踏み入れるのは初めてだった。ここにはもう一生入ることはないだろうと思っていた。

　塔は三層から成《な》っており、一階にはその当時何も置かれていなかった。後に、魔女を焼く窯が置かれることとなる場所だ。

　ベネデッタは重い木桶を提《さ》げたまま、上を見上げた。デルンバッハとグレーテが上にいることはすぐに分かった。塔を軋《きし》ませるような鈍い音と、女の甲高い悲鳴が天から注いでいるからだ。

　急な階段を一歩一歩上っていくにつれ、二階で何が行われているかが見えてきた。

　天井には滑車が取り付けられていた。ベネデッタの知らない新しい装置だった。その滑車が、グレーテの手首に食い込むロープを吊り下げている。グレーテの肌はどこもかしこも変色し、皮《ひ》膚《ふ》が弛《たる》んでいた。まるで青紫色の薄布を被せられているようだ。その足首には、教会の金を勘定する為に使われていた重い分銅《ふんどう》が括り付けられていた。ベネデッタも一度ならず触れたことのあるものである。それが、人を苛む為に使われている。

吊り上げられたグレーテの腕は、違和感を覚えるほど長く伸びていた。どれだけ長い時間、吊り上げられているのだろう。ベネデッタは心底恐ろしくなった。人間の身体が壊れる様を、ベネデッタはまじまじと見させられている。

グレーテは顔を真っ赤にし、泣き腫らした眼でデルンバッハに懇願《こんがん》していた。

「司教様。何を申し上げたらいいか、言ってくださいませ。私がどんなことをしたのか、私にはわからないのです。心から告白致しますから、仰《おっしゃ》ってください。何を言えとお望みなのですか。仰ってください。ああ……骨が砕ける……ああ、お望みのことを申し上げます」

「お前がしたことを、ただ言えばいいのだ」

デルンバッハは少しも表情を変えずに、グレーテに言った。グレーテはますます苦しそうな呻《うめ》き声をあげ、啜《すす》り泣《な》いた。涙を一粒流すごとにグレーテの両腕は引き伸ばされていく。あれではもう、針仕事は出来ないだろう、とベネデッタは思った。

早く、木桶を置いてこの塔から去らなければ。そう思っているのに、足がまるで動かない。デルンバッハ司教はベネデッタが来たことに気づいていないのか、何も言わない。早く、もう行っていいと、言ってもらわなくてはいけないのに。

どうしてこんなことを、ああ、でもグレーテは魔女なのだった。だとすればこれは、いや、それはでも――。ベネデッタは心中で神に祈ったが、答えがまるで返ってこない。

その瞬間、グレーテの目がカッと見開かれ、ベネデッタを見据えた。そしてグレーテは身を捩《よじ》りながら叫んだ。

「ベネデッタ！　神に私の声を届けておくれ！　この弱い女に憐《あわ》れみをかけるよう伝えておくれ！　私にはわからない！　私は何を、私は……――ああ、私は何でも致しましたとも！　これ以上何を、ベネデッタ！　伝えておくれベネデッタ！　憐れみを！」

ベネデッタの身体は石のように強張《こわば》り、いよいよ木桶を取り落としてしまいそうになった。

「神がお前に憐れみを持つとすれば、それは本当のことを言った時だけであろう」

そう言って、デルンバッハはロープを思い切り緩《ゆる》めた。吊り上げられていた身体は床に叩きつけられ、グレーテは家畜のように荒い息を繰り返す。

「ベネデッタ。これをそこに」

ベネデッタはぎくしゃくとした動きで木桶を置き、自身も縋《すが》るような目でデルンバッハのことを見た。だが、デルンバッハは何も言わず、床に転《ころ》がるグレーテを引きずり、隅に置いてあった傾斜のある台へと乗せる。

デルンバッハが漏斗《ろうと》を取り出すのを見て、ベネデッタは許しが出るより先に階段を下り、塔を出た。今度は悲鳴が響かなかった。

この間、神は沈黙したままだった。ベネデッタがグレーテの言葉を伝えなかった。

その夜、デルンバッハはベネデッタに一冊の本を与えた。異端審問官であるハインリヒ・クラーマーの著《しる》した『魔女に与える鉄槌《てっつい》』であった。ベネデッタも名だけは耳にしたことのある有名な書物だ。

「お前は女であるが、神の声を聞き遂げた女である。これを読み、私がやっていることを理解しなさい。そして、周りにある害悪魔術に対して正しく対抗するように」

「ありがとうございます。デルンバッハ司教様」

デルンバッハとは、もう十年もの歳月を共に過ごしてきた。だが、近頃の彼の目はベネデッタの至らなさを刺すような光がある。

ベネデッタは渡された本を読み、ある魔女がいかにして疫病を広め、集落を一つ滅ぼしたかを知り恐ろしくなった。一人の魔女を生かしておけば、町一つが滅ぼされてしまうのだ。

グレーテはその後、生きながら焼かれた。霧《きり》の濃い、雨の匂いがする日の朝だった。露《つゆ》に濡れた木には火が点《つ》きづらく、グレーテは随分長い時間をかけて焼かれた。

以来、ベネデッタは魔女の塔に出入りし、審問の補助を行なっている。そのお陰で、町は未だ滅ぼされてはいない。魔女を焼く手を緩めてはならない。油断すれば、必ず悪魔が裂け目に鉤爪《かぎつめ》を入れてくるだろう。

魔女の塔に鳥は来なくなった。ベネデッタはもうそれを悲しむことはない。空が魔女を焼く煙で灰色に染まっている。

魔女マリアがやってきたのは、奇《く》しくもそんな折であった。

ベネデッタがデルンバッハに呼ばれ魔女の塔に辿《たど》り着《つ》くと、そこにはベネデッタと丁度《ちょうど》同じ年の頃の少女がいた。みすぼらしく痩《や》せていて、伸びた髪はベネデッタのものとは似ても似つかないくすんだ鉄錆《てつさび》の色をしている。審問も始まっていないのに、ベネデッタはこの時点で彼女を魔女だと判断しそうになった。

「この辺りを彷徨《さまよ》い歩いているという流浪《るろう》の女だ。家畜に呪いをかけているとして告発され、ここで判断を下すこととなった。お前、名前は」

「マリア」

流浪の女はそれだけを口にして、黙り込んだ。普通の女であれば、身の潔白を証明する為にあれこれ自分の身の上を語るだろうに。マリアは――よりによってマリアは！　ハシバミ色の瞳でじっとベネデッタを見るだけだった。

「私はベネデッタ・アンナ・ユニウス。デルンバッハ司教様の元で神に仕えています」

ベネデッタが挨拶をしても、マリアは不快そうに鼻で笑っただけだった。魔女に相応《ふさわ》しい、不遜な態度だった。尤も、今まで捕えられた魔女の中に、そんなふてぶてしい態度を取った者はいなかったのだが。

「ベネデッタ、まずはその者の身体を調べなさい。私は審問の用意をしておく」

そう言ってデルンバッハが塔を出ていき、ベネデッタはマリアと二人きりにされた。

塔を出ていく時、デルンバッハは扉に錠を掛けて出て行った。なので、マリアが逃げ出してしまう恐れはない。

だが、マリアが魔術を用《もち》いてベネデッタを傷つけることがないとも限らない。マリアは痩せこけていて小柄な上、足枷《あしかせ》も嵌《は》められているが、魔女であるならばそんなものが何の意味もなさないかもしれない。ベネデッタは俄《にわ》かに緊張した。

すると、マリアが不意に喉を鳴らして笑い始めた。そして、間髪容《かんはつい》れずに言う。

「お前、あの司教様に愛されていないね」

あまりの言い様に、ベネデッタは咄嗟《とっさ》の反論が出来ない程だった。その隙に、マリアが続ける。

「そうでなければ、魔女とお前を二人きりになどするもんか。縊《くび》り殺されるかもしれないのに」

「私には神の声が聞こえます」

奥底にある不安を言い当てられたベネデッタは、ようやく強く反論した。

「貴女《あなた》のような悪しき魔女に殺されることはありません。司教様もそれを理解していらっしゃる」

「だからって愛されてるとは思えない?」

「司教様は全ての人を平等に愛しておられます。貴女のような魔女以外は」

「お前、随分だね。他に修道女はいるのか?」

「私の他にはおりません」

かつてはベネデッタの他に三人の修道女がいたのだが、二人は魔女として殺され、一人は町から追放された。残ったのはベネデッタだけ。追放された一人がどうなったのかを、ベネデッタは知らない。

「……服を脱ぎなさい。呪具を持っていないかを検《あらた》めます」

ベネデッタが言うと、マリアは意外にも素直に従った。厚みだけが取り柄の粗末《そまつ》な衣服は、マリアの身体にはまるで合っていなかった。何かが縫い込まれていることもない。デルンバッハに没収された物以外、マリアは何も持っていないらしい。

裸のマリアを他所《よそ》に、執拗《しつよう》に服をまさぐっていると、不意に鋭い痛みを覚えた。服に刺さっていた赤黒い塊が、手の甲を突いたようだ。思わず衣服を投げ捨てるようにして、ベネデッタは叫ぶ。

「これは何！」

「木屑《きくず》如きで大袈裟《おおげさ》な。お嬢さんは木屑でどこぞを刺したことすらないのかい」

マリアがせせら笑う。そう言われてみれば、刺さっているのは何の変哲もない木屑だった。赤黒く見えているのは、マリアの血だろうか。だが、そう見せかけた呪具かもしれない。『魔女に与える鉄槌』には、魔女が用いるありとあらゆる魔術が描かれていた。手の甲から血が滴《したた》り落ちるのを見て、ベネデッタは恐怖に震えた。

「こんなものを隠し持って、どういうつもり。これで私を呪い殺すつもりですか。それとも意のままに操るつもりですか」

「だとしたら、さっさと代わりの服を寄越《よこ》すよう命じるよ。寒くて仕方がないんだ」

激昂《げきこう》するベネデッタをはぐらかすように、マリアがしらっと言う。

「この塔は寒いな。その窯では暖を取らせないのか」

「それは魔女を焼く窯よ」

ベネデッタが言うと、マリアは恐怖に震える代わりに目を丸くした。

「へえ……効率よく魔女を殺す為だけの窯だろう。驚いた。ここの司教はよほど魔女殺しに熱心なんだな」

「貴女、外の町にも詳しいの？　外には窯はない？」

「必要とされてはいた。とにかく魔女を殺したくてたまらない奴らが大勢いたからな。焼くのにももう飽きたんだ。だから、早く済ませたくなった」

マリアは目を細めながら言った。彼女が渡り歩いてきた場所で熱心に魔女狩りが行われていたのだとしたら、本物の魔女でありそうなマリアが見過ごされていることこそ恐ろしい。

それよりも、ベネデッタは外の町での魔女狩りの話を聞いて驚いた。外でも、こんなことが行われているなんて。

心を乱されてはいけない。ベネデッタの役割は、デルンバッハが戻ってくる前に、審問の用意を整えておくことだけだ。ベネデッタは用意してあった麻の着物を取り出すと、マリアに渡した。

「私が祝福した衣服です。害悪魔術を使うことが出来ないように」

魔女に着せる衣服の祝福も、ベネデッタに課せられた使命だった。魔術を使用出来なくするのが主たる目的だったが、彼女はそこに、ある種の魂の浄化を祈っていた。塩と聖水によって浄められ、ベネデッタの祈りが捧げられた衣服を着れば、魔女も邪悪な魂を雪《そそ》ぐことができるのではないか——そう思ったのだ。今のところ、この祈りが叶った例《ためし》はない。それでも、ベネデッタはこの習慣を続けている。

衣服は、奇妙なほどマリアの背丈《せたけ》に合っていた。

マリアが衣服の着心地を口にする前に、デルンバッハが戻ってきた。審問が始まる。

審問の際にベネデッタが行うことは、魔女の証言の記録だった。

記録と言っても、魔女が言うことは大体同じだ。自分は魔女ではないと主張し、何を答えたらいいかわからない、何も知らないと言ってみせる。しかし質問を重ねていくにつれ、魔女は観念したように自分の行いを告白し始めるのだ。善良そうに見えるどんな女であれ、最後には魔女集会に参加し、隣人を呪ったと語るのである。

マリアはまず、他の魔女と同じように吊り上げられた。体重だけでは足りないと判断したのか、デルンバッハはいつもより多くの分銅を足につけ、マリアを責め苛んでいた。

「お前は魔女になって何年になるのか」

マリアは答えなかった。ただじっとデルンバッハを見つめている。

「魔女になった理由は何か」

「私が魔女に見えるのかい。ただ町を渡り歩いてきた私が」

「悪魔にどんなことを誓約《せいやく》したか」

「今までどれだけ多くの魔女を焼いてきたのか？　それはどんな心地だった？」

「魔女集会にはどんな悪魔と人間が出席したか」

通例となっている質問に対し、マリアは全く動じずに言葉を返している。ベネデッタが審問助手になってから、こんなことは初めてだった。

デルンバッハは厳しい顔をしてマリアを睨《にら》むと、ゆっくりとロープを引き上げていった。この瞬間はいつも耐え難い。平然としていたマリアの顔が歪《ゆが》み、小さな呻き声が漏《も》れる。

「お前はこの町に何をしに来た。何を呪いにきたのだ」

「……この街は……燕が多いな。お前は、燕にも何をしに来たと問うんだろうな」

その言葉にベネデッタは思わず反応した。この魔女も、燕の話をするのか。あの小さな命について、何かを思ったりするのか。ベネデッタが今の言葉を書き留めるのと、マリアの身体を引き上げるロープが更に引っ張り上げられたのは同時だった。小さな身体が宙で跳ね、骨が関節から外れる。一拍遅れて、マリアが絶叫した。

審問が終わった後、ベネデッタはマリアの元に食事を運んだ。とはいえ、魔女に与えられるのは固いパンと水だけである。命を繋ぐだけの食事だ。

告白と処刑を待たずに魔女が死ぬのは避《さ》けなければならない。それでも、審問の最中に死んでしまう魔女は後を絶たなかった。生きる気力が萎《な》えてしまったのか、食事に一切手をつけずに死んでいった魔女もいた。そういった時、デルンバッハは魔女の世話を任せたベネデッタを責めた。

「お前をここに遣《つか》わせた神は、今ここで役に立つようお前を作られたのだ」

デルンバッハがそう言う度《たび》、ベネデッタは消えてしまいたくなるほどだった。魔女に然《しか》るべき裁きを受けさせることすら出来ないなら、ベネデッタがここにいる意味はない。

だから、塔の最上階——魔女を繋いでおく部屋に立ち入る時、ベネデッタはいつも緊張した。かつてはここに来る燕を楽しみにしていたのに。今では空に一番近いこの場所があまりにも恐ろしい。もしマリアが死んでいたら、ベネデッタはまた役目を果たせなかったことになるのだ。

だが、手枷を嵌められ鎖に繋がれながらも、マリアはちゃんと生きていた。肩は脱臼《だっきゅう》したままで、それが酷く痛々しかった。魔女を横にさせない為に、鎖の長さは極限まで短くされている。だから、ベネデッタがそちらへ近づいていくしかなかった。

「食事を持ってきました」

「ああ、一応食事はもらえるんだな。聞くところによると、別の町じゃ魔女には食事すら与えないのが普通だって聞いたから」

「私達は公平に貴女が魔女かどうかを見定めようとしているだけです。貴女を責め苛むことを目的としているわけではありません」

言いながら、本当にそうなのだろうか？　とも思う。ハンス翁にグレーテのことを思い出させられたせいか、日々同じように責め苦を負わされる魔女や、吊られてなお焼かれる魔女のことを目《ま》の当《あ》たりにしているせいか、この頃ベネデッタはその残酷さに疑問を抱くようになっていた。審問を終えた魔女をまともに寝かさないようにすることは、果たして必要なことなのだろうか？

「肩を治してあげましょうか。それでは辛いでしょう」

言われて気がついたのか、マリアが自分の腕を見る。ベネデッタはパンと水差しを置くと、思い切り力を込めてマリアの関節を嵌め直した。他の魔女が痛がって泣いているのを見て、自然と嵌め込むのが上手くなってしまった。

「ありがとう。お前、あの恐ろしい魔女狩り司教の下で働いている割に、気が利《き》いているね」

「私は貴女の魂が早く救われることを祈っています」

「救われないよ。私は本物の魔女だからね」

その言葉に、思わず絶句した。

「貴女は——どうして、デルンバッハ司教様にそれを告白なさらなかったのですか」

「告白してどうなる？　殺されるだけだろう。どうせ、捕まった時点で決まってるんだ。なら私は、脱出の機会を窺うさ」

同じように考えた魔女は大勢いただろう。実際に、どうにかして逃げ出そうとする魔女もいた。だが、多くはデルンバッハが差し向けた兵に捕らえられ、またこの塔に戻ってくることとなった。塔は下まで階段で一続きになっているが、入口には頑強な錠前が掛かっている。デルンバッハがそれを掛け忘れたことはない。一番上に魔女を繋いでいるのは、窓から逃げることも出来ないからだ。ここに連れて来られるなり、窓から飛び降りた魔女がいた。その女の頭が実のように弾《はじ》けるのを、ベネデッタは見てしまったのだ。

この窓から逃げるには、それこそ鳥にでもならなければならない。

「お前、燕が好きなのか？」

不意に、マリアがそう尋《たず》ねてきた。

「さっき、燕の話に反応していただろう」

「好きなわけではありません。かつてこの塔には、燕が巣を作っていたんです」

でも、それを見て心を癒《いや》していたのは事実だった。血の匂いの染みついた塔に、燕はもう巣を作らない。それをたまらなく悲しく思っているのも、事実だ。

「審問が続く限り、お前が世話をしてくれるんだろう。私は鳥が好きだ。お前の知らない、鳥の話をしようじゃないか。もしお前が私の告白を司教に伝えれば、すぐさま焼かれるかもしれないが」

そう言われて、マリアが何を人質に取って話しているかを理解した。

ベネデッタに鳥の話をしてくれる人間など、マリアの他にはいない。燕の話をした時に、つい反応してしまった自分が恥ずかしかった。

「私は……貴女の話を聞きたいからといって罪を見逃したりはしません。けれど、審問を行うのは私ではなく、司教様です。私が何かを申し上げても、それは出過ぎた行為だとお諫《いさ》めになるでしょう」

ベネデッタがそう言うと、マリアがにやりと笑った。魔女に相応しい、品の無い笑みだった。

ふと窓の外に目をやると、小さな鳥が空を泳いでいるのが見えた。

「あれはコマドリだよ」

ベネデッタが問うより先に、マリアが言った。

魔女はあらゆるものに跨《またが》って空を飛ぶという。

マリアが鳥の名前に詳しいのも、当然なのかもしれなかった。

それからベネデッタは、マリアの審問の記録を行い、彼女の食事の世話や簡単な治療をしながら、鳥の話を聞いた。燕がある時から姿を見せなくなるのは、死んでしまうのではなく、町を離れて遠くまで旅に出るからなのだと聞いた時、ベネデッタは俄かに信じられなかった。

「私は魔女だからね。燕の行く先を追ったことがあるんだ。それでも疑うのかい」

「……貴女が言うならそうなのかもしれないですが……」

「次に燕が来たなら、足に印を付けるといい。次の春、燕は必ず戻ってくるよ」

そう聞かされた時、ベネデッタの心は躍《おど》った。生憎《あいにく》、塔にはもう燕が巣を作ることはないのだが。この話をもっと早くに聞いていたら、ベネデッタは必ず試していただろう。

「コマドリも遠くへと渡るの？」

「冬のコマドリは見つからないように、森に家を作るのさ。彼らの家に近づいたら、大声で鳴かれて怒られる。冬にコマドリの縄張りを探したことは？　町の近くに、大きな黒い森があるだろう」

「ありません。司教様の元に来てからは、この町を出たことも」

ベネデッタがそう言うと、マリアは驚いたようだった。流浪の旅を続けてきたマリアには信じられない話なのだろう。マリアはベネデッタとはまるで違う。彼女は行く先々で色々なものを見、ベネデッタの知らない鳥の生態を知っている。

　そうした旅がマリアの精神を強くしなやかに仕上げたのか、マリアは苛烈な審問に対しても音《ね》を上げなかった。今日彼女に行われたのは『指締め』と呼ばれる審問方法だった。指に締め枠を当てがい、螺子《ねじ》を締めて骨を砕くのだ。マリアの左の指、その五本全てにこの指締めが行われた。骨が砕かれる度にマリアは叫んだが、今は赤黒く変色した手など気にもしていないように平然としている。それがベネデッタにはまた恐ろしかった。

　審問を受けた魔女は、殆《ほとん》どが初日か翌日には自らの罪を認める。それが、マリアは三日目になっても全く告白する様子がない。このまま審問が続けば、マリアはどうなるのだろうか。もう左手は用を為《な》さない。次は両足の骨を砕くとして、いつまで続くのだろうか。審問の方法がなくなった時、真実を言っているとして、魔女ではないと認められるのだろうか。

　それとも、それほどまでに嘘を吐《つ》いた罰として、マリアは窯で焼かれるのだろうか。

　それを思うと少し恐ろしくなって、思わずベネデッタは言った。

「もし貴女が本当に魔女であるのなら、司教様にそれを仰ってください。そうすれば、あの窯で生きながら焼かれることにはなりません。焼かれる前に首を吊られることが、どれほどの慈悲か分かるでしょう」

　魔女の窯は、中に入った魔女を長く苦しめる。狭い窯の中で徐々に焼かれていく魔女は、誰一人として正気を保っていられなかった。窯の中からは懇願と泣き声が響き、やがて苦悶《くもん》の絶叫に変わっていく。煙の色が濃くなるにつれ、魔女がのた打ち回る音が聞こえるようになる。あれは、魔女を罰するに相応しい、地獄の似姿《にすがた》だ。ベネデッタは、あの窯がどうしても恐ろしくて仕方がない。自分があそこに入れられるところを想像しただけで叫び出しそうになる。

「それはどうも、なんてお慈悲だ。どうせ殺されるのに、そんな言葉に乗る必要がどこにある？」

「それほど窯は恐ろしいからです。あそこに入れられれば、どんな強情な魔女であっても悲鳴と懺悔の言葉を漏らします。たとえ貴女でさえも」

驚いたことに、ベネデッタはマリアにあの窯で焼かれてほしくないのだった。デルンバッハには言ったことがなかったが、あれはまるで――……魔女を長く苦しめる為だけに作られたもののように思える。あれに入れられることは、たとえ悪魔に誘惑された者の魂であっても――冒瀆《ぼうとく》であると思えるほどに。

「私の考えは変わらないよ。たとえ最後にはあの窯に入れられるのだとしても、絶対に告白はしない」

マリアはその言葉通り、四日目も告白をしなかった。マリアの両足は締め枠の中で砕かれ、ベネデッタが引きずるようにして塔の上までマリアを運んだ。マリアの身体は頼りなく、軽かった。デルンバッハは両足の骨を砕かれても屈しないマリアに対し、苛立ちと恐れを抱いているようだった。そんな彼の姿を、ベネデッタは初めて見た。

マリア自身は気丈《きじょう》だったものの、その夜に彼女は熱を出した。明らかにマリアの身体は弱っていた。この四日、彼女は横になって眠ってすらいないのだ。

ベネデッタはいつものパンとは別に、あるものを差し出した。マリアは熱に浮かされた目でそれを見ると、無言のままベネデッタに目をやった。

「蕁麻《いらくさ》の茶です。熱に効《き》くはずです」

本来ならば、そんなものを魔女に与えることなど許されるはずがない。だが、マリアの熱が下がらなければ、この先の審問に耐えられる気がしなかった。マリアは目を細めると、ベネデッタに支えられながら茶を少しずつ飲み下した。

「蕁麻は、よく家の庭に生えていてね。具合の悪い時に、よく摘《つ》んで食べていた」

「食べられるのですか？」

蕁麻は、目には見えない細かい棘《とげ》が生えていて、触るとそれだけで火傷《やけど》したように痛む。ベネデッタも蕁麻を摘む時は布を使い、濾《こ》して茶にするくらいが精々だ。

「茶だろうとそのものだろうと、大した違いはないんだろう。よく効いた。きっとこれも効く」

マリアがそう言うのを聞いて、ベネデッタはほっと息を吐いた。魔女であっても、傷が元で出る熱を避けることは出来ない。そのことが、マリアが善良なただの人間であることを示しているようでもあった。

「……私は幼い頃、神の言葉を聞きました」

マリアの為にパンを小さく千切《ちぎ》りながら、ベネデッタは自然と話し始めた。

「今の貴女のように、熱に浮かされていた時だったと聞きます。神は私にその身を捧げ、自らの花嫁になるよう仰《おお》せになったのだと」

「そんなものは――」

「わかっています。貴女のように、譫言《うわごと》だと言う人も多くいました。ですが、母親はその言葉を信じて私を教会に預けてくださいました。私はそれに対しとても感謝をしています。ですが、今になって——本当に自分はここにいるべきなのかと思うようになりました」

「お前は教会で勤勉に働いているのだろう？」

「……私がしていることは、ただ言われた通り魔女を責め苛む手伝いをしているだけです。町の人々の疑問にも答えられず、審問の為の水を木桶に溜めて運ぶだけ。私は——……娘を亡《な》くしたある方の言葉にすら怯《ひる》んでしまいました」

もしかしたら、私には神の声など聞こえていなかったのかもしれない。全てはただの幻聴だったのかもしれない。そう思うと、自分が立っている場所が不安定に揺れる錯覚を覚える。あれきり、神の啓示はない。デルンバッハも、今はもう信じてはいないだろう。それなら自分と魔女の間にどれほどの違いがあるのだろうと考えてしまう。悪魔の囁《ささや》きに耳を傾けた者と、熱の合間の幻聴に生を捧げた自分との間に？

ややあって、ベネデッタは言った。

「私が、貴女を助けます」

「……何を言っているんだ？」

「司教様は物の道理が分かるお方です。マリアは魔女ではないと神の口を通じて言えば、分かってくださるかもしれません。司教様なら、私の言葉を信じてくださるはずです」

一瞬にしてマリアの目つきが変わった。ベネデッタの言葉を吠《ほ》えるように否定する。

「それだけは絶対にやめろ。あいつはお前の言葉など聞き入れない。たとえ目の前に神が現れても、自分の考えを曲げたりするものか」

「それは司教様への侮辱《ぶじょく》です。あの方は神に身を捧げてこられたお方です。貴女のことは見誤ってしまったかもしれませんが、本当は正しき道を行く方です」

「そんなことをすれば、魔女に惑わされた者として今度はお前が審問を受ける側《がわ》になる。ベネデッタ、お前は善良で良い娘かもしれない。だが、そんなものに美徳を感じるようであれば、あの司教は魔女を焼く窯など作らない」

「私は、司教様を信じています」

ベネデッタは、マリアにそう言ったのだった。


水を掛けられ、ベネデッタの意識が覚醒《かくせい》する。一瞬、自分が何をしているのか、どこにいるのかもわからなかった。右手が焼けるように熱い。熱さの源に目をやると、そこには幾度となく見てきた締め具があった。螺子はすっかり締められており、器具の間にベネデッタの白い指が挟み込まれている。

ベネデッタは思い出した。全ては長い長い回想であり、今この身がその顚末《てんまつ》を味わっていることを。

途端《とたん》にベネデッタは絶叫した。鉄の椅子に縛られた身体を震わせ、目の前のデルンバッハに懇願する。

「ああ――……何故《なぜ》ですか、司教様！　どうして、マリアは魔女ではありません。私もです。司教様は私のことをよくご存知のはずです！　司教様！」

「愚かな娘だ。神に仕える身でありながら、あのような魔女に惑わされるとは」

「痛い、痛いです司教様、お許しください。何故私にこのようなことをなさるのですか」

「お前には悪魔が取《と》り憑《つ》いている。お前は何度悪魔の囁きにそそのかされた？　答えてみろ」

答えてみろと言われても、ベネデッタは悪魔の囁きなど聞いていない。マリアを助けてほしいと進言しただけだ。何を言っても信じてもらえない。無力感と痛みと恐怖で涙が溢《あふ》れ出《で》てくる。こんな気持ちを、今まで裁かれてきた魔女達も味わっていたのか。

「望み通り、お前も塔に繋いでやろう。お前の魂が清められることを心から祈っている」

清められる時が来るとは思えなかった。何故なら、ベネデッタは魔女ではないのだから。


ベネデッタは塔の最上階に、マリアと向かい合わせに繋がれた。デルンバッハの温情なのか、左手には手枷が嵌められているが、潰された右手は自由だった。

右手は変形してしまっており、二度と元に戻ることはないように見えた。それを見て、また恐ろしさに涙が出た。痛くて、何より屈辱的だった。

ベネデッタよりも、マリアの方が憔悴《しょうすい》しているように見えた。マリアは昨日、熱もまだ残った身体に水責めを受け、初めて聞く声を出した。マリアが他の責めを求めたのも異例な事態だった。そうして今日は鞭《むち》打ちを受けた。今日に至っては問いかけすらなく、デルンバッハは無言のまま、ただマリアを打ち据えた。

目隠しをされて鞭打たれるマリアは、あまり意識がはっきりしていないようで、鞭を受けてから数瞬遅れて声を上げた。

同じ立場に置かれていよいよ、ベネデッタはマリアの強さに心を打たれると同時に、鞭打たれるマリアの姿に耐えられない程の痛みも覚えた。魔女が受ける途方も無い痛みを、合わせて受けているような気分だ。

襤褸《ぼろき》切れのようなマリアの姿を見て、申し訳なくてたまらなかった。ベネデッタにもう少し力があれば、マリアの潔白を証明出来たろうに。

ベネデッタの心中を察したのか、マリアは薄く目を開けて笑った。

「酷《ひど》い有様《ありさま》じゃないか、魔女ベネデッタ」

「ごめんなさい、こんなはずじゃなかったの。司教様なら、私の話を聞いてくれると」

「指の骨を砕かれて、どうして謝れるんだ」

マリアは少し驚いた顔をして、そう言った。

「……お前のせいじゃないよ、ベネデッタ。魔女狩りは止められない。一度火が点けば、町を焼き尽くす。疑わしき者がいなくなるまで――いなくなっても止まらない」

「どうしてこんなことになってしまったの」

「私の住んでいた町で魔女狩りが始まったのは、小さな子供の告発からだった」

マリアは静かに語り出した。

「クリスタという小さな女の子がいたんだよ。歯が生え替《はか》わる前に全て折られてしまうような、そういう境遇にあった子でね。一体あの子の何が気に食わなかったんだか……父親も母親も、火かき棒で小さなクリスタを殴《なぐ》ってね。お前も知っての通り、親が子供に何をしようと、この国じゃまともに取り扱われることが少ない」

「神は——」

そういった哀《あわ》れな子供にも手を差し伸べてくださります、というお決まりの言葉を口にしようとしたが、ベネデッタは出来なかった。神は私達に愛を注いでくださるが、それでもクリスタのような幼《おさ》な子《ご》に奇跡をもたらしてはくれない。

「私も同罪だ。クリスタが何をされても、私はパンの欠片《かけら》をくれてやるくらいのことしか出来なかった。あの子を救ったのは魔女さ」

マリアの言葉に息を呑《の》む。遮ることはしなかった。その先が聞きたかったからだ。

「ある日クリスタは、教区長に訴え出た。自分の両親が家畜に呪いを掛け、死に至らしめるところを見たと。隣人達に害悪魔術を用い、病をもたらしたと。丁度、魔女による家畜への被害が広がっていたからね。魔女への不安が募っていた時期だった。クリスタの親はその区域で初めての魔女として審問を受けた。クリスタはありとあらゆることを証言し、両親は生きたまま焼かれた」

「それは、暴力から逃れる為の虚偽の告発であったのでしょう？」

ヴィネケがグレーテからの借金を踏み倒した時と同じだ。今なら分かる。グレーテは魔女ではなかった。犠牲になった哀れな女だ。

「私には、クリスタの歯を折る彼らこそが悪魔に思えた。良い気味だと思った。報《むく》いというものがこの世に存在するなら、きっとこれがそうなのだろうと」

マリアが腫れ上がった瞼《まぶた》の奥の目を細める。その瞳に宿る昏《くら》い愉悦《ゆえつ》が、ベネデッタを刺《さ》し貫《つらぬ》いた。昏い勝利。後ろめたき喜び。今ではその一端《いったん》を、ベネデッタも知っている。

「けれど、それだけでは終わらなかった」

マリアが静かに続けた。

「教会が求めたのは、更なる魔女の情報だ。彼らはクリスタに尋ね続けた。他に魔女を知らないか。魔女集会に参加していた人間を知らないか。親を焼いてしまったクリスタには、もう選択肢が無かった」

クリスタの告発から始まった魔女狩りは、町全てを飲み込んだ。そう、マリアは言った。

「クリスタは自分を救わなかった周りの大人達を、全て魔女と告発した。彼女は魔女集会に参加し、町の人々が牛や山羊《やぎ》といかがわしいことをするのを見たと言った。クリスタに告発された魔女達は、知っている者の名前全てを上げ、箒に跨るのを見たと言った。町中の箒が焼かれた。馬鹿げてる！」

「クリスタは告発を続けたのですか？」

「あの子が焼かれて、私は町を出たんだ。彼女自身が悪魔と通じているとみなされた。あの子はどんな暴力を受けた時よりも泣き喚《わめ》いた。あの子は——……」

マリアがそこで言葉を切った。そして、深い溜息《ためいき》と共に口を開く。

「それでも、私の名前は口にしなかった」

「それからは、ずっと放浪生活をしていたの？」

「元より魔女のような生活をしていた、こんな風体《ふうてい》の女だ。だが、一処《ひとところ》に留《とど》まらなければ告発もされづらい。みんな、古くからの知人を焼くのに必死だったからな。色んな例を見たよ……町の有力者が権力争いの末に魔女として処されるのを見た。遺産相続で揉めた未亡人や魔女狩りを止めようとした審問官が焼かれるのも見た」

「そして、ここで捕えられた……」

「ここが魔女狩りの町として名を馳《は》せていることは知っていた。だが、どうしても食糧が足りなかったんだ。たった一摑みの麦が欲しくて農場を訪ねたのが運の尽きだ——ああ、バルタザール・フォン・デルンバッハ。魔女狩り司教の名に相応しい。ベネデッタ、お前までこうなってしまうなんて……」

ベネデッタはデルンバッハがそのように呼ばれていることも知らなかった。この町は外から見ればとっくに楽園ではなく、魔女に侵された地獄であったのだろう。だが、一体ここをそうしてしまったのは何なのか。害悪魔術を掛けた魔女達か？　それとも、デルンバッハなのか？

「マリア、クリスタの話をしてくれたのは、私がクリスタとよく似ていたからですか？」

片や神の声が聞こえると嘯《うそぶ》き、聖女として町に溶《と》け込《こ》もうとした女だ。片《かた》や、暴力から逃れる為に自分の親を魔女として売った少女。そこにどれだけの違いがあるのか、ベネデッタにはもう分からなくなっていた。

「いいや、違う。話しておかなければならないと思ったんだ」

そして、マリアは続けた。

「お前がここに連れて来られる少し前に、老人が首吊り台で自ら首を括った。町の人間のざわめきが、塔にまで聞こえてきたんだ。老人は、自分の娘が魔女であるならば自分も悪魔の眷属《けんぞく》であると叫んでいたそうだ」

「ハンス翁」

自然とその名前が口から出てきた。ハンス翁が自ら首を？　そんなことをすれば、死後も地獄で焼かれることになる——と、そこまで考えてから、ベネデッタはハッと思い至った。まさか、それが目的なのか？　グレーテと同じ地獄に堕ちる為、ハンス翁はそんなことを？

「老人は埋葬《まいそう》されるのか？」

「いいえ……ハンス翁がそんなことを叫んでいたのであれば、彼も悪魔と関係した者とみなされるでしょう……。窯で焼かれるはずです」

「そうか」

マリアはこの上なく楽しそうに笑った。

「どうして笑っているのですか」

「私は神様なんか信じちゃいないが、これはまさしく神の思《おぼ》し召《め》しだ。これで、目処《めど》が立つ——……」

熱に浮かされたように、マリアが言う。

「一体何を言っているのですか」

「私は魔女だ。生まれた時から魔法が使える。私は司教なんぞに殺されはしない。必ずここから脱出してみせる」

そしてマリアは――思いがけないことを口にした。

彼女の魔法の正体と、彼女の計画についてだ。

ベネデッタは、聞きながら涙を流した。ベネデッタは、その魔法のことをマリアに出会った時から知っていた。よく考えれば、彼女はずっとそうだったのだ。

「私、貴女に死んでほしくない」

「お前、私を愛しているね」

ベネデッタはあの時とまるで違う言葉を使い、マリアは出会った時とよく似た、それでもまるで意味合いの違う言葉をかけた。マリアがこれから行おうとしていることを考えれば、そのまま呪いの代わりに返してやってもいいくらいだった。

＊

デルンバッハは、一向《いっこう》に屈することのないマリアに苛立ちを覚えていた。マリアが捕えられてから、もう七日《なのか》も経っている。普通なら魔女はとっくに音を上げ、自白どころか処刑も終わっている頃合だ。だが、マリアの髪の中に潜《ひそ》んでいる悪魔はよほど高位なのか、彼女を勇気づけて屈させずにいる。大方《おおかた》悪魔は、マリアにもう少しで助けてやるとでも嘯いているのだろう。日が経つにつれ、魔女マリアの用いる害悪魔術は町に大きな影響を及ぼし始めていた。ハンス翁が自殺をしたことも、ベネデッタがマリアと通じるようになったことも、そうである。

ベネデッタは、まるで平凡なつまらない娘であった。貧しい靴職人の家に生まれ、殆《ほとん》ど口減らしのために修道院に連れて来られた娘だ。

彼女が家を追い出されるに際しての妄言《もうげん》が、デルンバッハをこよなく不快にさせた。あの娘は、神の声を聞いたと言ったのだ。デルンバッハすらまだ聞き届けたことのない神の声を。

ベネデッタの内に無意識のうちに芽生えていた、己《おの》が価値を高めたいという驕《おご》りが、彼女に神の声を聞いたと錯覚させたのだろう。だが、デルンバッハはそれを糾《ただ》すことも出来なかった。本当であるとも妄言であるとも言い切れなかった。それこそ、魔女が自分が魔女でないことを証明出来ないように。

だが、ベネデッタは修道女としては役に立った。愚鈍《ぐどん》ではあるが善良で真面目であり、奉仕を厭《いと》わぬ勤勉さがあった。だから、デルンバッハもこの哀れな娘を神の僕《しもべ》として置いておくだけの慈悲を掛けていたのである。

それが今やどうだろうか。ベネデッタは明らかに以前とは違う。たかだか七日くらいで人は変わるものではない。変わるとしたら——マリアがベネデッタを変えたのであれば——それは明らかに悪魔の仕業《しわざ》に他ならない。デルンバッハはそういった事例をいくつも目にしてきた。あのベネデッタが、こうも毅然《きぜん》とした態度を見せることなどあるはずがない。

思った通り、審問を始めるなり、愚かなベネデッタはすぐ無様《ぶざま》を晒《さら》した。他の魔女達と同じだ。このままいけば、すぐに本当のことを口にするだろう。昨日、マリアと共に塔に繋いだら、同じ部屋に置いておかないでほしいと懇願してきた。マリアについている悪魔が、ベネデッタに何やら囁きかけたのかもしれない。ここから害悪魔術に発展してしまうかもしれないので、ベネデッタは彼女の嘆願通り教会の地下に繋いだ。魔女の塔が用いられる前に、魔女を審問していた場所だ。

今日は、ベネデッタをより厳しく問いただそう。あの娘はマリアよりもずっと弱い。マリアと姦淫している悪魔についても、ベネデッタから情報を得られるだろう。

もしかするとベネデッタの聞いた神の声は、実は悪魔の囁きであったと証明出来るかもしれない。

そんなことを考えながら、デルンバッハは塔へ向かった。

繋がれたマリアは、今朝になってもまだ折れていなかった。獣のような恐ろしい目で睨んでくる。高位の魔女の中には、三十年もの審問を耐え抜いた者もいるという。このままマリアが屈しなかったら――それを思うと、背筋が寒くなった。デルンバッハの信仰心が、あの魔女によって問われているようでもあった。

泥剝ぎ達が窯にハンス翁の死体を詰めるのを見届け、塔にしっかりと錠を掛けてから、デルンバッハは教会の地下へ向かった。

憔悴しているかと思ったが、ベネデッタは予想とは程遠く、意思の強い目をしていた。あの娘ならばすぐに気力も萎えるだろうと思っていたのに。デルンバッハの見込みははずれた。

「ベネデッタ、お前は——」

「私は魔女ではありません。あのマリアこそが魔女なのです。マリアはハンス翁の魂を用いて魔術を行い、あの塔から既に逃げ出しています。あの魔女は、この町から逃げ東の村に隠れるつもりです。私は、あの魔女に惑わされようとしておりました。ですが私は、神の声を聞いた」

　ここに来るきっかけとなった、神の声だった。大方、審問に耐えかねて幻想の世界に逃げ込んだのだろう。——そう思っていたのだが、それにしてはあまりにも真に迫っていた。この娘の確信に満ちた様子など、デルンバッハは未だ目の当たりにしたことがなかった。

「神はマリアを焼けと仰いました。ですが、マリアはもういません。あの塔に行ってください。塔をご覧になってください。神は私を通して、貴方《あなた》に語りかけている」

　今すぐベネデッタを鞭で打っても構わなかった。そうして、不遜なその口を封じるのだ。だがそれは——塔を見てからでもいい。ベネデッタの言葉が本当に神の言葉であるならば、魔女マリアはもうあの塔にはいないだろう。自由になった魔女が復讐の為に町中に害悪魔術を掛けるところを想像して、デルンバッハは背筋が寒くなった。

　地下室を出る寸前、デルンバッハはベネデッタの方を振り返った。

　ベネデッタは指の骨を砕かれ泣き喚いていた娘とは思えぬほど落ち着いていて、じっとデルンバッハを見ていた。ベネデッタでありながらベネデッタではないものが、デルンバッハを見定めているようでもあった。デルンバッハは、その目から逃れるように教会を出た。

果たして、マリアの姿はどこにもなかった。

塔のどこにもマリアの姿がない。すっかり消えてしまっている。マリアを繋いでいた手枷だけが壁に残され、デルンバッハのことを嘲笑《あざわら》っているようだった。デルンバッハはいよいよ恐ろしくなった。ほんの半刻も前、泥剝ぎが窯にハンス翁の死体を入れた時は——マリアは塔の最上階に繋がれていたというのに。

勿論、この簡素な塔に隠れる場所など無い。道具といっても囚人を繋ぐ手枷くらいしか存在しない。唯一逃げ出せるとすれば、遥か下に地上の見える窓だけだった。煙や鳥でなければ、絶対にここからは出られないだろう。

残る可能性は塔の入口の錠が掛けられていなかったということだが、錠を掛けたのは他ならぬデルンバッハだった。それに、ここから逃げたのであれば、誰かしらがマリアのことを見ていてもおかしくないはずである。あの血に塗《まみ》れ薄汚れた服は目立つだろう。

魔術の仕業としか考えられなかった。マリアは魔術を用いて、この塔から逃げ出したのだ。ベネデッタの言葉は正しかったことになる。

それに気がついた瞬間、デルンバッハは弾かれるようにしてベネデッタの待つ地下室に向かった。ベネデッタの手を縛《いまし》めている手枷を外し、ベネデッタに——その背後にいる神に許しを乞う。

「私はただの仲介でしかありません。神が私の口を用いるのは、使命の為に他《ほか》なりません。デルンバッハ司教様が魔女マリアの手からこの町を救わねばならないからです」

骨を砕かれ、長く縛られていた手は痛んだろうが、ベネデッタは少しも泣き言を言わずに、淡々とそう告げた。デルンバッハが過《あやま》ちを償《つぐな》う方法は一つしかなかった。

「私は必ず魔女マリアを捕えよう。兵士たちと共に、急ぎ東の村へ向かう。あの魔女にこれ以上害悪魔術を使わせるわけにはいかぬ」

「私は再びここで神の啓示を待ちます。マリアが逃げ出す時にこの町にどんな魔術を掛けたのかを、神ならお教えくださるでしょう」

ベネデッタはそう言って指を組み合わせようとしたが——彼女の右手は殆ど使い物にならなくなっていた。赤黒く変色した手は、さながら聖痕《せいこん》を思わせた。

デルンバッハは急ぎ東の村へと向かった。東の村に続く街道には、干し草がいくつも散っていた。普段なら気にも留めない光景だが、今日のそれは少し様子が違っていた。害悪魔術の痕跡だ。間違いなく、魔女マリアはこの道を通ったのだろう。

デルンバッハは手綱を握る手に力を込めた。審問などしなければよかった。魔女マリアがこの町を訪れた時すぐに、あの女を焼いてしまえばよかった。魔女を焼かない審問官は自らが焼かれるべきである。そのことを、デルンバッハは今、痛いほど嚙み締めている。

＊

デルンバッハが兵士と共に町を出たのと時を同じくして、ベネデッタは教会から出た。ローブを被り、痛む右手を布に隠し、至って平然としながら。誰もベネデッタのことなど気にしない。ベネデッタはいつもの通り町を見てまわりながら、少しずつ外れへと向かった。そこはここに来てから一度も出たことのない町の出口。この先は、黒い森が広がっているのだという。

誰も咎めなかった。ベネデッタはあっさりと外に出ることが出来た。

町を出てからは、少し、足を早めた。怪しまれない程度に。幸い、人通りはなく、誰も彼女とすれ違わない。それに気づくと、ベネデッタは更に足を早めた。


森に足を踏み入れた途端、ベネデッタは走った。少し走る度に彼女の身体は転げ、肌に生々しい血が滲《にじ》んだ。けれど、構わなかった。彼女は黒い森の中を駆けていく。この十年、ベネデッタはまともに走ったことすらなかった。森へ足を踏み入れたこともない。今までの人生で一度もない。そんなベネデッタが森の中で、どうやって生きていけるだろうか？　けれど、彼女は走る。あの場所から逃げ出す為に。

走りながら、走馬灯のようにマリアとの会話を思い出していた。

ベネデッタが――いや、二人が、あそこから脱出する為に、計画を立てた時のことを。

「ベネデッタ、お前は私の魔法の正体に気付いているね？」

ベネデッタは頷いた。

「貴女は――痛みを覚えることのない身体なのですね。それが悪魔との契約なのかどうかはわからないけれど」

だから、彼女は自分に刺さった木屑に気づかなかった。自分の脱臼にも気づかなかった。苛烈な審問にはある程度耐えることが出来たが、それをデルンバッハに気づかれないようにわざと悲鳴を上げた。痛覚を刺激する拷問《ごうもん》よりも水責めを恐れていたのは、水の苦しみとは関係ないからだ。考えてみれば腑に落ちた。

「悪魔と契約したんだとしたら、私の母親だろう。だが、幼い子供を川に流した母親が、敢《あ》えて悪魔に子供の話をするものかね」

初めてマリアが『魔法』に気づいたのは、母に捨てられ、一人で冷たい川の中で震えていた時のことだった。ある一定の寒さを超えると、全てが無感覚になった。冷たさが痛みに変わる境界で、ふと彼女は解放されたのだ。

「あの川を渡って町に戻れたのは、痛みを感じなかったからだ。それが悪魔の悪戯《いたずら》なのか神の思し召しなのかは分からないが、私は生きて戻った」

「そのことは、誰にも話さなかったのですか？」

「今ほど魔女狩りが激しくなかった時でさえ、痛みを感じない痣《あざ》は魔女の印だとされていたじゃないか。全身が魔女の印の女なんか、すぐに捕まっていただろう」

ベネデッタはそこでも考え込んだ。魔女の身体に浮き出た痣は、針で刺しても痛まないと言われている。一体誰が、そのことを確かめたのか。マリアを生かしたその『魔法』が神の恩寵《おんちょう》でない保証がどこにある？

「いいか、ハンス翁は悪魔の眷属であると自白して、更に自ら首を括った。ああされれば、デルンバッハは死体をあの窯で焼くしかない。普通に弔《とむら》うことは出来ないから。そうだったね」

「それは……そうです」

「それが最大のチャンスだ。これから言うことをよく聞くんだ、ベネデッタ。お前はこれから、私に魔術を掛けられた振りをするんだよ。そうして、魔女の塔ではなく教会の地下室に繋いでもらうんだ」

マリアの言っている意味が分からず、ベネデッタは首を傾《かし》げた。

「そんなことをしてどうなると言うのです？　教会も塔も、繋がれることに変わりはないでしょう」

「大事なのはここからだ。お前が教会の地下室に行き、ハンス翁が窯に入れられたら——私はここから脱出する」

「一体どうやって？」

ベネデッタは、マリアの繋がれた鎖に目を向けながら言った。

「こうするんだよ」

そう言って、マリアは赤黒くなった手を思い切り壁に叩きつけた。ベネデッタは咄嗟に目をそらす。鎖の鳴る不快な音が辺りに響く。

「やめて！　何をしているんです？」

「もう骨も殆ど砕かれてしまった。もう少し形を整えれば、簡単に抜ける。馬鹿なやつだ。人を人とも思わないから、こうした抜け穴に気づかない」

痛みを感じないマリアは、平然と自分の手を潰していく。見ているベネデッタの方が耐えられないくらいだった。

「この程度でそんな顔をするんじゃないよ。そして、手枷から自由になった私は、塔の一階まで下りていく」

「下りたとしても、塔の入口には錠が掛かっているわ。デルンバッハ司教様は絶対に掛け忘れたりはしない。一階に潜むとしても、隠れる場所はどこにもない」

「あるだろう。出口なら」

マリアの目は、出会った時からは考えられないほど穏やかだった。その凪いだ目と、腫れ上がった顔の奥にある微笑《ほほえ》みに、ベネデッタは全てを理解した。

「嘘でしょう」

「窯がある。あれが私の出口だ」

マリアは静かに言った。

「私はハンス翁と共にあそこで焼かれる。全てが終わったあと、私は消えたようにしか見えないだろう」

そんなことが、とベネデッタは言いかけたが、そんなことが――他ならぬマリアには可能なのだった。どんな魔女をも苦しめる蒸し焼きであろうと、マリアならば声を出さずに耐えられるだろう。他の女達が悶《もだ》え暴れたあの地獄の中でも。もしすっかり焼かれてしまえば、マリアは本当に魔術を用いて消えたように見えるかもしれない。

だが、ベネデッタはすぐさま言った。

「駄目《だめ》です。そんなことをしたら――一緒に逃げましょう。何か手立てはあるはずです」

「いいや、ないさ。だって、私の身体はもう既に屍《しかばね》のようなものなんだから。痛みがなくても、私はもう半分以上崩れている。もう長くない。そのくらいわかる」

マリアに言われ、改めてその身体を見た。確かに、彼女の言う通りだった。火を点ければ、すぐに燃えて消えてしまいそうな残り滓《かす》の身体。

「でもね、これが私の脱出なんだ。あの男に、本物の魔女の力を見せてやろう。あいつはこれから一生、逃げ出した私に脅《おびや》かされるんだ。そう思えば、私の魂にも甲斐《かい》がある」

マリアは崩れてしまいそうな身体とはうらはらに、心の底から笑っていた。それがあまりに眩しく、美しく思えて、ベネデッタの目には涙が浮かんできた。これからのことを考えると、苦しいのに、恐ろしいのに、マリアの言葉はまるで福音《ふくいん》のように響く。

「お前は神の声を聞くんだ。今度こそ、あの男に聞かせてやるといい。魔女マリアは塔を抜け出して東の村に向かったと。お前の言葉通り、私はすっかり消えている。デルンバッハはきっと、お前が神の啓示を受けたと信じるだろう。そうしたら、お前は必ず出してもらえる。毅然としていれば、必ず――」

自分に出来るだろうか、という恐れよりも、自分がやるしかないのだ、という気持ちがベネデッタの心の内に湧《わ》き上《あ》がる。これはベネデッタだけの脱出ではない。マリアの魂をも背負った脱出だ。

神の声を偽《いつわ》るのは、恐ろしいことだ。だが、ベネデッタは最早《もはや》聖女ではない。一介の魔女であった。マリアの勝利の為に、自らの命の為に、ベネデッタは悪魔とも契約しようと決めた。

「さあ、狂乱するといいベネデッタ。全てはお前に懸《か》かっている。無事に逃げ出せたら、燕の行き先を一緒に見よう。先に行って、待っているよ」

果たして、ベネデッタはマリアの言葉通りに、した。

ベネデッタが町を出た時はまだ、マリアは窯の中で生きながらえていたかもしれない。自分の身体が焼けていくのを、痛みもなく見つめながら。それを思うと、今からでも引き返して窯を開けたくなった。でも、それをマリアは喜ばないだろう。

彼女の勝利は、あの炎の中にあるのだ。

これからどこに行けばいいのか。森を抜けた先に、こんななりのベネデッタを受け入れてくれる場所などあるのだろうか。何もわからない。わからないのに、ベネデッタの顔には笑みが浮かんでいた。

どこでもいい。人がいるところに辿り着いたら、ベネデッタはきっとまた神の声を聞いたと言おう。神の言葉を騙《かた》ろう。ベネデッタは魔女マリアに惑わされた魔女である。きっと上手くやれるはずだ。その確信がある。息が苦しい。足が痛い。でも気分が良い。

苦しさに喘《あえ》ぎながら空を見上げると、青空を裂《さ》くようにつがいの鳥が飛んでいく。十年もの間、閉じこもっていたベネデッタには、その鳥の名前がわからない。あの鳥たちに、付いていこう。わざと口に出してそう言って、ベネデッタは走り続ける。

罪《つみ》喰《ばみ》の巫女

空木春宵

■

巫女《みこ》は左右の口の端《は》を持ち上げ、莞爾《にっこり》とした笑みを泛《うか》べた。

斯《か》くも美しい存在を、私は他に知らぬ。濡れた石畳に何を敷《し》くでもなく坐《ざ》し、立てば足元まで至るであろう豊かな黒髪を床に辷《すべ》らせている。幾条《いくすじ》にも分かたれ乍《なが》ら八方へと先端《さき》の伸びた其《そ》の様は恰《あたか》も黒い曼珠沙華《まんじゆしやげ》と云《い》った姿態《なり》。衣《ころも》の色も黒一色の墨染《すみぞめ》。燭台《しよくだい》の灯《ひ》に照らし出された石室《いわむろ》の中、金襴《きんらん》で飾られた緋色の帯許《ばか》りが色彩《いろ》を放っている。

「汝《うぬ》に其れが能《あた》うと申すか」

そう静かに質《ただ》す声柄《こえがら》を、私は何に喩《たと》えよう。草葉に結んだ露《つゆ》の弾《はじ》ける音《ね》とでも云う可《べ》きか。其れとも、蜉蝣《かげろう》の翅《はね》を毟《むし》りて造りし笛の音とでも云う可きか。孰《いず》れ、人の喉には絞り出し得ぬ音色《ねいろ》である。蒼褪《あおざ》めた唇が其の一音一音ごと滑《ぬめ》らかに形を変えて動く様の美しさに、私は見蕩《みと》れた。射干玉《ぬばたま》の黒髪に縁取《ふちど》られた顔は陶器の如《ごと》くすべらかで、朱《あか》い灯の下にあって、尚《なお》、皓《しろ》い。手を伸べて触れたならば、死人《しびと》の其れにもまして冷たいであろう膚《はだ》をしている。

「必ずや」我が身を射竦《いすく》める双《そう》の瞳を真っ直《す》ぐに見つめ返し乍ら、私は応《こた》えた。否《いな》、見つめ返すと云うよりは、さながら黒光りする二匹の蛇に絡め取られでもしたかの如く、巫女の視線に囚《とら》われていた。「必ずや、貴女《あなた》様をお救い致します」

石室の内を充《み》たす甘やかな香りが、幽《かす》かに揺れた。巫女がくつくつと肩を震わせて笑ったが為《ため》である。銀色に煌《きら》めく歯列が、唇の隙《すき》から僅《わず》かに覗《のぞ》く。嗚呼《ああ》、其の凄絶《せいぜつ》な美しさたるや。

「我《われ》を野に放てば世に如何《いか》なる禍《わざわい》が生ずるか、承知の上での事であろうな？」

私は肯《うなず》いた。無論、確《しか》と心得ている。〝禍償戒雨《マガツイマシメ》〟が降り注ぎ、あらゆる災禍《さいか》が地を染め上げ、人の世は滅ぶ。然《さ》れども、目の前に坐す巫女の身が穢《けが》される事を念《おも》えば、世の滅びんとても吝《やぶさ》かでない。何より其れは、「蓋《けだ》し、因果応報と申すべきでございましょう。貴女様に罪業《ざいごう》を擦《なす》りつけてきた者等《ら》の許《もと》に、其れが還《かえ》る丈《だ》けの事でございます」

「其の為には、罪なき者を巻き込もうとも構わぬ、と？」

私はゆるゆると首を振り、「世に、罪なき者など居《お》りませぬ故《ゆえ》」

ふはっ——と、巫女はさも可笑《おか》しげに息を吐いた。続けて艶《あで》やかに歪《ゆが》んだ口許《くちもと》からころころと転《まろ》び出した笑声《しょうせい》は徐々に大きくなり、やがては、けたたましい哄笑《こうしょう》となって室《むろ》の内に響いた。

巫女が斯くも可笑しがってくれる丈けでも、私はひどく嬉《うれ》しくなってしまう。

「良かろう」石壁にぶつかっては谺《こだま》する笑い声の残響が絶えると、巫女は告げた。「然《しか》らば、為《な》してみせよ。やり果《おお》せてみせよ。此《こ》の地深く冥《くら》き処《ところ》から、我を見事に遁《のが》してみせよ」

身の内に迸《ほとばし》った歓喜の念に衝《つ》かれるが如く平伏《へいふく》して、私は応じる。

「必ずや、為し果せてみせましょう」

□

罪を、喰《く》ろうてくれるのだと云う。

私が某県S群の深山《みやま》にある籠守《こもり》神社なる神域と罪喰《ツミハミ》様の事を知ったのは、空襲の憂《う》き目に遭《あ》う事なく今も栄える神田《かんだ》の古書店街の一隅《いちぐう》で何の気なしに開いた虫喰いだらけの書物の内での事だった。在野《ざいや》の物数奇《ものずき》が自ら聞きつけた地方習俗を雑多に書き連ねた私家版と思《おぼ》しき代物《しろもの》だ。収められた話の大方は私のような研究者にとっては疾《と》うに採集済みの事柄許《ことがらばか》りで、何だくだらぬと思いつつ頁《ページ》を手繰《たぐ》ってみると、ひとつ丈《だ》け、目を引く項があった。

罪喰様と呼ばれる特別な能力《ちから》を具《そな》えた巫女の話である。と云って、其の存在と在処《ありか》の外《ほか》には、儀式を以《もっ》て参詣者《さんけいしゃ》の罪を喰ろうてくれると云う事しか記されておらず、詳《つまび》らかな由《よし》や謂《いい》は書かれていない。素人《しろうと》仕事故の詰めの甘さと云うよりかは、寧《むし》ろ、態々《わざわざ》紙幅《しふく》を割《さ》いておき乍《なが》ら、敢《あ》えて仔細《しさい》は秘さんとすると云う、背反《はいはん》した奇妙な意志が感じられた。話自体は殊更《ことさら》に珍しくもない。人の犯した罪を神仏に肩代わりしてもらうと云う土俗信仰は他に幾らでも類例が見られる。然《しか》し乍ら、長年に亘《わた》って土地土地に伝わる信仰を取材してきた私の嗅覚は、先の書き振りから一種特別なにおいを嗅《か》ぎ取っていた。

早速、件《くだん》の古書を購《あがな》い、調査を始めたのだが、此れが一筋縄ではいかなかった。同業の者等《ら》に問うてみても、斯《か》かる信仰を知る者はひとりとして居なかった。否、正確に云えば、罪喰様なる者に接見したと思わしき人物が居ると云う噂許りは、幾つも得られた。戦前から軍部中枢に関与し乍ら軍事裁判を免《まぬが》れて今も要職に就《つ》いている政府高官だの、警視庁の幹部だの、或《ある》いは、闇市を取り仕切る親分であったり、旧財閥の大御所であったりが〝罪を喰らう巫女〟の許に通っていたらしいとか、其れを更に又聞《またぎ》きしたとか云う話だ。

無論、名の挙《あ》がった者等には直ぐさま取材を申し入れたが、軒並み、にべもなく断られた。其れはそうであろう。罪の肩代わりと云う性質を考えれば、現に其れを頼ったと名乗り出る事は、則《すなわ》ち、己の罪を明かすに等しい。加うるに政府高官ともなれば、GHQの神道指令を受けて国家神道が弱体化したとは云え、得体も能《よ》く知れぬまつろわぬ神を詣《もう》でているなぞとは努々《ゆめゆめ》口外出来ぬ筈《はず》だ。但《ただ》し、斯くなる空振りを繰り返そうとも、落胆を覚える事はなかった。其れ許りか、連中が挙《こぞ》って秘する事こそ、話に真実味を帯びさせた。

斯くて漸《よう》く《や》の事捜し当てたのが、警察に勤める知人の仲介によって其の存在を知ったひとりの男であった。罪と云う語から連想して警察関係の知己《ちき》にも網を張っておいたのが役立った。

「先《せん》に同じ話を聞きにいらした記者さんにもなかなかご理解いただけなかったんですがね。研究者なんて云うお偉い方々ですとか、まっとうな勤め先のある世の皆様にはなかなかお判《わか》りいただけますまいが、あっし等みたいな悪人連中が何にもまして恐れますのは、官憲の御厄介になる事でもなければ、懲罰《ちょうばつ》だの復讐だのと云う直截《ちょくせつ》の危害でもありゃしませんで。ただ偏《ひとえ》に、手前が罪を背負うていると云う事実、其れ自体なのでごぜえますよ」

先の戦争で焼け野原となった駅前を猥雑《わいざつ》な喧噪《けんそう》で賑《にぎ》わせていた闇市も、路傍《ろぼう》に立つ街娼《がいしょう》も、取り締まりから逃れて愈々《いよいよ》余処《よそ》へと移ったと云うに、未《いま》だ鉄道の高架下に牡蠣殻《かきがら》の如きしぶとさを以《もっ》てへばり付いた、酒場と呼ぶのも憚《はばか》られるバラックめいた店の裸電球の下、卓を挟んで対面《たいめ》した男は頻《しき》りに顎《あご》を撫《な》で乍らそう語った。其れが一種の癖《くせ》であるらしいが、其の手は拇指《おやゆび》から薬指までの四指を欠《か》いていた。其れでいて、残る小指ではなく、歪《いびつ》に癒合《ゆごう》した傷痕で以て、髭塗《まみ》れの顎を擦《さす》るのである。仄《ほの》暗い店内の容子《ようす》も相俟《あいま》って、些《いささ》か気味が悪い。指の欠損に加えて、四十絡みと見える顔貌《かおかたち》の其方此方《そちこち》に大小無数の傷痕が見られるところから、大方《おおかた》、戦地から引き揚げてきた傷痍《しょうい》軍人か、或いは兵役逃れの孰《いず》れかであろうと見当をつけていたが、能く能く話を聴くにつれ、そうではないと段々に判ってきた。

「其れで、貴方《あなた》はそうした罪の自責から罪喰様によって救われた、と」

「でなけれあ、此処《ここ》で貴方様とお会いする事とて叶いませんでしたでしょうし、斯《こ》うして一席、御相伴《ごしょうばん》に与《あずか》るってぇ事もないわけで」其処《そこ》まで云うと、男は伸び放題の髭に縁取られた口の端を嗤《いや》しげに持ち上げ、黄ばんだ歯を剝《む》き出しにして笑った。此《こ》れで上手《うま》い事のひとつも云うたつもりでいるらしい。脂ぎった顔を上下させて己《おの》が言葉に頷《うなず》いてみせる男の口振りは、表面上こそ卑下《ひげ》の色合いを取り繕《つくろ》っているものの、一方でまた、拗《ねじ》くれた優越感や自尊心と呼び得る色をも滲《にじ》ませていた。癇《かん》に障《さわ》るが、然《さ》りとて、些事《さじ》に拘《かかずら》って折角の対面をふいにするわけにもいかぬ。何しろ、漸く見つけた貴重な証言者だ。ぐっと堪《こら》えて続きを聞けば、「此の傷痕は、謂《い》わば、罪喰様に罪を喰らうていただいた証左《しょうさ》とでも呼ぶ可《べ》きものでございましてね。とかく不便な事に違いはありやせんが、其れにもまして、此の傷痕を目にする度《たび》、あっしは安心するんでさぁ。

手前《てめ》えの身が、既に浄《きよ》められていると思いますとね」

二人許り、人を殺《あや》めたのだと云う。戦地での話ではない。家を失い、職に逸《はぐ》れ、食うに事欠いた挙げ句、押し入りを働き、老いたる夫婦を匕首《あいくち》で以て必要以上に滅多刺し。斯くて屋の内を漁《あさ》ってみれば、得られたのは殺人《ころし》の罪には到底見合わぬ僅かな小金《こがね》許りで。

其の罪を、罪喰様によって祓《はら》ってもらったのだ、と。

「ほんとうは他人《ひと》様に漏らしてはいけない事なのですがね」と、先を渋るような素振《そぶ》りを見せるので、燗酒《かんざけ》を追加で頼んでやると、此方《こちら》が無理に問わずとも、例の優越感混じりの口振りでぽろぽろと独《ひと》りでに続きを語り出す。〝いけない〟とはまた、随分と安い約定《やくじょう》である。

男の話を聞く以前、「つみはみ」なる響きから私が連想したのは「啄《ついば》み」、もしくは、「抓《つ》み喰《は》み」の語であり、となれば、本国でも極《ご》く一部に於《お》いて未だ秘密裏《ひみつり》に伝わると云う鳥葬《ちょうそう》の風習と関わりがあるかもしれぬと見当をつけていた。死者の屍《しかばね》を野辺《のべ》に晒《さら》し、鳥類に死肉を喰らわせて処理する埋葬法だ。其れに近い形で、罪を負うた参詣者の肉体の一部を切り落とし、贄《にえ》として供《きょう》する事で身から罪業を祓う――と云うのが、籠守神社にて執《と》り行《おこな》われている秘儀の正体やもしれぬ、と。だが、男によれば、此れはとんだ見当違いであった。

「いえいえ、そうじゃあございません。罪喰様は、其の名の通りに罪喰様なのですよ」にちゃりと糸を引く笑みを泛《うか》べつつ、男は四指を欠いた手を差し出した。癒合した薄桃色の傷痕を揺すり乍ら、「此の指はね、罪喰様のお口で以て、直截に喰ろうていただいたのですよ」

其処まで云うと、卓上の皿から手羽先の揚げ物を摘まみ上げて齧《かじ》りついた。骨と骨の間に前歯を突き立てて皮を破り、奥歯で軟骨を潰して関節を外し、千切った肉片を骨ごと口中に収める。そうして暫《しば》し顎をもぞもぞさせてから、すっかり肉の削がれた骨を吐き出した。卓上に転がった骨は唾液に濡れ、裸電球の光をてらてらと照り返していた。

「ね。恰度《ちようど》、こんな風にでごぜぇますよ」

云いようのない気味の悪さを覚えたが、其れは何も、相手の不潔さや行儀の悪さに辟易《へきえき》したからでもなければ、人の肉を生きたままに喰らうという秘儀への忌避《きひ》感の所為《せい》でもない。偏に、肉を咀嚼《そしやく》し終えた男が、傷痕だらけの顔を恍惚《こうこつ》と弛緩《しかん》させ、口をだらしなく開いて、喜悦《きえつ》の表情を泛べていたが為である。血走った双の眼《まなこ》には、涙さえ滲《にじ》ませていた。

■

罪喰《ツミハミ》の巫女が坐す〝慰志《イシ》ノ石室《イワムロ》〟は籠守《こもり》神社の社殿から遥か下方、地の底へと向けて穿《うが》たれた廊《ろう》の先に在《あ》る。天然の大伽藍《だいがらん》たる鍾乳洞《しようにゆうどう》の中、およそ人の手が入ったとは思われぬ剝《む》き出しの岩肌とは対照的に、明白な人工物と一目で判る、垂直と水平の断面からなる巨大な匣《はこ》の如くして厳《おごそ》かに佇《たたず》んでいる。石を積み上げて造られたとは見えぬ、一枚岩を切り出してきて刳《く》り抜いたかの如く継ぎ目なき方形を成《な》しているが、其の断面は滑らかに過ぎ、とても、人の手業《わざ》によるものとは思われない。室の四方は漣《さざなみ》ひとつ立たぬ天然の地底湖によって囲まれ、参詣者は一本の黒塗りの橋を渡って巫女の許へと参じる。

遠目には判らぬが、橋を渡りきり、石室を眼前にしてみれば、其の表面《おもて》には真っ直ぐな切れ目が垂直に、其れから左右にと走っているのが見て取れる。質感こそ周囲の壁と変わらぬが、此れこそが室の内へと出這入《ではい》りする為の扉である。手を載《の》せると、見た目の重々しさに反して、竹の楊枝《ようじ》で羊羹《ようかん》を切り分けでもするように、或いは、人の肉に刃《やいば》を呑《の》ませでもするかのように、わけもなく開く。

　いたわしい事に、家具調度もなく、畳さえも敷かれておらぬ無機質な室の中、巫女は独りで起き臥《ふ》ししている。外へ出る事は固く禁じられ、寝食は疎《おろ》か、用足しまで、更には、マレビトとのまぐわいさえも、此の室の中で為される。謂わば、たった八畳許《ばか》りの其の空間が、巫女にとっては世界のすべてであり、其れより外は無に等しい。

　慰志《イシ》ノ石室《イワムロ》を内に孕《はら》む鍾乳洞は其の一方に設《しつら》えられた黒鉄《くろがね》の観音扉《かんのんとびら》を通じて、濃い黒色に塗り込められた板敷きの廻廊《かいろう》へと繋《つな》がっている。鍾乳洞を取り巻くようにして伸びる此の歩廊《ほろう》は〝冱切《サエギリ》ノ歩廊〟と呼ばれている。左右孰《いず》れの壁も黒色であるものの、板壁である事は一目瞭然で、窓がない点を除けば常の建物の内と変わらぬ様は、ともすると、其処を歩む者の頭から己の居る場処《ばしょ》を忘れさせかねぬが、然《さ》れども、慥《たし》かに此処も地の底なのである。上から見下ろす事ができたならば、慰志ノ石室と冱切ノ歩廊は、「回」の字の如く入《い》れ籠《こ》を成している事になる。鍾乳洞へと通じる扉はひとつしかなく、また、廊の外に在る〝重戸留《オモイトドメ》ノ間〟と云う参詣者等《ら》の待合の間へと続く扉もひとつしかない。後者は幾つかの角を曲がってぐるりと一巡する歩廊の内、鍾乳洞への扉とはさかしまな位置に在る。先の「回」の字で云えば、外側の「口」の上側に穿《うが》たれているのが重戸留ノ間へと続く扉であり、内側の「口」の下側に在る其れが鍾乳洞への出入り口である。罪喰の巫女の在処を訪《おとな》うには此れ等ふたつの扉をくぐるより外《ほか》に道はない。

そして、其《そ》れ其《ぞ》れの扉の上部には、一点の曇りもなく磨き上げられた銅鏡が掲げられている。神社を守る宮司《ぐうじ》等にとっての監視装置とでも呼ぶべき物だ。則ち、かの鏡は其の鏡面に映るあらゆるものを、宮司等が控える間に設えられた対となるもう一方の鏡へと映し出す。能《よ》く能く見れば、廊に掲げられた鏡は緩やかな凸面を成しており、死角と云うものも存在しない。其の下をくぐる者の姿は明瞭《はっきり》お見透《みとお》しと云うわけだ。

罪喰の巫女を外界へと連れ出すには、巫女の姿を見咎《みとが》められる事なく、斯かるふたつの扉を通り抜けねばならぬ。果たして、宮司や神職の目を欺《あざむ》き、廊より脱け出す事なぞ能うであろうか？

能う——と、私は答えた。

□

其れが神社であると一目で判じられる者は先《ま》ず居まい。

私にしても、事前の知識もなく此れに行き遭ったのであれば、何ぞ異様な建物であるなとしか感じられなかったであろうが、人の罪を喰らう巫女の存在と、其れに纏《まつ》わる悍《おぞ》ましい秘儀とを予《あらかじ》め聞き知っていたが為にこそ、寧《むし》ろ、かの存在に此れ程相応《ふさわ》しい建築も他にあるまいと思わされたのであった。其れ程に、浮き世離れした光景であった。

月輪《がちりん》の降らす光さえも樹々の枝葉に遮《さえぎ》られて地までは届かぬと云う深山の奥底に在り乍《なが》ら、夜闇に朧《おぼろ》となる事なく劃然《かくぜん》とした其の輪郭は、何処《どこ》までも低く、長く、扁平《へんぺい》に伸び広がって、視界の端から端までを真っ直ぐに断ち切っている。方形をした平屋建て――と一口に云ってしまえば、間違いこそなけれど、およそ其の特徴を十全に云い表せてはいまい。角度のない屋根には瓦《かわら》も何も葺《ふ》かれておらず、窓と思しき物さえ、ひとつとして見当たらない。はじめ、其の姿が闇中《あんちゅう》に在ってさえ明瞭《はっきり》と浮き立って見えるのは暗さの所為《せい》かとも思ったが、そうではない。暗いのではなく、唯々《ただただ》、黒いのだ。継ぎ目も見えぬ程にみっちりと連ねられた板壁の表面《おもて》が、濃淡の見られぬ黒一色に塗り込められているのである。

揺蕩《たゆた》う闇が俄《にわか》に凝固し、匣の形をとった――と云う莫迦《ばか》げた表現こそ、其の姿を一見して私が抱いた所感に近い。其れ丈《だ》け、周囲の景色には馴染《なじ》まぬ姿であった。

鳥居もなければ、神橋《しんきょう》もない。そんな様であるから、自然、何処からを境内《けいだい》と呼んで善《よ》いものかも判然とせぬが、唯、参道と思しき石畳が、闇の底に辷《すべ》らせた反物《たんもの》の如く細く伸び、道の左右には合歓《ねむ》の木と石灯籠《いしどうろう》とが互い違いに並び立っている。其の内にひとつ、淡い灯の投《とう》じられたものがあったので、さては来訪を待つ神職等《ら》が灯《とも》しておいてくれたかと思いつつ歩み寄ってみれば、何の事はない、燈籠の内に留まりし蛍がひとつふたつ、身に孕んだ光を明滅させているに過ぎず、私が近づくと、後に死灰《しかい》を残す事とてなく飛び去ってしまった。

麓《ふもと》の聚落《しゅうらく》から此処に到るまで、道なりに行けば判ると云うので其の通りにしたら何時間もかかった。聚落に棲《す》まう者等は皆、口が堅かった。余処者《よそもの》に対して排他的であるとか、秘密を守っていると云うよりは、籠守神社について触れる事自体を真実忌《い》み嫌っている風であった。罪喰様《ツミハミ》について訊《たず》ねてみても、誰も彼も必要以上に余処余処《よそよそ》しい。聚落の者等は山上に構える神社の氏《うじ》子《こ》であろうと事前に目《もく》していたのだが、彼等にとって罪喰様は信仰の対象どころか、口の端《は》に上らせる事さえ厭《いと》う程に忌まわしい存在と見做《みな》されているらしかった。山を御神体とする神社の中には山頂や山腹に建てられた本殿を含む山宮《やまみや》に対し、山麓《さんろく》に住まう者が詣でる為の里宮《さとみや》、或いは下宮《しもみや》と呼ばれる社《やしろ》を麓に設《もう》ける例が多いので、念の為、其れに相当する社がないかと聚落中を見て廻《まわ》ったが、無為に終わった。

私は確信を抱いた。土地の者から此れ程までに忌避されているのは、罪喰様が現に畏怖《いふ》す可《べ》き力を具えた存在である――少なくともそう信じられるに足る丈けの何かがある――事の証左だ、と。そう思うと心が逸《はや》った。

暫くして摑まえたひとりの老爺《ろうや》から、やっとの事で山へと這入る道を聞き出した。神社まで如《い》何程《かほど》の距離が在るかも判らぬが、老爺の口振りからすれば、さして遠くもなかろう。そう思い做《な》しつつ聚落を抜けて山へと踏み入ったのだが、此れがとんだ間違いであった。成る程、土地の者に云わせれば〝道なり〟でもあろうが、山に慣れぬ身からすればとても人が通えるとは思えぬ獣道だ。東京から列車を乗り継いで数時間。其処から木炭乗合《バス》に揺られる事またもや数時間。聚落に着いた時点で既に午後《ひる》の三時を回っていた。傾き始めた日は見る間に沈んでゆき、木の葉草の葉の表面《おもて》に残っていた西日の光沢《つや》も俄に失《う》せた。後に残されたのは獣の吠《ほ》ゆる声とてなく、鳥が枝を打つ音とてない、寂寞《じゃくまく》たる闇許《ばか》り。黙然《もくねん》と静まり返った深山の空気を無為に掻き混ぜ、愈々《いよいよ》、遭難の二字が頭を過《よぎ》った時――忽然《こつぜん》と視界が開け、件の匣の如き建造物が現れたのである。闇に溶けゆく蛍の姿を目で追った後、視線を参道へと戻すや、滑《なめ》らかで平板な許りと思っていた建物の中央に真四角な口が開き、闇に慣れた目には痛い程に滲《し》みる光が溢《あふ》れ出した。眩しさに目を細めつつ見遣《みや》ってみれば、光の内にはひとつの影法師《かげぼうし》が佇んでいる。其の輪郭は広袖《ひろそで》の袍《ほう》に纓《えい》の長く垂れた冠《こうぶり》と云う、神職の其れで。

　此方が名を告げると、宮司であると相手は応えた。態々《わざわざ》表まで迎えに来てくれたものらしい。そんなところで親切さを見せるよりは、此方から送った書状の返事にせめて神社までの道のりを書いてくれたら良かったものをと怨《うら》めしく思いつつも、私は屋の内に招《しょう》じ入れられた。

　そうして先を歩む宮司によって案内《あない》されたのは広大な板敷きの広間であり、奥には周囲より数段許り高い、祭壇の如きものが設えられていた。其の中央に、厳《いか》めしい黒鉄の扉があった。高さ二間《にけん》はあろうと思われる。

「〝封障切《フサギリ》ノ扉〟です」と宮司は云った。外界と境内とを分かつ門であると云うから、一般的な神社に於《お》ける鳥居に相当する物と考えられよう。甚《はなは》だ奇妙な造りではあるが、私達が居る此の間は屋内であり乍ら、未だ神域の外部であると云うわけだ。

　そう、私達。私と宮司、其れから扉の左右に坐した一対の娘等が居る、此の間は。

　歳は十四、五と云ったところか。神社に仕《つか》えているからには幼巫女《おさなみこ》と考えて間違いなかろう。孰《いず》れも白――と云うよりも殆《ほとん》ど白金に近い、煌めく髪を戴《いただ》いていた。眉の上で真っ直ぐに切り揃えられたおかっぱ頭、死装束《しにしょうぞく》にも似た白い衣、其れから顔貌《かおかたち》の造りまで、何もかも鏡写しの如く能《よ》く似ているが、前髪の内に一条《ひとすじ》、鮮紅色《せんこうしょく》に染められた箇所があり、其の位置許りが左右で異なる。周囲の者が見紛う事のなきようにと拵《こしら》えられた、ふたりを分かつ徴《しるし》なのであろう。斯様《かよう》な特徴を敢えて具える必要がある程に、娘等の見目形《みめかたち》は能く似ていた。一卵性双生児にしても、此処まで似ていると云うのは些《いささ》か気味が悪い程だ。

「では、御座《みくら》に」と云って宮司が手で示したのは、例の扉の正面に据えられた緞子《どんす》の座蒲団《ざぶとん》であった。云われるがままに階《きざはし》を踏んで壇上に進み出《い》で、膝を折って腰を下ろさんとするや、娘等も腰を浮かして身を回し、めいめい此方に膝を向けたので、恰度《ちょうど》、左右からの視線が搗《か》ち合う線上に据えられる恰好《かっこう》になったが、そうして視線を投げて寄越すふたりがそっくり同じ顔をしているが故、己の身が鏡の役割を果たしてでもいるかのような、妙な心持ちに囚われた。

「「検《あらた》めさせていただきます」」と、幼巫女等は声を揃えて云った。

同じ声量、同じ声音《こわね》、同じ抑揚で左右の耳に声が触れると、頭の中に直截《ちょくせつ》吹き込まれでもしたかの如き錯覚を覚えさせられる。続けて、幽かな衣擦《きぬず》れの音が聞こえてきたので、何をしているのであろうかと首を回してみれば、娘等は三つ指を立て、首《こうべ》を垂れて額《ぬか》ずいていた。

「お顔を前に」背後に立つ宮司からそうぴしゃりと云いつけられて、私は正面の観音扉に向き直った。衣擦れの音は尚も続き、何かが静かに床に下ろされるような振動が臀《しり》に伝わってくる。娘等が坐したるままに膝行《しっこう》して此方に近づいてきているのであろうと察せられた。

〝検める〟と云うからには、凶器なぞを隠し持っておらぬか調べられるのであろう。沙汰《さた》の大小こそあれ、何らかの罪を抱えた者が集《つど》うような地であるから、当然の手続きと云えようが、其の役目を年端《としは》もゆかぬ少女に任せているとなると、厳重なのだか、なおざりなのだか、能く判らない。そう考えているうちにも巫女等の気配は愈々間近に迫ってくる。

不意に、極《ご》く幽かな吐息が耳にかかり、反射的な驚きと、直後に続くであろう身体的接触への備えから、私は俄に身を固くした――が、現実に其の瞬間が訪れる事はなかった。

両の耳許《みみもと》から項《うなじ》へ、頸《くび》を通って頤《おとがい》へと、時に合流し、時に分かたれつつ、温もりまでも感じられるふたつの吐息が膚の表面《おもて》を這い廻る。擽《くすぐ》ったさから身を捩《よじ》りそうになるのを堪えつつ、飽くまで正面へと据えた視界の隅を、白金と鮮紅色の閃《ひらめ》きが時折掠《かす》める。膚に掛かる呼吸《いき》の独特なテムポから、娘等は犬猫が鼻先を以《もっ》てするが如くして此方のにおいを嗅いでいるのだと気づいた。直後、何か生温いものが首の左右に触れ、其のまま膚を這い上がったので、我知らず肩が跳ねた。舐《な》められたのだと気づいたのは、稍々《やや》経《た》ってからだ。

「慥《たし》かに」

暫しの間を措《お》いてから、両の耳に声を流し込まれた。其れからまた衣擦れと膝を衝く音とが、今度は少しずつ遠ざかってゆく。其の末に、初めに耳にした時と同じ位置から声が響く。

「検めさせていただきました。慥かに、罪を抱えておいでです」

背後から階を踏む軋《きし》り音《ね》が聞こえたかと思うや、白い袴《はかま》の裾と浅沓《あさぐつ》とが傍《かたわ》らを通り過ぎてゆく。黒鉄の扉の前に立った宮司は背を向けたまま一礼した後、ゆっくりと私に向き直り、「どうぞ、お立ちください」

立ち上がって左右に頭《かしら》を回してみると、娘等は元の通りに坐していた。

但《ただ》、何とも云えぬ違和感があった。先に目にした時とは何かが違っている気がするのだが、其の正体が直ぐには判らなかった。一体、此の違和感は何に起因するのかと考えた末、ああ、娘等が左右で入れ替わっているのだと思い至った。

「さて、参りましょう。此れより先が神域です」

首を戻せば、宮司はまたも此方に背を向け、扉の把手《はしゅ》に両手を掛けていた。狐に抓《つま》まれたような心地で居る私の眼前で、鈍い擦過音《さつかおん》を立て乍ら、扉は徐々に押し開かれてゆく。

■

参詣者等が己の順番を待ちて控える事となる重戸留《オモイトドメ》ノ間から、神域の入り口に当たる双子巫女の坐す封障切《フサギリ》ノ扉までは、〝砥忌《トキ》ノ廻廊〟と呼ばれる長大な廻廊によって結ばれている。字面《じづら》からすれば、「忌《いみ》を砥《と》ぐ」、則ち、其の廻廊自体が一種の潔斎《けっさい》の為の装置であり、其処を廻る事によって身から穢れを落とすと云う意味が見えようが、一方で音のみを取ってみれば、〝時の歩廊〟とも解《かい》せる。成る程、左右の壁に点々と掲げられた燈明《とうみょう》に仄暗く照らされた窓のない廊の様は、慥かに、幾ら進めども一向に代わり映えせず、其処を歩む者の時間感覚を狂わせる。其れ許《ばか》りでなく、歩を進めるうちに己の身体《からだ》が何処か深みへと沈み込んでいくかのような奇妙な感覚をも覚えさせられるが、此れは、努めて意識せねばそうと気づけぬ程僅かにではあるものの、緩やかに床が傾斜《けいしゃ》しているが故の事だ。歩廊は突き当たりに行き着くたびに同じ方向《かた》へと真横に折れているが、幾つ角を曲がろうとも、廊の一辺が長く――或いは、短く――なる事はない。つまりは、中心に向けて縮小してゆく渦を描いているのではなく、下へ下へと伸びる螺旋《らせん》状を成しているのである。此れによって、地下深くに位置する重戸留ノ間《オモイトドメノマ》と地上に在る封障切ノ扉《フサギリノトビラ》は、階も梯子《はしご》も経る事なく繋がっている。

加うるに、砥忌《トキ》ノ廻廊は巫女の在処へと降りてゆく為の通廊である許りでなく、既に其れ自体が神域でもある。下界と神域とを分かつのは封障切ノ扉であり、双子巫女は境界の外側に坐している事になるが、此れこそは彼女達が罪を知らぬ無垢な身である事の証左と云えよう。左右から身を挟まれ、鼻先を寄せられる許りか、舌先を以《もっ》て膚を舐め上げられた時には大層面喰らうと同時に胸の高鳴りをも覚えたものだが、其れとて子供の戯れと云うのでなく、歴《れっき》とした彼女等の務めなのである。封障切ノ扉より奥は、罪を抱えた者でなければ這入る事を許されない。そして、神社へと参じた者が真に罪喰《ツミハミ》の巫女と対面するに適《かな》う罪を負うているか否かの判じ役を担っている者こそ双子巫女であり、ふたりは参詣者のにおいによって其の有無を嗅ぎ分け、味によって其の軽重を量《はか》る。罪を持たぬ者は、正に其処で門前払いとなるわけだ。

射干玉《ぬばたま》の黒髪と白金と云う対極の色に縁取られ乍《なが》らも、娘等のかんばせには罪喰の巫女と相通ずる俤《おもかげ》がある。皓い膚もそうであるが、何より、冥く底光りする瞳が能く似ている。宮司に聞かされた話によれば其れも道理で、参詣者を篩《ふるい》にかける役目は巫女の血縁者の中から選別された者が任に当たると云う。未だ幼い故に、罪の質までも見透す事は能わず、無論、其れを喰らえもせぬが、罪の大小や多寡《たか》を量る事は十分にできるらしい。然《しか》らば、ゆくゆくは彼女等もまた罪喰の巫女となるのかと云えば、決してそうはならぬと云う。宮司の言葉を其のままに引けば、「力までも分かち合って生まれたものか、あれとは較《くら》ぶ可《べ》くもなく才を欠いておりますので、長じたとて使い物にはならぬでしょう。畢竟《ひっきょう》、あれの糧《かて》となりて〝奈落〟に落ちるが定めです」との事だ。未だ当人と見《まみ》える前ではあったが、巫女の事を「あれ」などと物か何かの如く云う口振りは酷く不快であった。況《いわ》んや、あの美しき佇まいを直《じか》に拝謁《はいえつ》した後となっては、とても許せるものではない。

斯くの如く、罪喰の巫女としての苦役《くえき》を負わずに済むとは云え、双子巫女の行末《いくすえ》もまた不憫《ふびん》としか云いようのないものが、私が無事に事をし果せた暁《あかつき》には、其の定めとて自《おの》ずと変わる。穢れを知らぬままに、宿業《しゅくごう》から解き放たれる事となる筈《はず》だ。

□

重戸留《オモイトドメ》ノ間には、四人の先客が居た。

ひとりは如何《いか》にも高級そうな仕立ての背広にでぶでぶと肥《こ》えた身を無理に捻《ね》じ込んだ中年男であり、憮然とした貌《かお》をして座敷にどっかと胡座《あぐら》を掻《か》いた其の傍らには、今ひとりの年若い男が膝を揃えて坐していた。銀縁眼鏡を掛けた細面《ほそおもて》で、神経質そうに目を泳がせている。大方、何処その重役と其の秘書とでも云ったところであろう。若い方の男がいつでも動けるようにか、爪先を立てて僅かに腰を浮かせた中途半端な姿勢で居るところからして、常より顎で使われている姿が容易に想像できる。

ふたりから稍々《やや》離れた処に陣取っていたのは筋骨逞《たくま》しい壮年の偉丈夫《いじょうふ》で、体軀《たいく》からしても、顔中に走った大小とりどりの傷痕からしても、戦地帰りの復員兵と見て先《ま》ず間違いなかろう。其れも余程過酷な戦線に送られていたものと見え、双眸《そうぼう》が一切の光を欠いている。

最後のひとりは、一見する限り男と見紛《みまご》うような女であった。そうと思うにも無理はなく、男物と思しき襯衣《シャツ》の上から国民服にも似た朽葉色《くちばいろ》の上衣《うわぎ》を着込み、下は衣嚢《ポケット》の幾つも付いた洋袴《ズボン》と云う、見た目よりも動き易さを重んじた恰好《かっこう》で、膝には鳥打帽《ハンチング》を載せている。髪は少年の如く短く刈り込まれ、顔立ちまでもが男に近い。化粧っ気がないと云うのではなく、寧《むし》ろ、其処此処に手を加えて念入りに相貌《そうぼう》を拵えているようなのだが、其のいちいちが優美さよりも直線的な陰影を強調している。活動的と云うより、もはや、男装と呼ぶ可きであろう。化粧の為に確《しか》とは云い切れぬが、恐らく未だ二十代半《なか》ばと云う若さと見える。

同日に参詣する者が居ようとは予期しておらず、事前に報《しら》されてもいなかったが故、斯様な面々が八畳敷き許りの一間に集《つど》っている様には少なからず驚かされたが、其れにもまして意想外であったのは、一同が私の到着を待っていた――否、待たされていたらしい事である。

「此れで漸く揃いましたかな」中年男が苛立ちを隠しもせぬ調子で云った。視線こそ宮司に向けていたが、私への当《あ》て擦《こす》りである事は声音からして明らかであった。「こちとら、もう四時間近くも待たされとるんですぞ」

散々《さんざ》っぱら板敷きの上を歩いてきた所為《せい》もあってか、蹠《あしうら》が踏む畳の感触が何だか厭《いや》に柔らかく感じられて戸惑っていた私は、眼鏡の男が困ったような貌を此方に向けた事も手伝って、余計にたじろいだ。戦地帰りらしき男が無言のうちに中年男を睨《ね》めつけて黙らせてくれなかったならば、針の筵《むしろ》に座るところであった。無論、此方とて待ち人が居るとは知らなかった故、何も責められるような謂《いわ》れはないのだが。

「皆様お揃いになりましたので、此れより〝みそめ式〟を執り行います」重戸留《オモイトドメ》ノ間は三方を襖《ふすま》に囲まれていたが、間の一隅にそろそろと私が腰を下ろすや、宮司は私達がつい今し方抜けてきた廻廊へと通じる引き戸から見て正面に当たる襖の前へと進み出て、そう告げた。「此の先に居ります、皆様がお会いしたがっている者とのお顔合わせと、其れ其れ胸に秘しておいでの罪《つみ》咎《とが》の仔細な吟味《ぎんみ》とを兼《か》ねた儀でございます」

宮司が語ったのは其れ丈《だ》けであった。到着の遅かった私許りが仔細を聞かされておらず、他の者等《ら》は既に何らかの説明を受けているのかとも思ったが、どうやらそう云うわけでもないらしい。能《よ》く判らねぇ話だと中年男が肩を揺すって不満を漏らしたが、またも例の偉丈夫に睨《にら》みつけられて、気勢《きせい》も態度も直ぐに萎《しお》れた。臆病なのやら後先を考えておらぬのやら能く判らぬが、屹度《きっと》どちらもなのであろう。狼狽《ろうばい》する眼鏡の男や、居たたまれなさを覚える私と違い、男装の女許りが泰然《たいぜん》としていた。明らかに場慣れしている事が見て取れる。恐らくは雑誌記者か何かであろうが、幼巫女等による検分を経て封障切《フサギリ》ノ扉より此方に来ているからには、取材許りが目的でなく、何ぞ胎《はら》に逸物《いちもつ》抱えているのも慥《たし》かであろう。

「此れより、順にご案内致します」宮司は眼前での遣り取りも何処吹く風と云った調子で、中年男に手を伸べ、己《おの》が方《かた》へと差し招いた。「どうぞ、此方へ」

男が大儀そうに腰を上げて歩み寄ると、宮司は後ろ手に襖を開き、共に戸閾《とじきみ》を跨《また》ぐや、矢張《やは》り後ろ手に襖を閉じた。束《つか》の間《ま》しか覗《のぞ》けなかったが、襖の向こうに在るのは小さな部屋で、正面奥には鉄扉が在り、横合いの壁際には何やら鏡台と思しき物が据えられているようであった。

其れから暫くは、何の音沙汰もない。眼鏡の男は落ち着きなく両手で膝を擦《さす》り、復員兵風の偉丈夫は何をするでもなく黙して瞼《まぶた》を閉じている。女はと云えば、上衣のかくしから抜き出した手帳を開き、さらさらと万年筆を走らせていた。

手持ち無沙汰から、私は問うた。「記者さん、ですか？」

女は手帳からチラと視線を持ち上げて、「ええ」と丈け。其れからまた直ぐに視線を落として筆を動かしつつ、「学術誌でもない、奇談を紹介する許りの大衆誌ですが」

そう謙遜《けんそん》し乍《なが》ら、声に卑屈な情感《いろ》を滲ませはしないところが好もしい。相変わらず凜《りん》とした佇まいだ。己の仕事に誇りと自負を持っているのであろう。斯様な女が、一体、如何なる罪を抱えているか。興味は湧いたが、流石《さすが》に其れを問うのは不躾《ぶしつけ》に過ぎる。

此方は民俗学を学んでいると自己紹介をしたものの、其れぎり、此れと云って会話も続かず、沈黙が間の内を満たしたが、四半刻許りも後に其れを破ったのは、襖を開け放つなり、よろけるようにして再び姿を現した中年男の跫音《あしおと》で、見れば、弛《ゆる》んだ頬からはすっかり血の気が引いていた。そうして男が無言のまま、蹌踉《そうろう》たる足取りで間の内を横切った末に力なく腰を下ろすと、其の傍らで斯《か》かる主人の容子《ようす》に酷く狼狽している銀縁眼鏡の男を、何らの説明も加える事なく宮司は差し招いた。彼は困惑の色が泛《うか》んだ目で二度三度と主人の顔を見遣った後、如何にも怖々と許りに立ち上がり、宮司に伴われて襖の向こうへと姿を消したが、矢張り幾らも経たぬうちに戻ってきた際の容子は、中年男の其れに輪を掛けた在り様であった。余程恐ろしいものを目にしたと見え、唇は青褪め、膝が小刻みにわなないていた。

続けて戦地帰り風の男、次に男装の女と云う順で宮司に連れられて行ったが、重戸留ノ間《オモイトドメ》に戻ってきた際の態度と云えば、表面上こそ先のふたりとはめいめい微妙に異なるものの、何ぞ衝撃を受けたと思しき事は変わらなかった。男は相変わらずの厳めしい面《つら》つきであり乍ら、能く能く見れば、例の光を欠いた目が落ち着きなく揺れている。女の方は、恐れと云うよりも、畏《おそ》れとでも呼ぶべきであろうか、何かしら信じられぬものを目にしたと許りに、呆《ほう》けた貌をしていた。

大の大人が斯くも一様に動揺を示すのを目の当《ま》たりにし乍ら、然し、其れ等が私の胸に喚起《かんき》したものは、何が待っているのかと云う恐れや虞《おそれ》とはさかしまな、そうであってくれればこそ態々こんな山奥まで訪ねてきた甲斐《かい》があると云うような、謂わば、より一層嵩《こう》じた期待であった。だからこそ、今や遅しと許りに待ちかねていた私は、宮司が片手で此方を差し招くや、勢いよく立ち上がり、其の後に続いた。

続く間への戸閾を跨ぐや、後ろ手に襖が閉じられた。先んじて〝みそめ式〟とやらに向かった者等が出入りする際に垣間見えた続きの部屋は、控えの間とでも呼ぶべき手狭なひと間であった。但し、遠目に鏡台と見えていたのは、其の実、一種の祭壇と思しき物であり、壇上には五尺許りはあろうかと云う巨大《おおき》な円鏡が据えられていた。其れも一方の壁際だけでなく、相対する位置にももうひとつ、同じものがある。大きさも然《さ》る事乍ら、何より驚かされたのは、其の鏡が相対した此方の姿を映さぬ点であった。私や宮司が前に立とうとも、磨き上げられた鏡面に鏡像《かげ》が結ばれる事はない。其れ許りか、件のひと間の様すら映り込んでいない。孰れも黒い壁と板敷きからなる廊と思しき光景を映じているのである。二枚の鏡が対置されているにもかかわらず、互いを相映した鏡映しとなる事なく、其れ其れに能く似た、其れでいて微妙に異なる景色を泛《うか》べている。

「〝まふつの鏡〟でございます」首を傾《かし》げつつ鏡面を覗《のぞ》き込む私に、宮司はそう告げた。

「真経津鏡《マフツノカガミ》――其れは三種の神器がひとつ、八咫鏡《ヤタノカガミ》の異名ではございませんか？」

驚きつつ問えば、宮司は首を振り、宙に指を閃かせて字を書いてみせつつ、「〝魔不通《マフツ》ノ鏡〟と書いて、そう読みます」

唯でさえ不可思議な特性を具えている上、随分と物騒な名を冠したものだ。一体、此の鏡に映っているのは何なのかと訝《いぶか》る私に、直ぐに判りますとだけ云い、宮司は正面にある鉄製の観音扉を開け放った。扉の向こうへ歩み出ると直ぐに振り返り、頭上を指し示してみせる。後に続いて振り仰いでみれば、成る程、慥かに能く判った。扉の上部にも矢張り一枚の鏡が据えられ、先の間で目にした其れと変わらぬ景色――私達が足を踏み入れた黒壁からなる廊の容子を映しているのであった。則ち、此方の鏡に映じたものが対となる其れの表面《おもて》へと、写され、映されるのであろう。謂わば、一種の監視装置と云うわけだ。

――だが、何の為に？

順当に考えれば、外より来たる参詣者等を見張る為であろう。何しろ、廊の先に居るのは此の神社の信仰に於《お》いて他の何よりも重要な罪喰《ツミハミ》様である筈《はず》だ。万が一にも、部外者に危害など加えられるわけにはゆかぬ。続く廊を宮司が〝さえぎりの歩廊〟と呼んだ事が、其の考えを裏打ちした。此方は〝冱切《サエギリ》〟と書くのだと云う。成る程、音としては〝遮り〟であると同時に〝切断〟の意味合いが其処に加わるわけだ。則ち、切り落とし、遮る。何をかと云えば、外部から持ち込まれた穢れをであろう。巫女の坐処《ざしょ》を一種の結界によって護《まも》っているのだと考えれば納得がゆく。

ぐるぐると幾重もの螺旋を描いた祇忌《トキ》ノ廻廊と異なり、冱切ノ歩廊は、一方に向かって歩んで行けば一巡して元の扉の前へと還ってくる単純な方形を成している。注意深く蹠《あしうら》で確かめてみても、床板が傾斜しているとは感じられない。

然し、何より異なっているのは、先に魔不通ノ鏡にも映っていたように、壁が漆黒に塗り込められている点だ。其の様は地上にて目にした社殿の外郭と能く似ており、入れ籠の如くして、黒い匣の中にまたも黒い匣が収まっていると云う印象を受けた。

宮司に付き従って角をひとつ折れ、ふたつ折れと進んで行った処で、先にくぐってきたものと同じ造りの黒鉄の観音扉が姿を現した。此方も矢張り、上部には鏡が設《しつら》えられている。但し、此の扉は魔不通ノ鏡が在る控えの間へと通じる物とは反対側に当たる壁に嵌《は》められている。

其の扉が宮司の手によって開かれた時、私は言葉を失った。

扉の向こうに広がっていたのが、歩廊からは想像もつかぬ天然の大伽藍であった為だ。

■

〝視遡眼《ミソメ》式〟にて初めて巫女と対面した時、其の見目形に私は一瞬で心を奪われた。件の式は、〝罪喰《ツミハミ》ノ儀〟に先んじて設けられた、巫女との顔合わせの場だ。幼い双子巫女による検分と異なり、此処では罪の多寡や軽重許《ばか》りでなく、其の詳らかな内容までもが巫女の眼《まなこ》によって見透される事となる。巫女にしてみれば、後に己に供させる事となる罪業の味見とでも云ったところであろうか。

冱切《サエギリ》ノ歩廊より先に、宮司は随伴《ずいはん》しなかった。唯、扉の先に伸びるごつごつとした岩肌を抉《えぐ》るようにして敷かれた飛び石の先に見える、無数の蓮の葉が浮かんだ湖水の汀《みぎわ》から架けられた橋を指し示して、「此れより先はお独りで。後は介添《かいぞ》えがなくとも、つつがなく済む事でしょう」と云い、自身は廊の側に留まった。其の所作の内には、一種の畏れと呼び得るものが看《み》て取れた。或いは、穢れに対する忌避とでも云う可《べ》きか。

些《いささ》か戸惑い乍《なが》らも云われるがままに鍾乳洞へ歩を進めると、直ぐに背後で軋《きし》り音《ね》が立ち、扉が鎖《とざ》された。遠目には黒く塗られていると見えた橋であったが、飛び石に生い群れた苔に滑る事のなきよう気をつけつつ袂《たもと》まで到ってみれば、そうではないらしいと判った。〝らしい〟と云うのは、間近に見ても、其の黒さが何に由来するかが判然とせぬ為だ。多くの者が渡り、また、多くの者が還り、数えきれぬ程に幾度も踏まれ続けてきたであろう痕跡は橋板の凹《へこ》みと云う形で刻まれていたが、其れでいて塗りの剝《は》げたような箇所は見当たらない。擦《こす》られ、削られ、摩耗《まもう》したと思しき箇所でさえ、尚、黒いのだ。さながら黒炭で以《もつ》て組まれたかのようだが、斯様な代物で橋など造れるわけもなく、靴底に残る感触もまた炭の其れには似ず、人の膚でも踏むかの如き奇妙に柔らかな心地がした。

斯くて到った石室《いわむろ》の内に、巫女は居た。

篝火《かがりび》の灯を浴びててらてらと光る濡れた石畳に何を敷くでもなく膝を揃えて端然《たんぜん》と坐し、両の瞼を伏せていた。豊かな黒髪と冷々《れいれい》と冴《さ》えた皓《しろ》い膚は互いを明瞭《はつきり》と際立たせ、墨染の衣を締めた帯の緋色が血の如き毒々しさを以て此方の目を衝く。かんばせを成す部位のひとつひとつが拵え物の如く何処も此処もきちんと整い、磁器を思わせる輪郭が其れ等《ら》を纏《まと》め上げている。

もっと近《ちこ》う寄れ――と声を掛けられなかったならば、私は時の経つのも忘れて其の美しき佇まいに見蕩れていた事であろう。否、其れが巫女の発した声であると認識するのにさえ、時間を要した。およそ人の喉から出たとは思えぬ清らな響きであったと同時に、目の前にした何か美しいものが口を動かし、人如きの用いる言葉を発するとはとても思えなかったが為である。

暫しの後、私は慌てて進み出で《い》、膝を折って巫女の正面に坐した。己なぞが上から見下ろしているのは如何にも畏れ多い振る舞いだと、遅まき乍ら思い至った為だ。固い石畳に膝を衝くや、直ぐに洋袴《ズボン》が水分を吸って重くなった。

両の瞼を伏せたまま微動だにせぬ相手に、私は恐る恐る問うた。

「貴女が――罪喰の巫女ですか？」

我乍ら間の抜けた問いだ。一体、其れ以外の何が斯様な場処に居ようか。

巫女は口許に仄かな笑みを泛《うか》べ、「自ら名告《なの》った事はないが、人からはそう呼ばれておるな」

唇の隙から覗いた歯の煌めきに、私は怖気《おぞけ》を覚えた。と云って、其れは恐怖に根差したものではなく、寧《むし》ろ、白銀の山嶺を見上げた時に感じるような、美学上の概念で云うところの「崇高」の語こそが相応しい、総身《そうみ》の膚が粟《あわ》立つ感覚であった。そして同時に、先の歩廊につけられた〝冱切《サエギリ》〟と云う名の真意をも悟った。断ち切り、落とす——歯牙《しが》が突き立てられ、膚を破り、肉を切り裂く——其の様を想像して、私の胸ははしたなくも高鳴った。

胸の内の浅ましい思いを取り繕うように、私は訊ねた。「身に負うた罪を見定めていただく儀式であると伺って参りましたが、其の、私は何をしたら良いのでしょうか」

「何も」と、巫女は答えた。「汝《うぬ》が為す可き事なぞ何もない。唯、そうして坐したまま、我の目《ま》見《み》から逃れぬように丈《だ》けしておれば良い」

そう口にしつつも、花瞼《かけん》は未だ閉じられたままであった。

「慥《たし》かに、美味なる罪を抱えているようだな」と、暫しの間を置いてから巫女は云った。「においに丈けでも能《よ》く判る」

宮司の云っていた通りであった。石室の内には甘やかな香りが立ち籠めていたが、そんな中でも鼻を寄せる事とてなく、一間《いっけん》も離れた処からそうと判じられるとなれば、慥かに、双子巫女等とは較ぶ可くもない力を具えているに違いない。

「では、視《み》るぞ。逃れるなよ」

そう云うや、蕾《つぼみ》が開くかのようにして巫女の双眸が開かれた。

散々念を押されていた故、決して視線を逸らしはすまいと身構えていたが、斯様な努力は抑々《そもそも》要らぬものであった。冥《くら》く底光りする目見に射竦められるなり、微動だにする事も能わず身体が強直《ごうちょく》したからには。蛇に睨まれた蛙と云うより、既に口中へと呑み込まれて身動きも取れぬ己《おの》が姿を、一歩引いた処から眺めているかのような心地であった。

巫女の双眸は大きく見開かれ、中心に穿《うが》たれた瞳孔は黒色と云う言葉に収まらぬ、何処までも深い闇を孕んでいた。其の闇が、見る間に大きく広がってゆく。白目すべてを覆い尽くしたかと思えば、上下の瞼や眼窩《がんか》さえも越え、巫女の顔を呑み込み、其れでも尚、広がり続け、やがては私の視界すべてを腹の内に収めるように――

○

――やめてくれ、やめてくれと嘆願し続ける相手の顔に、私は只管《ひたすら》に拳を振り下ろし続けた。幾度も、幾度も、執拗《しつよう》に。拳が紅く染まったのは何も返り血許りの為でなく、握り締めた掌中《しょうちゅう》からじんわりと広がる熱の所為《せい》でもあった。額に、頬に、鼻に、拳がめり込むたび、熱は愈々《いよいよ》激しさを増していく。さながら、燃え盛る焔《ほむら》でも内に宿しているかのように。

嗚呼、そうだ。

此れは――罪の火だ。

■

ふはっ――と云う音が耳を震わせると同時に、私の意識は闇の底から俄に引き揚げられた。

正気づいてみれば、視界の内に在るのは元の通りの石畳に石の壁。そして、端然と坐した巫女の姿。対面した相手の両の瞳とて相変わらず冥い事には冥いが、眼窩の内にきちんと収まっている。其の顔に浮かんだ表情を見て、遅まき乍ら、先の音は巫女の笑い声であったと気づいた。

「面白い罪を抱えておるな」と巫女は愉《たの》しげに云った。

私は目を瞬《しばたた》き、「終わった――のですか？」

「ああ。汝《うぬ》の罪業、一欠片《ひとかけら》とて剰《あま》す事なく篤《とく》と視たぞ。得も云われぬ甘美な罪よ。実際に喰らうのが愉しみだ」

巫女は口の端を持ち上げ、長い舌先をもって唇を舐め上げた。

嗚呼、其の様に、私は如何《いかん》ともし難《がた》い激情を覚えずにはいられなかった。

固《もと》より、己が抱えし罪など些事なれば、此の神社を訪《おとな》いしも飽《あ》くまで現地調査の為に過ぎぬと思っていたが、斯様な経緯なぞどうでも良く思える程に、私は巫女に魅せられた。

□

闇中《あんちゅう》にて瞼を持ち上げてみれば、見慣れぬ天井が広がっている。其れが莫迦《ばか》に低く圧《お》し迫ってくるように感じられるのは、己の居るのが地の底であると云う認識故の錯覚であろうか。

参詣者の為に設えられた臥処《ふしど》である。重戸留《オモイトドメ》ノ間の一方を成した襖の向こうは短い廊へと繋がっており、臥処は其処に五《いつ》つ六《む》つ許《ばか》り並んでいた。視遡眼《ミソメ》式が済んだ後、罪喰《ツミハミ》ノ儀は翌朝に執り行うので今夜は泊まっていくようにと、宮司は私を含む参詣者一同を案内した。

一泊する予定などなく、其の必要があるとも事前に知らされてはいなかったが、深更《しんこう》にもなって山に放り出されたところで困る許りであるし、何より、やっとの思いで此処まで来ておき乍《なが》ら、罪喰ノ儀を残して還る気になぞなる筈《はず》もない。尤《もっと》も、神社を訪う参詣者の中にはそうと思わぬ者も居るようで、各人を臥処へと案内するに先立ち、宮司はこうも云っていた。「罪喰ノ儀をご辞退される方は、どうぞ此れにてお引き取りください」

実際、罪喰様と見《まみ》えた今となっては、矢張り止《よ》しておこうと心変わりを起こす者が居る事も想像に難《かた》くない。石室《いわむろ》の中で対面した誰もが、其の力の片鱗に触れた筈だ。罪を抱えたままでいる事にもまして、再び彼女と対面する事の方が恐ろしいと思う気持ちも判らぬではない。私とて、赤紙《あかがみ》こそ免れ、戦地に駆り出される事がなかったとは云え、先の大戦下に於《お》いては随分な悲惨と無慚《むざん》とを目にしてきた。そう、見過ぎてきた程だ。にもかかわらず、あの石室と其処に坐す巫女の様は、斯様な経験を以《もっ》てしても容易に受け止める事の能わぬものであった。

殊に、宮司が〝奈落〟と呼ぶ、石室の床に穿たれた穴には酷く動揺させられた。

「喰べ残しを抛《ほう》る為の穴だ」と事もなげに云う巫女に、何の——と、敢えて問い返しはしなかった。訊《き》くまでもない。罪を喰らう巫女。喰らわれるのは罪を負いし者の身の一部。とすれば、其処に掻き捨てられるものの正体とて、自然と知れよう。世に地獄と云うものが在るならば、巫女の背後に穿たれた、恰度《ちょうど》、人の頭程の巾《はば》を持ったあの冥い穴の底こそ、最も其れに近いもののひとつであろう。身を切る——文字通りの意味だが——覚悟を決めた者さえ翻意《ほんい》させるに足る、恐る可《べ》きものだ。と、其処まで考えたところで、ああ、〝重戸留《オモイトドメ》〟とはまた〝思い留め〟でもあるのかと、今更乍らに思い至った。

斯様な事を考えつつ、寝床から這い出し、臥処の襖に手を掛けた。別段、目が冴えて眠れぬと云うのではない。唯、罪喰ノ儀を迎える前に、確かめておきたい事があった。疚《やま》しいところのあるでもなければ、腹に悪計を抱えているでもないから、襖を開け放つや、跫音を殺す事とてなく、重戸留ノ間へと私は向かった。何故《なぜ》か、件の事柄を問う可き相手は其処に居るに違いないと確信していたし、果たして、宮司は斎服《さいふく》姿のまま、間の内に坐していた。彼はさして驚いた素振りも見せず、「寝つかれませぬか」

私は宮司の正面に腰を下ろした。「いえ、お伺いしたい事がありて参りました」

「左様でいらっしゃいますか。私にお答え出来る事であれば、何なりと」

私は凝《じっ》と相手の顔を見据えた末、単刀直入に問うた。

「――貴方達は、何を祀《まつ》っているのですか?」

ほう――と宮司が感嘆《かんたん》したが故に、私は己の問いが正鵠《せいこく》を射ている事を確信した。

罪喰様は慥《たし》かに特殊な権能《けんのう》を具えた人智を超えし存在であろうが、其れ自体が籠守神社の祀る神格であるとは考え難い。其れにしては、儀式に纏わる機構が巫女一人の能力《ちから》に恃《たの》み過ぎている。信仰の対象たる存在が自ら動き過ぎているのだ。一方で宮司等《ら》は、祝詞《のりと》を奏上《そうじょう》するでもなければ、幣《ぬさ》を振るうでもなく、唯々、参詣者等を案内する許りである。罪喰様自体が一種の現人神《あらひとがみ》である故にすべてを委《ゆだ》ねていると捉えられぬ事もないが、斯様な信仰の対象や其の裔《ちすじ》を引く幼巫女等に対する宮司の扱いは、尊崇《そんすう》と云う言葉から何処までも遠い。神として敬う意識が在るならば、彼女等を「あれ」呼ばわりする事なぞ能わぬ筈である。

此方が斯様な持論を云い立てるまでもなく、宮司は意外な程にあっさりと答えを示した。

「天石門別安国玉主命《アメノイワトワケヤスクニタマヌシノミコト》でございます」

「天石戸……門神《もんしん》ですか」

「左様。能《よ》くご存知で」

天石戸別神《アマノイワトワケノカミ》――別名櫛石窓神《クシイワマドノカミ》、或いは豊石窓神《トヨイワマドノカミ》。『古事記』に見られる、天孫降臨に際して常世思金神《トコヨノオモイカネノカミ》、天之手力男神《アメノタヂカラオノカミ》と共に三種の神器に副《そ》えられた神の一柱《ひとはしら》である。其の名や門の神と云う性質からして、如何にも天照大神《アマテラスオオミカミ》の岩戸《いわと》隠れに関連がありそうだが、他の二柱《ふたはしら》と異なり、同段では名が見られず、仔細な来歴も判らぬ、謎多き神だ。

「成る程」私は頷いた。門神を祀っているとなれば、筋道が通る。宮司の言葉の端々《はしばし》に顕《あらわ》れていた罪喰様や幼巫女に対する侮蔑《ぶべつ》にさえ近い感情も。奥へ奥へと進むにつれ、外に出る事の難しくなる社殿の造りも。「貴方達は其の神威を借りる事によって、封じているのですね」

宮司は目を細めて、「如何にも」

彼等にとって、罪喰様は信仰の対象ではない。

さかしまに、封じ込める可き悪しきものなのだ。

慰志《イシ》ノ石室《イワムロ》を目にした時、私は初め、境内の中に境内が在るものと捉え、其の造りに甚だしい違和感を覚えた。則ち、湖水は外界と神域とを隔《へだ》つ境界としての川や濠《ほり》に相当し、黒い橋は現世と彼方《かなた》を繋ぐ神橋、そして、石室こそは正に此の神社の本殿に当たるものと考えたのだ。

然し、斯かる見立てが正しいとすれば、封障切《フサギリ》ノ扉より先が神域であると云う宮司の言葉とは矛盾《むじゅん》する。額面通りに受け取るならば、間にもう一重の結界たる冱切《サエギリ》ノ歩廊を挟んだ上で、神域の内部に更にもうひとつの神域が存在している形になる。無論、神社の境内に他の神を祀る社が設置される事自体は殊更に珍しい話でもない。摂社《せっしゃ》や末社を設けて主祭神と由縁《ゆかり》のある神や他社から勧請《かんじょう》した神を祀る習慣は極《ご》く一般的に見られるものだ。

とは云え、全容の掴みにくい構造物でこそあるものの、其れまで案内された道のりからして、石室は籠守神社の中心部に位置している筈である。斯様な場処に摂社を据えると云うのは妙だ。

然し、抑々《そもそも》の見方が逆なのだと考えれば、腑《ふ》に落ちる。罪喰様の坐す石室こそが、籠守神社にとっては外側《そと》なのである。結界によって外界の穢れから神域を護っているのではなく、さかしまに、神域によって四方を取り囲む事で、罪喰様と云う存在を閉じ込めているのだ。恐らくは、固《もと》より此の地に居た罪喰様なる存在を押さえつける為にこそ、天石戸別神と云う神格を祀る籠守神社が建立《こんりゅう》されたと云うのが正しい順序であろう。

そう、すべてが、さかしまなのだ。慰志ノ石室は罪喰様を閉じ込める檻であり、魔不通《マフツ》ノ鏡によって見張られているのもまた、参詣者ではなく、罪喰様だ。冱切ノ歩廊は逃げ道を絞る為の機構であり、重戸留《オモイトドメ》ノ間を通らずして外へと出る事は能わない。そして、緩やかに傾斜した長大な砥忌《トキ》ノ廻廊は、遁《のが》れ出でんとする者の足を遅れさせる。

だが、尚も疑問は残る。

斯くも厳重に封じねばならぬ罪喰様とは、一体、何なのか？

「あれの正体許りは、未だに判りません」此方の抱いた疑問に先廻りするようにして宮司は云った。「縁起にせよ来歴にせよ、確《かく》たる話は何ひとつ伝えられておりませぬ故。人の罪咎《つみとが》を糧として生きる何かだと云う事の外《ほか》には、何も。とは申しましても――

――邪《よこしま》な何かである事は明らかでございましょう？」

直《まみ》に見えたからには首肯《しゅこう》できる筈だと云わん許りの口振りであった。

相手の予期に反して、私は首を傾げざるを得ない。ほんとうにそうであろうか。慥かに彼女が人間とは一線を画す存在である事は私とて確信している。加うるに、罪許りか肉まで諸共《もろとも》に喰らうとあらば、人にとっては恐る可きものである事も慥かであろう。

とは云え、たかだかひとり――否、一体、或いは一匹か――の食人鬼が野に放たれたとて、其れが何だと云うのか。先の大戦に於いて、国の内外を問わず、数え切れぬどころか、数える事を端《はな》から抛擲《ほうてき》せざるを得ない程の人間を死へと追いやった島国の事を思えば、畢竟《ひっきょう》――「ひとりの女が喰らうて廻れる人の数なぞ、高《たか》が知れているではございませんか」

そうだ。あの女が生涯に喰らう者の数よりも、恐らくは名もなき一兵卒が手にかけた者の方が遥かに多く、其れを命じた者等が自らの手を汚さず殺めた人の数は尚多い。
だが、宮司は幼児《おさなご》に物を説きでもするかの如く眉を持ち上げ、「なりませぬ。あれを外に出したならば、必ずや〝禍償戒雨《マガツイマシメ》〟が世に降り掛かると伝えられております」

「まがついましめ……？」

「ええ。あれの裔《ちすじ》に類する者が代々喰ろうてきた罪のすべてが、瘴気《しょうき》となり黒雲《くらくも》となりて雨を降らし、あらゆる禍が地を染め上げる、と」

「だからと云って、ひとりの娘に其れを押し付け、閉じ込めておくと？」そう問いかけた直後、私は自ら首を振った。「いや、違う。代々と云うからには、彼女の親も、其のまた親も、斯様な扱いを受けてきたのでしょうね」

「左様。あれは常人《つねびと》とは明確に異なる何かではありますが、老いもすれば死にもします。仮令《たとい》千々《ちぢ》に其の身を裂かれようと、肉の一片でも残っていれば其処から再び骨肉を生やして元の形姿《なり》を取り戻し、其れまでに喰ろうた罪も剰《あま》さず腹に収めた状態で復元する正真正銘の化生《けしょう》ですが、老いから許りは逃れ得ませぬ。故にこそ、人と交《まじ》わらせ、子を産ませる必要があるのです」

「矛盾している。其れならば貴方達は何故、其の血を引く子を敢えて育てているのです？」

幼巫女等に関する話からしても、此の神社の連中が巫女の血脈《みお》を絶やすまいとしている事は明らかだ。封じる可きだの、邪だのと云う存在を、一方では、生かし、育《はぐく》み、子を生《な》させる。無為としか思えぬ円環を、そうまでして続ける理由が見えない。

「そうするより外《ほか》に手立てがないからです。滅する事は能わずとも、繋ぎ止めておく事は可能です。万が一、あれが自ら遁れんとした場合にも、我等は其れを押し留める禁厭《まじない》を心得ております故。ですが、あれが老いによりて死すれば、直ぐ様、其の身を器としていた罪咎が溢れ出す事でしょう。如何なる術《すべ》を以《もつ》てしても、溜まりに溜まった罪咎の奔流《ほんりゆう》を堰《せ》き止める事は能いません。遁れた先々で禍償戒雨を降らされるよりはまだましですが、神域の内に瘴気を押し留める事は能わず、甚だしい被害が世に齎《もたら》されましょう」

「其れでは話がおかしい。老いもすれば死にもすると、つい今し方、貴方はそう仰った。其れならば、死にゆく巫女の罪は何処へ――」と其処まで口にしかけて、私は俄に慄然《りつぜん》とした。漸く思い至ったのだ。宮司の言葉から導き出される、余りに単純であり乍ら、余りに悍《おぞ》ましい帰結に。

老いて死にゆく巫女が腹の内に溜め込んだ罪は何処へ行くのか？

「嗚呼、そうか……」答えは端《はな》から決まっている。「……喰らうのか」

私が自ら答えに至った事に満足したように、宮司は何処か嬉しげな貌をして頷いた。

身の内に溜め込まれた数多《あまた》の罪と諸共に、子が親を喰らう。其の子を、更に子が喰らう。そうして罪業は脈々と受け継がれてきたのだ。否、継がされてきたのだ。祓う事の能わぬものを一先《ひとま》ず後の世へと先送りし、除く事の出来ぬ過去を丸ごと背負わせる。其れこそが此の神社の存続意義であり、彼等が護ってきたものなのであろう。

私は目を閉じて嘆息した。瞼の裏には、罪喰様が口許から覗かせた、先端《さき》の尖った牙が鋸《のこ》の如く並んだ凶暴で醜悪な歯並びが泛ぶ。あの歯牙が、血を分けた肉親たる先代の巫女の膚を破り、軟骨を裂き、骨から肉を刮《こそ》ぎ取ったのだ。四肢《しし》許りでなく、臓物まで平らげ、其れでも喰らい切れぬものは奈落と呼ばれる穴に捨てられるのであろう。あの穴は参詣者達の罪の残滓《ざんし》の棄《す》て場であると同じくして、代々の罪喰様の骨を呑み込んできた墓処でもあると云うわけだ。

だが、「幾らそうして問題を先送りしようとも、いつかは破綻《はたん》するでしょう」

身に孕む罪は――次代へと転嫁《てんか》される咎《とが》は、世代を経るごとに増す一方である筈だ。孰《いず》れ巫女ひとりの身では孕み切れぬまでに膨れた末には、どうするつもりなのか。

「〝いつか〟であれば良いではありませんか。〝今〟でなければ、好《よ》いでしょう」

そう云って、宮司は莞爾《にっこり》と笑んだ。

――此の扉より先には罪を負うた者しか入れませぬ。

封障切《フサギリ》ノ扉について宮司が語った言葉の意味を、此の段に至って私は真に理解した。参詣者に限った話ではなかったのだ。宮司をはじめ、神官も下仕《しもづか》えも、此処に居る者達は例外なく罪人だ。巫女の血を引く者等を生涯に亘《わた》ってひとつ処に閉じ込めて飼い殺し、繁殖させ、果てには共喰いまでも強《し》いる。其れが世の為だと嘯《うそぶ》いてこそいるが、彼等の頭にあるのは、畢竟、保身の為の算段に過ぎぬであろう。

と、その時。

臥処へ通ずる側の襖越しに何やら物音が聞こえた。私は咄嗟《とっさ》に宮司の顔色を窺《うかが》ったが、彼が泛《うか》べていたのは、誰に聞かれたとて何の後ろめたい事もないと云わん許りの、涼しい貌であった。

■

昭和二十年三月十日。

夜空に何か綺羅《きらきら》〳〵と輝く物が瞬《また》いたかと思うや、赫々《かっかく》と燃え盛る炎が東京の地を舐め、街を呑み込み、家々を焼き払っては、暗い空を赤銅色《しゃくどういろ》に染め上げた。

多くの人々が家を焼け出され、余りにも多くの者が焼夷弾《しょうい》に身を貫かれるか、紅蓮《ぐれん》の旋風《つむじかぜ》に焼かれるか、呼吸《いき》もできなくなるか、或いは、火から逃れんと川に身を投じて血を凍《い》てつかせるかして、死んだ。其の数が余りにも余りにも多過ぎたが故に、国は早々に数える事を諦めた。

其の日を境に行方が判らなくなった者は、先《ま》ず以《もっ》て圧死したか焼死したか窒息死したか凍死したか、或いは、もっと酷い死に方をしたかの孰《いず》れかであろう事は明白であるのに、屍体が確認されぬ限り、空襲によって「命を落とした」とは認められず、行方不明者と云う扱いを受けた。戦時中には戦時災害保護法に基づいて、行政が〝死亡事実〟の認定義務を負っていたにもかかわらず、戦後に同法が廃止された為、昭和二十年の大空襲に於《お》いて家族を喪《うしな》った者の大半は、「失踪宣告」を行う以外の方法で肉親の死を確定させる事が能わなくなった。

空襲を生き延びた者等《ら》の戸籍謄本《とうほん》を手繰ってみれば、「昭和二七年三月一〇日、失踪宣告措置《そち》により除籍」と云う文言《もんごん》が延々と並ぶ異様な光景を目にする事となろう。

私の家族の場合で云えば、こうだ。

母　千鶴子　昭和二七年三月一〇日　失踪宣告措置により除籍
長女　郁子　昭和二七年三月一〇日　失踪宣告措置により除籍
三女　貞子　昭和二七年三月一〇日　失踪宣告措置により除籍

母も姉も妹も、死亡した場合同様に除籍されたと云えど、空襲があった三月十日を失踪日とした上で、〝失踪より七年経過後、遺族等の申し立てにより「失踪宣告」の手続を行う〟と云う民法上の規定に従い、私からの申し立てを受けて認定されたに過ぎない。彼女等が戦災による「死者」であると認められる事は、終《つい》ぞなかった。

加うるに、つい先頃、戦傷病者戦没者遺族等援護法なるものが公布されたが、同法規定による年金の支給対象は傷痍軍人、軍属、並びに其の遺族のみに限られ、空襲被害をはじめ、内地に於ける戦災被害者は除外されている。飢餓や過重労働によって命を落とした者は疎《おろ》か、沖縄戦での死者までもが補償の対象外とされた。

戦中には国家総動員法を制定し、やれ、「進め一億火の玉だ」、「八紘一宇《はっこういちう》だ」なぞと宣《のたま》って労務や苦役を強いてきたくせに、戦後となるや掌《てのひら》を返して此れだ。建前上こそ国民すべてが被害者であると嘯《うそぶ》く一方で、民間人は戦争の死者として認めない。

其れが、此の国のやり方だ。此の国は、男と女とを分けた。軍人と民間人とを区別した。徴兵検査によって生者を選別した。其の果てに、遂《つい》には死者までも選別したのだ。

◇

翌朝、重戸留《オモイトドメ》ノ間に集った参詣者は私を含めて四人丈《だ》けであった。

中年男と銀縁眼鏡は如何にも意志薄弱そうであったし、女もまた、幾ら男装なぞしようとも根には心弱さがあるであろうから、罪喰《ツミハミ》ノ儀を辞退する者が居るとしたら此の三者の孰《いず》れかであろうと許《ばか》り思っていたが、実際に姿を消したのは例の偉丈夫であった。

すると、昨夜耳にした物音もまた、あの男が立てたものだったのであろう。恐らくは此処まで来て尻尾《しっぽ》を巻いたと知られるは恥と云う思いから、人目を忍んで神社を後にしたのだ。

斯くて頭数を減じ乍《なが》らも始まった罪喰ノ儀は、視遡眼《ミツメ》式と同じ順序で執り行われた。則ち、中年男、銀縁眼鏡の細面、男装の女と続き、最後が、私である。

宮司に伴われて最初に罪喰様の許へと向かった中年男は、重戸留ノ間に戻ってきた時、両耳を欠いていた。頬を伝った夥《おびただ》しい量の血が下顎から垂れて襯衣《シャツ》の襟元を汚していたが、其の傷を庇《かば》いもせずに両手をだらりと垂れたまま、蹌踉たる足取りで控えの小間から姿を現すなり、直ぐ様、重戸留ノ間の残る一方の襖を引いて現れた斎服を纏ったふたりの年若い神官に身を支えられ乍ら連れていかれた。襖の先には、神官達の詰め処や応急手当を施す為の救護室とでも云ったような施設が在ると見える。尤《もっと》も、こんな山奥の神社での事であるから、高度な医療技術や設備なぞ備えてはおらぬであろう。恐ろしい事だが、其れにもまして私が驚かされたのは、男が泛べた表情であった。其の貌は、苦痛に歪むでもなければ、恐怖に青褪めるでもなく、さかしまに筋肉が弛緩し、桃色に上気した、恍惚たるものであった。両の目尻には涙さえ滲ませていた。己《おの》が指の喰らわれる様を語ったいつかの男の表情に、奇妙なまでに能《よ》く似ていた。

次に順番が廻ってきた眼鏡の男は主人の様を目の当たりに、膝を震わせ、怯えの顔色《いろ》を顕《あら》わにしていた。斯様な様を見せる男に向けて、宮司は昨夜同様、罪喰《ツミハミ》ノ儀を辞退しても構わぬと説く許りか、寧《むし》ろ、思い留まるならば今が最後の機会だとも云い添えた。

当然、此の男であれば其の申し出に縋《すが》って逃げ出すものと許り思っていたが、然にあらず、尚暫しの躊躇《ためら》いを見せた後、意外にも決然と立ち上がり、宮司に伴われて控えの間へと向かっていった。但し、結果を鑑《かんが》みるに、其の代償に十分見合う決断であったかは判らない。

彼が戻ってくるまでには、中年男の際よりもかなりの時間がかかった。其れも、自らの足で帰ってきたのではない。控えの間から呼び子の笛の音と思しきものが響いたかと思うや、先に中年男を何処かへ連れて行った神官等《ら》が、今度は冱切《サエギリ》ノ歩廊の方へと駆け込んで行った。何が起きたのかと訝っていると、左右から神官に肩を支えられて戻ってきた男は、一糸纏わぬ裸体を晒《さら》し、右の膝から先を失《な》くしていた。巨大な筆で刷《は》いたかのような血痕をずるずると畳に残し乍ら、彼もまた、先に主人が連れられて行ったのと同じ方に運ばれていった。

思うに、魔不通《マフツ》ノ鏡は巫女が遁れる事のなきよう見張ると同時に、斯くの如く、己独りで重《オモイ》戸留《トドメ》ノ間に帰って来られぬ身となった者に気づく為のものでもあるのやもしれぬ。

身に負うた罪咎《つみとが》の性質と喰らわれる部位とが如何に対応しているのかは知れぬが、少なくとも、罪の多寡や軽重と喰《は》まれる肉の量は比例しているものと思われる。然《しか》らば、あの男は小心そうに見えて、其の実、主人よりも遥かに重い罪を犯していたと云う事になろう。そしてまた、信じ難い事に、斯くも大きな傷を負い乍ら、彼も矢張り、喜悦と恍惚の表情を泛べていた。

続く記者の女については、往き還りにより一層の時間がかかっていたが、其れでも、つつがなく罪喰ノ儀を終えられたものと見え、例の国民服じみた衣服もきちんと纏った上で、手ずから襖を開き、片手で口許を覆った顔を覗かせた。尤も、其の顔貌ときたら、先に目にした時とはすっかり異なるものへと変じ果てていた。

女が喰らわれたのは口まわりや頰の肉であるらしく、指や掌で覆いきれぬ箇所から、肉や腱許りか、頤《おとがい》の骨や白い歯並びまでもが顕わになっていた。滾々《こんこん》と湧き出した血に襟元が塗《まみ》れているような在り様であるにもかかわらず、先の二人の男と違って、介添えをせんと歩み寄る神官等を今一方の手で制し、臥処に通じる廊へと駆け込んでいった。幾ら姿形を似せて男の如く振る舞おうとも女である事には違いなく、大方、醜く損なわれた顔を他者には見せまいとでも思うたのであろう。事此処に至っても斯様な自尊心を優先する辺り、矢張り、女とは能く判らぬものである。

斯くて愈々《いよいよ》、私の番が廻ってきた。

先に往った者等の容子《ようす》から、より一層の恐怖を覚えなかったと云えば嘘になるが、探究心が其れに勝《まさ》った。学究の徒なれば、秘儀に立ち会い、身を以《もっ》て其の力を識《し》る機会なぞ、みすみす逃せるわけがない。と云って、私は其れを何ら高尚なものとも思わない。見聞きし、触れ、身を以て識ると云う経験が私に齎《もたら》すものと云えば、殆《ほとん》ど、性的な興奮と其の成就《じょうじゅ》に近い。故にこそ、傍らを行き過ぎるに際して囁かれた、思い留まるなら今だと云う宮司の忠告も右から左へと聞き流し、大股にて戸閾《とじきみ》を跨いだ。

二枚の魔不通《マフツ》ノ鏡が掲げられた控えの間の襖を閉じるや、衣服を残さず脱ぐようにと云って、宮司は床に据えられた籠を指し示した。巫女の身を害するような器物を持ち込ませぬようにと云う用心からの事かとも思ったが、考えてみるに、此の先で待つのは千々に身を引き裂かれようとも死なぬと云う化生なのだから、そうではなかろう。では、何が為にと云えば、恐らくは、喰らいやすくする為だ。巫女が、其の口に供される肉を。

云われるがまま丸裸になると、黒鉄の扉を押し開いた宮司から、先へ進むようにと促された。視遡眼《ミソメ》式と違い、此度《こたび》の往き還りには随伴せぬものらしい。彼自身は此の間に居乍らに、鏡を通じて張り番を為すのであろう。此方とて巫女の在処までの行き方は先刻承知しているから、其の点について不安はない。

斯くて足を踏み入れた冱切《サエギリ》ノ歩廊には夥しい血の跡が未だ乾く事なく残され、燭台の灯を受けててらてらと黒光りしていた。私は成る丈《た》け其れを踏まぬように避けつつ歩を進め、角をひとつ折れ、ふたつ折れして、鍾乳洞へと抜ける扉の前まで到った。

そうして把手に手を掛けたところで、ふと、今更乍らに思った。私は生きて還れるのであろうか、と。先の者等の例からして、喰らわれる肉の量には幅がある。そして、其れは必ずしも致命の傷にならぬようにと云う手心なぞが加えられるものでもなかろう。罪の大小や軽重によって喰らわれる部位の多寡が決まるのであれば、抱えた罪によっては身の大部分を持っていかれる事とて十分にあり得る。但《ただ》、其れであれば、単に喰らわれるのに時間が掛かっている場合と、石室《いわむろ》の内にて亡き者となった場合とを、宮司等は如何にして判じるのであろうか——と其処まで考えて、視遡眼式は其の為のものでもあったかと思い至った。事前に罪を見定め、どの程度喰らうのかを巫女と宮司が予め共有する為の段取りだったのであろう。

とは云え、畢竟《ひっきょう》、己の負うた罪なぞ大したものでもないからには、命まで獲《と》られる事にはなるまいと思い做して、私は扉を開けた。そう、私の罪なぞ大したものではない。唯ひとり、其の日知り合うた許りの男を撲《なぐ》り殺したと云う丈《だ》けの話だ。

あの鉄道高架下の薄汚いバラックめいた酒場で、四指を欠いた男から話を聞いた後の事だ。終戦から七年にもなると云うに、未だ焼け落ち掛けた家屋を不法に占拠して開かれた非合法な店が其処此処に在ったり、路傍の暗がりに街娼やポン引きが夜行性の獣の如く屯《たむろ》していたりする繁華街と違って、あの辺りは夜ともなれば実に寂しいもので、角をひとつ曲がれば、黒々とした闇が其処此処に蟠《わだかま》っている。私は良い心地で酔っていたあの男を、そんな裏通りへと引き込み、夜《や》陰《いん》に紛れて撲り殺した。何ぞ怨みがあったわけでも、其の男である必要さえもなかったが、殺すに足る理由はあった。〝罪を抱えた者でなければ、神社に立ち入る事は許されない〟と、外《ほか》でもない、あの男の口から聞かされたが為だ。己が清廉潔白《せいれんけっぱく》な人間だとは云わぬが、過去に為した悪事とも呼べぬような沙汰許りでは、些《いささ》か弱いかもしれぬと思った。万が一にも、態々《わざわざ》足を運んだ先で門前払いとなる事は避けたい。故にこそ、罪を拵える必要があった。

だから、殺した。

誰に課されたでもなく己の意思のみで為した殺人《ころし》は、慥《たし》かな罪の意識を私に齎してくれた。

鍾乳洞に敷かれた飛び石の其方此方《そちこち》にも、先に廻廊で目にしたものと能く似た血痕が残されていた。但し、地底湖が発散する水気の所為《せい》か、より一層乾きが遅く、殆ど生き血と呼ぶ可《べ》き生々しさを保っている。固《もと》より滑りやすい上、斯くの如くして血にも濡れている飛び石を、私は慎重に辿った。片脚を失くしたあの男は、さぞ難儀した事であろう。

黒塗りの橋を渡り切って慰志《イシ》ノ石室《イワムロ》へと至った私は、切り込みの入った石の扉に手を掛けると、深く息を吸い、長い時間をかけて吐いた。恐れ故の事ではない。石室の内に充満した強烈なにおいに備える為だ。血肉のにおいには慣れていた筈《はず》であった。腐れ、爛《ただ》れてゆく人の身が放つ臭気も、疾《と》うに嗅ぎ慣れた筈であった。焼け野原許りが広がる景色の中、野辺《のべ》に曝《さら》されたまま誰に弔《とむら》われる事もなく溶け崩れてゆく許りの亡骸の山を幾らだって目にしてきた。にもかかわらず、視遡眼《ミソメ》式にて訪《おとの》うた際に石室の内を充たしていた腐臭は、尚、堪え難いものであった。

私は幾度か深呼吸を繰り返した後、愈々思い切り、扉を押し開けた。

其処には——誰も居なかった。

じっとりと濡れた石畳の中、ぽっかりと口を開いて闇を湛《たた》えた冥《くら》い穴——奈落許りがあった。

其の縁にできた血溜まりに、幾条《いくすじ》もの毛髪が交じっていた。

◆

私は今、駆けている。

石室から連れ出した巫女と共に。

宮司等《ら》の目を欺くのは容易《たやす》いと云えば容易い事であった。否、欺いたとさえ云えぬかもしれぬ。石室から戻った私は、控えの間にて堂々と身を晒し、宮司の眼前で着物を身に纏い、神官等の前を平然と行き過ぎて臥処に続く廊へと向かった。そうして暫しの後、またも重戸留《オモイトドメ》ノ間を通り、地上へと続く砥忌《トキ》ノ廻廊へと足を踏み出した。

――ほんとうに、構わぬのだな？

念を押す巫女に、構いませぬと頷いて、私は廻廊を駆けだした。

銀縁眼鏡の若者と入れ替わりに私が慰志ノ石室へと参じた時、石畳には冱切《サエギリ》ノ歩廊で目にしたものとは較ぶ可くもない程の血溜まりと血飛沫《ちしぶき》とが、さながら彼岸花の花冠の如くして広がり、巫女は其の只中に坐して艶然《えんぜん》と微笑《ほほえ》んでいた。静かに、厳かに、其れでいて、腹に収めた許《ばか》りの罪に満足する事なく、続けて供された次の獲物に一刻も早く喰らいつきたくて仕方がないと云わん許りの獣性を宿した、炯々《けいけい》と黒光りする眼差《まなざ》しを此方に据えて。斯くも激しく求められ、斯くも淫《みだ》らな眼差しを向けられていると思うと、私は堪《たま》らぬ程の歓喜を覚えたが、其れでも先《ま》ずは、「喰べられたい」と云う欲求を努めて抑えつつ、こう申し入れた。

貴女様をお救いしたいのです、と。

狭く無粋《ぶすい》な石室に一生涯幽閉《ゆうへい》され続けると云う宿命《さだめ》から。人なぞに穢される事となる境涯《きようがい》から。ゆくゆくは己《おの》が血族によって其の身を喰らわれると云う最期《さいご》から。

嗚呼、突拍子もない其の願いを巫女が容《い》れてくれた時の嬉しさたるや。

「して、如何にする？」

口の端を持ち上げ、如何にも沙汰を愉しんでいると云う調子で脱出の手立てを問うてくる巫女に、私は決然と答えた。

さ、か、し、ま、にするのです、と。

◇

空虚《うつろ》な石室《いわむろ》の中、秘儀に浮き立っていた先までの気持ちも何処へやら、ものを考える事も忘れて呆けていた私は、暫しの間を置いた後に漸く正気づき、室《むろ》の方々へと頭《かしら》を向けた。

罪喰《ツミハミ》様の姿は影も形もなく、唯、一度は覚悟していた筈《はず》のにおいが、狼狽えた此方の隙を衝くようにして鼻を襲う許りであった。奈落から放たれる強烈な腐臭だ。

ふとした思いつきから、床に穿たれた其の穴へと歩を進めた。周囲にできた血溜まりが蹠《あしうら》に粘り着いてくる不快さを堪えながら、恐る恐る首を伸ばして冥い穴を覗き込む。

出し抜けに罪喰様が奈落から飛び出し、鋭い歯牙を以《もっ》て私の喉元に喰らいつく——と云う想像は、然し、杞憂《きゆう》に終わった。冷静に考えてみれば、当然だ。奈落は人の頭許りの巾《はば》しかなく、其の内に身を隠す事など能う筈もない。

唯、其の縁に長い毛髪が幾条もへばり付いているのが気に掛かった。視遡眼《ミソメ》式に際して訪うた折には見られなかったものだ。然らば、其れより後に残されたものと見る可《べ》きであろうが、先に罪喰ノ儀に臨《のぞ》んだ者の中に、髪の長い者など居はしなかった。中年男や銀縁眼鏡は勿論の事、後に続いた女の其れとて、少年のように短く刈り込まれていた——と、其処まで考えた時、髪と云う語からの連想であろうか、不思議と脳裡《のうり》を過《よぎ》ったのは、封障切《フサギリ》ノ扉の左右に侍した幼巫女等の姿であった。鏡映しの如く寸分違わぬ顔貌《かおかたち》。唯一ふたりを分かつのは、白金の髪の内に交じった鮮紅色の一条《ひとすじ》の位置であり、其れがなければ、鼻先と舌を以て此方の罪の多寡を改めた後、彼女等が左右で入れ替わった事にも気づけなかったであろう。

——入れ替わり。

そうか、と漸く思い至った。

奈落の縁にへばり付いているのは、外《ほか》ならぬ罪喰様自身の髪に相違あるまい。黒光りする射干《ぬば》玉《たま》の髪を自ら、或いは、男装の女の手によって裁ち落とし、穴に棄てたのだ。

何の為に？

決まっている。あの女と入れ替わる為だ。

重戸留《オモイトドメ》ノ間へと戻ってきた時、女は顔を手で覆っていた。加うるに、頬や顎からは肉が刮《こそ》がれ、其れが元通りの顔であるかなぞ、見定められなかった。否、見定めようなぞとは考えもしなかった。

重戸留《オモイトドメ》ノ間に姿を現したのが、先に罪喰《ツミハミ》ノ儀へと向かった女に相違ないと当然の如く認識させられたのは、偏に、国民服めいた装束と短く刈られた髪によってでしかない。

然し、現実に私の眼前を行き過ぎたのは、髪を切り、女と服を取り替えた、罪喰様其の人だったのである。

そうと考えれば、合点がゆく。あの女は最初から罪喰様との入れ替わりを企図していたのだ。短い髪も、男めかした化粧も、己の素顔を隠し、且《か》つ、罪喰様を自身と誤認させる為の細工だったのであろう。神官による介添えを振り払ったのも、確《しか》とかんばせを検められる事を避ける為に違いない。斯くて、魔不通《マフツ》ノ鏡による宮司の監視も、神官等や私の目も大胆不敵に欺き果《おお》せたと云うわけだ。

あの女が何故に罪喰様の脱出に加担したのかは判らない。

否、其れ以前に、罪喰様と入れ替わった当の女は、何処へ姿を消した？

真っ先に考えられるのは、罪喰様によって喰らわれたと云う可能性であろう。何の為かは知らぬが、女は一方《ひとかた》ならぬ献身から己が身を奉じたのやもしれぬ。とすれば、彼女——であったもの——は、喰い残しとして奈落の底に収まっているであろう。

然し、其れ以外の可能性も依然《いぜん》として残る。そして、其れこそは私の命にも係わる、より深刻なものだ。

女は、再度の入れ替わりを目論んでいるのではないか？

其れも、此度《こたび》は罪喰様とではなく、私との入れ替わりを。

鍾乳洞の内に身を潜め、私を襲って亡き者とした上で此方の衣服を奪い、化粧を以て宮司等の目を欺く算段ではあるまいか。斯くて地上へと逃げ果せる腹積もりなのではあるまいか。

そうと思い至るや、開け放したままの石室の口へ、私はそろそろと向き直った。

凶刃を手にした女の影が今しも現れるのではないかと云う恐怖を抱きながら、呼吸《いき》を殺して、凝《じつ》と見据える。

◆

——さかしまにするのです。

どう云う事かと首を傾げる巫女に、私は説いた。

「貴女様が私を召されるのではなく、さかしまに、私が貴女様を喰らうのです」

畏れ多き此方の提案に、巫女は其の美しき目見《まみ》を幾度か瞬《しばたた》いた後、またもけたたましく哄笑した。心底可笑しいと許《ばか》りに腹を抱え、身を捩り、皓《しろ》い頸《くび》を仰け反らせては肩を大いに震わせて。

然れども、暫しの後には屹《きっ》と此方を睨《ね》めつけ、冷々たる声音で、「恐れ知らずにも、我を喰らうと申すか。数多の罪咎《つみとが》を喰らいたりし此の我を」

「左様でございます」己に向けられた視線の鋭さに慄然としつつ、其れとはあべこべな昂奮《こうふん》をも覚え乍《なが》ら、私は応じた。「貴女様のお軀《からだ》を剰《あま》さず頂く事は能いませんが、どうか其の一部なりとも私の腹に収めさせていただきたく」

――仮令《たとい》千々に其の身を裂かれようと、肉の一片でも残っていれば其処から再び骨肉を生やして元の形姿《なり》を取り戻し、其れまでに喰らった罪も剰さず腹に収めた状態で復元する。

昨晩、偶《たま》さかに立ち聞いた宮司の言葉が慥《たし》かならば、巫女は何も其の姿を保ったままに此処を脱け出す必要なぞない。恐らくは神社に仕える者等《ら》も其れには気づいている。だからこそ、其の身のひと欠片《かけら》さえも秘して持ち出される事のなきよう、念には念をと云うので参詣者に衣服を脱ぐ事を課しているに違いない。だが、比喩ではなく文字通りに腹の内までも見透す事は、幾ら魔《マ》不通《フツ》ノ鏡と云えど能わぬであろう。

「面白いな」巫女は肯いた。「面白いぞ、汝《うぬ》は。良かろう。何処からでも好きに喰らうが良い」

両手を広げてみせる相手に、然し、私は首を振った。其れに先んじて、為さねばならぬ事がある。「いえ、其の前に、どうか私の罪と身とを召し上がってください」

そうだ。喰らう前に、喰らわれる必要がある。と云って其れは何も、己が罪咎《つみとが》を身から取り除いてほしいと願うが故の事ではない。身の何処も欠かずして控えの間へと戻ったならば、宮司等が訝るに違いないと云う、極《ご》く単純な話だ。

斯様な説明を加えるまでもなく、巫女は即座に理由《わけ》を察したと見え、細い指を嫋《たお》やかに動かして私を手招いた。「良かろう。然《しか》らば、近う寄れ」

おずおずと足を踏み出すたび、鼻を擽《くすぐ》る甘やかな香が強さを増した。奈落から漏れ出る、甘く熟《じゅく》した腐肉の香だ。私はさながら毒花の蜜に引き寄せられる羽虫の如く、喜びに酔い痴《し》れ乍ら進み出で、巫女の傍《そば》近くに跪《ひざまず》いた。

直ぐ様、甘く芳醇《ほうじゅん》な香を含んだ吐息が膚に感じられるまで間近に顔を寄せられたので、てっきり、唇を重ねられるものと許り思って目を瞑《つむ》ったが、続けて口許に感じられたのは柔らかな唇の感触ではなく、硬く鋭い牙の其れで。驚く此方に些《いささ》かも斟酌《しんしゃく》する事なく、顎《あぎと》に力が込められ、膚を破り、肉を裂く。痺れるような痛みに、私は陶然《とうぜん》とした。

永遠に続けば良いと思うような時間が、然し、ほんの瞬き程度の内に過ぎ去ってしまうと、此方から顔を離した巫女は僅かに膨れた頰を揺らして口中の其れを咀嚼し、ごくりと喉を鳴らして呑み込んだ。濃密な匂《にお》いのするおくびをひとつ吐き出すと、呆けている許りの私に向けて、血に塗れた唇の間から歯を覗かせて、唯、ひと言、「美味であったぞ」

嗚呼、と私は打ち震えた。己の身を喰らわれるのは、初めての事であった。先に巫女の許へと向かった男等が見せた喜悦の意味が、今であれば一層能《よ》く判ると思った。己が肉《しし》を喰《は》まれ、諸共に罪を喰らわれると云うのは、斯くも深い快楽を齎《もたら》すものなのか、と。片脚を喰らわれた男の事が、羨《うらや》ましくさえ感じられた。

うっとりとした心持ちに浸る胡乱《うろん》な頭をひと息に醒《さ》ましたのは、続けて巫女が取った行動であった。すっくと立ち上がったかと思うや、出し抜けに手ずから帯を解き、衣を膚に辷《すべ》らせて、嘘のように皓い裸体を顕わにしたのである。其の余りの美しさに見蕩れるやら、見てはならぬものを見ているかのような後ろめたさを覚えるやらで呆然とする私に小首を傾げつつ、ふっと笑みを泛《うか》べて、「衣など着ていては喰らい難いであろ?」

其れからまた床へと臀《しり》を下ろすや、次には股の間の翳《かげ》りさえも顕わにし乍ら、軟体動物の如くして片脚を持ち上げ、がりがりと己が爪先を齧り始めた。何をするのかと戸惑う私の眼前で、奥歯を使って指の関節を外しつつ肉を噛み千切っては、口いっぱいに其れを頬張る。足先からも口許からも血が溢れて皓い膚を汚した。口中にて肉を刮《こそ》いだ骨をぷっと床に吐き捨てると、さも当然の事と許りに、「勿体ないであろ」

どうせ汝では喰らいきれぬのだから、喰ろうてしまわねば勿体ない、と。

巫女の口は其のまま脛《すね》へ、膝へ、腿《もも》へと肉を喰らい進め、片脚が済むと、次にはもう一方の脚を、そして、両の腕を、見る間に喰らい尽くした。四肢を失くして仰向けに横たわった姿は、其の欠損故に、却《かえ》って完璧な生き物のように思われた。あれだけの肉を収めたと云うに、腹は少しも出ておらず、薄い胸が呼吸に合わせて静かに上下している。

「ほれ、残りは何処なりと好きな処を喰らうが良い」

そう云われるなり、私は懼《おそ》れも畏れも忘れ、お預けを食っていた畜生の如く涎《よだれ》を垂れつつ其の身に這い寄り、むしゃぶりついた。口許の肉を巫女に捧げて失いこそすれど、顎を動かす為の筋肉や筋は未だ十分に残されていた。

七年前に喰らった肉よりも尚、巫女の肉は美味であった。

空襲によって街が焼かれたあの日。慌てて家から飛び出すや炎に呑まれた母や姉の姿を眼前にした私は、後に続く事なく屋の内へと取って返し、未だ五つになった許りの妹の身を掻き抱いた。

可愛い可愛い、喰べてしまいたい程に可愛いと常から思っていた妹だ。震える肩を撫でさすってやるうちに、どれ程の時が過ぎたであろうか。ふと気づいた時には、空襲警報は已《や》み、業火の渦巻く音も絶え、往来を逃げ惑う人々の叫声さえもすっかり立ち消えていた。

幸いな事に、私と妹は炎に焼かれる事も呼吸ができなくなる事もなく済んだのであるが、不幸な事に、焼け崩れた柱や壁に遮られて、外に出る事が能わなくなっていた。私も妹もあらん限りの声を上げて助けを求めたが、喉を傷める許りで何の甲斐もなかった。昼夜を分かたず闇に塗り込められた瓦礫《がれき》の下で、私達は見る間に餓《かつ》え、萎《しな》び、弱っていった。斯様な状況であったから、正確に何日目の事であったのかは判らない。判らないが、私は——

妹を喰らった。

闇の中、手探りで小さな身体を引き寄せ、細い細い頸に手を掛けて絞め上げた。相手が藻掻く事もなくなるや、直ぐ様、其の顔に嚙りついた。可愛い可愛い、喰べてしまいたい程に可愛いと思っていた妹の肉は——美味かった。膚は水気を失くして干涸《ひか》らび、罅《ひび》割れてさえいると云うのに、其の下に隠されていた血肉はたっぷりと汁気を含んでいて、狂おしい程の飢えと渇きとを一時《いちどき》に癒してくれた。其れから長い時間を掛けて妹の肉を貪り続けるうちに、人の身体にも柔らかくて旨味のある部位と筋張っていて嚙み千切るのにも難儀な部位とがある事を知った。絞めたてよりも、腐りかけの肉の方が芳醇な甘みを増す事を知った。そうしてすっかり骨までしゃぶり尽くした後になって、私は瓦礫の下から救い出された。空襲から既に二週間許りも経っていた。

未だ生きて動いているにもかかわらず、巫女の血肉は腐った其れの味をしていた。私は夢中になって、乳房に、腹に、臀に、そして顔にと、次々に歯を突き立て、嚙み千切っては嚥下《えんげ》した。心地良さげに目見を細めた其の瞼をも、剝がして喰らった。

ゆっくりとは堪能できぬのが残念であった。此方は口許しか喰らわれていないと云うのに、余り時間がかかっていたのでは、流石に宮司等も怪しむであろう。故にこそ、能う限りの肉を腹に収めた後、床に散った骨と、虫喰いのようになった食べ残しを床に穿《うが》たれた穴へ抛《ほう》ったが、其の時の心持ちときたら、正に、勿体ないとしか云いようがなかった。

事を済ませて重戸留ノ間《オモイトドメ》へと戻った私は、一旦、臥処に続く廊に身を隠し、民俗学者の男が沍切ノ歩廊《サエギリ》に向かうのを襖の奥から見届けた。そして今は、地上へ続く廻廊を駆けに駆けている。緩やかにとは云え勾配《こうばい》のかかった板敷きの歩廊を駆け続けるうちに呼吸《いき》が上がり、脇腹を締めつけられるかの如き痛みを覚えたが、其れでも、足を止めるわけにはいかない。例の民俗学者が石室《いわむろ》へと辿り着いて沙汰が露見すれば、直ぐにも宮司達が追ってくるであろう。此れより先は、己が両足を恃《たの》み、追いつかれる事のなきようにと祈るより外《ほか》になかった。と云って、神も仏も崇《あが》めぬ私が何に祈ると云うのか。

――ほんとうに、汝《うぬ》は此れで良いのだな？

廻廊も半ばは過ぎたであろうかと云う辺りで、腹の内の巫女がまたもそう問うてきた。

構いませぬ、と私は胸の内で答える。

視遡眼式《ミソメ》に於《お》いて其の妖しき美貌《びぼう》を目の当たりにするなり、私は心を奪われた。元はと云えば三文《さんもん》雑誌に載せる記事の取材として神社を訪ったに過ぎなかったが、斯様な些事など、其の時からどうでも良くなった。狂おしいまでに胸が焦《こ》がれた。正気を保てぬ程に魅せられた。罪喰《ツミハミ》ノ儀が終われば、それぎりもう会う事も能わぬと思うと、とても堪えられなかった。罪と肉を喰らった数多の者のひとりとして忘れ去られるなどと云うのは、とても。

決定的であったのは、昨夜、重戸留《オモイトドメ》ノ間にて為されていた宮司と男との会話を耳にした事であった。かの巫女が人の男なぞに其の身を穢され、子を孕まされる事なぞ、あって良い筈《はず》がない。抑え難い忿《いか》りを覚えたが、然して同時に、巫女の軀の事をも知れたのは幸いであった。其れがなければ、此の計画とて思いつきはしなかったであろう。運命もまた私の背を押している証拠だと感じられた。そう、すべては必然なのだ。

――禍償戒雨《マガツイマシメ》にて多くの者が死ぬぞ。其れを免れた者とて、我が喰らうぞ？

稍々《やや》暫くして、巫女はそうも問うてきた。

其れとて一向に構いませぬと、矢張り胸の内で応じる。

人の世なぞどうなろうと知った事ではない。ともすると、巫女が神域から放たれた時、真っ先に禍を受けるのは私自身かもしれぬが、そうであったとて、構わぬ。巫女にとって特別なひとりとして其の後も覚えていてもらえるのであれば、其れで良い。

否、嘘だ。正直に云えば、彼女が世を滅ぼす様を誰より近い処で見たいと願っているし、幾らでも再生できると云う彼女の軀を、幾度も幾度も味わいたいと云う大それた望みも抱いている。其れが叶うか否かは知れぬが、少なくとも、巫女と共に此の地を脱さぬ限りは、孰《いず》れも決して能わぬ事であろう。

斯くなる想いから無間《むげん》の如くも思われる廻廊を駆け続けているうちに、此れでは、妻を連れて黄泉《よみ》の国から逃げる伊邪那岐命《イザナギノミコト》のようだと云う思いが頭を過《よぎ》った。地の底で人の罪を喰らう巫女と云うのも伊邪那美命《イザナミノミコト》に擬《なぞら》えられよう。否々《いやいや》、此の場合、一体孰れがイザナギで孰れがイザナミであるか。人の罪と肉とを喰らい続けてきた巫女と、其の巫女を喰らった私。黄泉竈食《ヨモツヘグイ》を犯したのはどちらであるか――と考えかけて、ああ、イザナギが黄泉平坂《ヨモツヒラサカ》の出口を塞いだのも千引《ちびき》の石《いわ》であったなとも思い至った。千引の石、天岩戸《あまのいわと》、岩戸隠れ、天石戸別神《アマノイワトワケノカミ》、門神。奇妙な符合だが、私は愚かな神の如く背後を顧みたりはしない。

そうこう考えているうちに、ほら、愈々《いよいよ》、黄泉の出口が見えてきた。燈明の灯に照らし出された黒鉄の扉――封障切《フサギリ》ノ扉が。宮司は云っていた。あれこそが外界と神域とを分かつ門である、と。翻《ひるがえ》るに、其れを抜けた先はもう結界の外である筈だ。扉の外には今も双子巫女が控えているやもしれぬ。然し、同じ血を引くあの娘等は巫女の行く手を阻むであろうか。或いは、何らかの方法で報《しら》せを受けた神職等が待ち構えているやもしれぬ。だが、巫女の力を封ずる結界の外部に在っては、斯様な者達の止め立てなぞ物の数にも入るまい。

斯くて、到頭、黒鉄の扉――私にとっては希望に満ちた世界への扉へと到り、其の把手に私が手を掛けた時。

――最後に今一度問うが、ほんとうに構わぬのだな？

巫女が、念を押すように訊ねてきた。

「私の意志は変わりませぬし、斯様な地に留まるなぞ、貴女様にも利のなき事でしょう」

――〝我にとって〟と云う話は脇に除《よ》けよ。汝の念《おも》いに揺らぎはないかを問うておる。

私はもはや言葉によって答える事をやめ、行動を以《もっ》て意志を示した。

扉を開き、結界の外へと踏み出したのだ。

予期に反して、扉をくぐった先には双子巫女の姿も神職等の影も見当たらなかった。行く手を遮る者は居なかった。そして――

何も起こらなかった。

唯、深閑《しん》と静まり返った伽藍の中、扉の据えられた祭壇と、空虚《うつろ》な空間許りがある。

私の身が立ちどころに禍に見舞われる事もなかった。

嗚呼、願いがすべて叶うのだと歓喜しつつ、一歩、足を進めた刹那。

地に下ろした筈の足は空を切り、無辺に広がる闇が私を呑み込んだ。

■

ふと正気づいた時、私は慥《たし》かに抜け出した筈の石室の内に己が居る事を自覚した。

置かれた場処は判る。だが、どうして、私は此処に居るのか。そして、今は一体いつなのかが判らない。時間の感覚が酷く模糊《もこ》としている。

何がどうなっているのかと周囲を見回してみれば、石畳には彼岸花の花冠の如き血溜まりがあった。少なくとも、ふたりの男等の罪喰《ツミハミ》ノ儀が執り行われた後である事は慥かだ。そして、正面には、愛しき巫女が、私が其の許を訪った時とそっくり同じ姿勢、同じ面持ちで坐していた。艶然と笑み、炯々と双眸を光らせて。

戦慄《おのの》く私に、巫女は冷々たる声音で云った。

汝《うぬ》が負うた罪は、妹を喰ろうた事なぞではない、と。

「汝が抱えし真の罪は、我を此処から連れ出そうとした事よ」

愕然とした。だが、然し、けれども、「其れは未だ果たされておらぬ事でございましょう」

「我が眼《まなこ》は心中に抱えた闇のすべてを見透す。仮令《たとい》其れが未来への冥《くら》い念《おも》いであろうとな」

私は必死に首を振り、「然し、現に其れを為したわけでは――」

「だが、汝はそうするであろう？」と云って、巫女は首を傾げた。否、傾げたと云うには収まらぬ、軋《きし》り音《ね》も聞こえそうな様で、垂直に首を曲げた。返す言葉を見つけられずにいる私に、巫女は尚も、「我は幾度も問うたぞ。否、問うであろうぞ。ほんとうに其れで構わぬのか、と。然れど、汝は決して思い留まりはすまい」

嗚呼、と喉から声が漏れた。漸く、すべてを理解したのだ。

巫女を地の底より連れ出さんと目論む者は、必ずや、巫女自身によって先んじて喰らわれる。

故にこそ、脱出なぞと云う事は最初《はな》から不可能なのだ。

そうと判れば、今ひとつの機構《からくり》にも合点がゆく。此の神社に設けられた幾重もの結界は、外からの穢れを防ぐ為のものでもなければ、巫女を封じ込めておく為丈《だ》けのものでもなく、大罪を犯さんとする者に、考え直し、踏み留まり、己の内から執着を断ち落とすだけの機会と猶予《ゆうよ》を与えんが為にこそ設《しつら》えられたものであったのだ。

「此処から出たいとは思われぬのですか？」縋《すが》るように、私は問うた。

巫女は其れを一笑に付し、「誰が思うか。何をせずとも食事《えさ》が運ばれてくると云うに、其処から離れる必要なぞ在りはせぬ。其れより、もう汝の話にも飽いた。だから――」

――喰らうぞ。

其処まで云うと、巫女は大きく口を開いた。

大きく、大きく、耳許まで裂けようとも、尚、大きく。輪郭さえも越えて、尚、大きく。

嗚呼、厭《いや》だ。

厭だ。

私は、巫女の、彼女の、特別になりたかったのに――

□

先んじて罪喰ノ儀に臨んだ男のひとりは両耳を失い、今ひとりは片脚を失って戻ってきた。そして、私の前に巫女の許へと向かった女は、還ってこなかった。

宮司が此方に手を伸べ、静かに私を招く。

漸く、私の番が廻ってきたと云うわけだ。

果たして、私はどうなってしまうのか。否、どうされてしまうのか。先に往った者等の末路から、より一層の恐怖を覚えなかったと云えば嘘になるが、探究心が其れに勝《まさ》った。
私は立ち上がり、宮司の許へと歩み寄る。

サマリア人《びと》の血潮　井上真偽

それで、律法によれば、すべてのものは血によってきよめられる、と言ってよいでしょう。また、血を注ぎだすことがなければ、罪の赦《ゆる》しはないのです。
ヘブル人の手紙　九章二十二節

漂白剤で洗《あら》い晒《ざら》したような真白い部屋の中で、トオルは静かに目を覚ました。

ここは……医務室？　鼻を衝《つ》く消毒エタノールの匂いに、まずその単語が浮かぶ。背中に当たる硬いベッドの感触や無味乾燥な天井の白色照明に、その確信を深めた。ここが医務室の簡易ベッドの上でないなら、自分は刑務所の独房にでもいるに違いない。

身を起こそうとして、右腕に疼痛《とうつう》を感じた。

見ると、前腕部の内側に、細い針が刺さっている。

採血中……？

針は細長いチューブに連結していた。その透明なチューブの中身は、目にも鮮やかな赤い液体で満たされている。

……違う。輸血だ。

チューブの先が点滴スタンドの輸血パックに繋《つな》がっているのを確認して、ホッと胸を撫《な》で下ろす。奪われているのではない。与えられているのだ。自分が意識を失っている間、まるでヒルに吸われるがごとく延々と採血され続けていたのかと思い一瞬ゾッとしたが、流れの向きが逆ならばそこまで怯《おび》えることもない。

ということは、自分は今、何かの治療中なのか？

記憶を辿《たど》ろうとするが、ズキズキと頭痛に襲われ、考えがまとまらない。いや——というより、何も思い出せない。

戸惑いつつ頭に手をやると、包帯に触れた。そのまま指先でなぞると、後頭部に小さな膨《ふく》らみを感じる。たんこぶ？

何かに頭をぶつけて、そのショックで記憶が飛んだ？

バクンと心拍数が上がる。落ち着け、とまずは自分に言い聞かせた。何でもいい。頭に思い付くことを並べてみろ。自分の名前は……森坂透《モリサカトオル》。年齢は……十七歳。日本人で、男で、あとは……あとは……。

あとは何一つ、思い出せない。

すうっと腹の底が冷える。何の変哲もない医務室が、急になじみのない遠い異国の建築物のように見えた。自分が着ている、患者衣のような水色のガウンに視線を落としつつ、自問する。

いったいここは、どこなんだ？


周囲に目をやるが、室内に人の気配はなかった。枕元にナースコールもなければ、固定電話の類もない。無線通信の環境が整った施設なのか。

誰も……いないのか？

身を起こそうとして、痛みに呻《うめ》いた。包帯は頭以外にも巻かれていた。腕に巻かれた部分をめくると、縫合の痕《あと》が見える。どうやら怪我で出血し、それで輸血を受けていたらしい。

改めて、腕に繋がったチューブを見やる。輸血パックのラベルには、自分の名前と採血日、それと「自己血」とあった。自己血……自分の血か。手術用か何かのために、あらかじめ採血されていたのだろうか。

採血日の年代は2XXX年となっていた。特に違和感はない。少なくとも、記憶を失って数十年が経過していた、といったことはなさそうだ。体感的にはせいぜい、一晩から数日――もちろんその感覚に、何の根拠もあるわけではないが。

念のためチューブは刺したまま、ベッドを降りる。点滴スタンドはキャスターのついた移動式のものだったので、それを杖代わりに、室内の様子を確認して回り始めた。

室内に窓はない。中には簡易寝台と衝立《ついたて》とスチール机、それとステンレス製のドアが一つあるだけ。

ドアノブを握ると、ガチャリと抵抗なく回った。鍵はかかっていない。ひとまず監禁されているわけではないことに安堵《あんど》しつつ、トオルはこわごわ、ドアを開ける。

ここは……病棟？

そんなイメージだった。ドアの外には室内と同じく、味もそっけもないオフホワイトの無機質な通路。天井のLED照明からは殺菌光のような白色光が降り注いでいて、病棟でなければ、クリーンルームが必要な精密機器の工場か、無菌環境が要求される生物研究所といった趣だった。何にしろ、清潔感を強く要求される施設であることは間違いない。

右と左、どちらに行こう。

迷っていると、ふと左のほうから物音が聞こえた。

はっと身を固くする。誰かいる？

左に向かう通路の先に、ホールのような空間が見えた。その手前の立て看板には、「軽食喫茶」の文字。

食堂だろうか。訝《いぶか》しみつつ、慎重に近づく。営業時間外なのか、ホールの照明は落ちていた。中に観賞用であろう大きめの水槽があり、そこから青白い光がぼんやりと漏れ出ている。

水槽の手前の席に、人が座っているのが見えた。白衣を着ていて、髪が長い。女性だろうか。テーブルに頰杖《ほおづえ》を突きながら、ストローのようなものを咥《くわ》えてぼんやり水槽を眺めている。

「ユメノ……先生……？」

無意識に口から漏れた言葉に、自分で驚く。誰だ、ユメノって？

戸惑っていると、ようやく人影がぴくりと反応した。ストローを咥えたまま、ゆっくりとこちらを振り向く。

違う。

顔を見て直感した。この人じゃない。ユメノ先生が誰だか知らないが、この人は「ユメノ先生」ではない。

女性は二十代半ばくらいで、色白――というより、やけに不健康そうな肌色をしていた。ほぼ死人の顔色だ。着ているのが白衣でなく患者衣であれば、間違いなく病人だと断定しただろう。

「あ……」

何かを喋《しゃべ》ろうとした女性の口から、ポロリとストローが零《こぼ》れ落ちた。

そこでトオルは、もう一つの勘違いに気付く。

ストローではない。

あれは――チューブだ。

自分の腕に刺さっているのと同じ、塩化ビニル製のエクステンションチューブ。そのチューブの先は床に向かって伸びていた。女性が席から立ち上がると、そのテーブル下に転がっていたものが視界に入った。人だ。同じく白衣を着た、二十代くらいの痩せ気味の男性。

チューブの先端はその男性の喉元に突き刺さり、透明な導管へ赤黒いものを吸い上げていた。

血を……吸っている？

硬直するトオルに、女性が夢見るような微笑で語りかけてくる。

「うあぁあもぅう……うぉそいょう……ゆぅやあぁ……」


――吸血鬼《ヴァンパイア》。

まず、そんな単語が頭に浮かんだ。

悲鳴は出なかった。恐怖を感じるより先に、防衛本能が働いた。抱き着くように迫ってくる女を見て、反射的に傍らの点滴スタンドを摑《つか》む。バットのように振り上げ、頭めがけて斜めに振り下ろす。

スタンドの先端が、女の側頭部をとらえた。しかし予想したような手ごたえはない。代わりにずるり、と、表面を滑る感触があり、熟した桃の皮でも剝《む》くように、女の頭皮が毛髪ごとごっそりと剥《は》がれ落ちた。

「う――わあああァ！」

しりもちをつく。女は頭蓋骨を半分むき出しにしたまま、満面の笑みで近づいてくる。

這《は》って逃げようとすると、足首を摑まれた。そのままずりずりとホールの奥に引きずられていく。

「みぃてぇ……すぃぞくかん……くらげぇ……」

顔を上げると、視線の先にさきほどの男の遺体が見えた。その喉から伸びているチューブを見て、ぶわっと全身から玉汗が噴き出す。――もしかして、あれを僕に刺す気か？　血を吸うために？

引きずられながら、無我夢中で点滴スタンドを女に叩き付ける。が、まるで反応がない。マネキンでも殴っているかのようだ。まずい。このままじゃ――。

すると。

『トオル?!　そこにいるのはトオルか?!』

突然、ホールの照明が点《つ》き、食堂のスピーカーから声が響き渡った。

――カズト？

聴いた瞬間、真っ先にその名が浮かぶ。この声はカズト。僕の親友のカズト。

「カズト！」

『探したぞ。どこに消えたかと思ったら、いつの間に食堂なんかに――』

「助けてくれ！　血を吸われる！」

『血を？』

一瞬、状況を確認するような間が空く。

『お前――襲われてるのか！　待て、今対策を考える――』

そうこうするうちにも、女はトオルを引きずって元居た場所まで戻ってきた。邪魔だとばかりテーブルを蹴り飛ばし、下にあった男の遺体にかがみ込んで、喉に刺さったチューブをぐいと引き抜く。

ビシャッと、導管に溜《た》まった血液が先端から飛び出た。そのペン先のように太い注射針を見て、思わず気が遠のきそうになる。あんなものを喉に刺されたら、血を吸われるうんぬんにかかわらず――間違いなく、即死だ。

『お前、何を持ってるんだ？　点滴スタンド？　輸血か！　お前、自己血を輸血中だったんだな？』

何とか女の手を振りほどこうと、もがく。すると女はトオルをぐいと片手で引き寄せ、片足で胸を踏んづけた。肺が圧迫され、途端に呼吸ができなくなる。

『パックの血はまだ残っているな？　よし、聞け、トオル。まずはお前の腕に刺さったチューブの針を引き抜け！』

チューブの……針？　混濁《こんだく》する意識の中で、声に操られるように右腕から針を引き抜く。

『どこでもいい。そいつを、女の体にぶっ刺せ！』

近づいてくる腕を摑み、その手首に針を突き立てる。

相手の動きが止まった。

本当にマネキンになったかのように、ぴたりと手足がフリーズする。眼球だけがぎょろりと動き、手首に突き立った針を見た。

次の瞬間、異変が起きた。

「あっ、あっ、あっ――」

女の口から、息が漏れる。両手で顔を覆い、のけぞって数歩後ずさる。

ドロリ、と目鼻から濃い血が垂れた。呆気《あっけ》に取られて見守るうちに、女はへたりこみ、そのまま動かなくなった。


『……間一髪、だったな』

トオルは肩で息をしつつ、血まみれの女の顔を見下ろす。白衣のネームプレートには、〈御影《みかげ》奈々《なな》〉とあった。知っている名前のようにも、まったく聞き覚えがないようにも感じる。

「カズト」

震える声で、宙に向かって問いかけた。

「今のは、何なんだ？」

『何って、お前――』

「わからないんだ！」

抑えていた感情が爆発する。

「何も思い出せない！　ここがどこで、なぜ自分がここにいるのかも。かろうじて思い出せるのは、お前が僕の親友だってことくらいで――」

　また沈黙があった。今度はさきほどよりやや長い。処理の重いパソコンの反応を待つような気持ちで焦《じ》れていると、ようやく声が返った。

『……記憶喪失。一過性健忘だな。あのときのショックで、脳に一時的な障害が生じているんだ』

「あのとき？」

『いや……』

　語尾が曖昧《あいまい》に消える。

『覚えてないならいい。今説明しても、かえってお前を混乱させるだけだ。それよりトオル――自分がどれだけ危険な状況にいるかわかっているか？』

「……どれだけなんだ？」

『裸でピラニアの水槽に飛び込むくらい』カズトが即答する。『あるいは、原発のコントロールルームで猫を放し飼いにするくらい』

　そのジョークで、少し心に余裕が戻った。

『余計な情報を省いて端的に言えば、お前のいるその建物は、あと三時間後に爆破される。病原体等安全管理規程《バイオセーフティマニュアル》の生物災害《バイオハザード》対応プロトコルに従ってな。さらに言うと、地下の非常電源のバッテリーが底を尽くのはそれよりもっと早い。そうなれば、地上へ出ることすら不可能になる。タイムリミットは実質二時間ってところだ』

「バイオハザード……ってことは、ここは研究所なのか？　危険なウイルスとかを扱う？」

『そうだ』

返事はそれだけだった。それ以上の説明は〈余計な情報〉ということか。

『とにかく、緊急事態なのはわかってくれたか？　あまり無駄話をしている時間はないんだ。お前を地上まで誘導するから、ひとまず指示に従ってくれ』

「地上って……地下なのか、ここは？」

『そうだ。墓場として埋めるには深すぎるぐらいの、な』

カズトの説明では、カズト当人は地上の中央管理室にいて、監視カメラ越しにこちらの様子を見ているとのことだった。爆破されるのは地下の建築物だけだから、ひとまずその中央管理室まで行けば、身の安全は確保されるらしい。

問題は、地上に出る手段が直通のエレベーター一基しかないことだった。それも電力が尽きれば脱出不可能になるようだ。しかもセキュリティの関係上、そのエレベーターは地上からしか動かせないため、カズト自身はこちらに救助に出向くことはできないのだという。

「……ずいぶん、セキュリティが厳重なんだな」

『まあ、そういう施設だしな。それにしても、お前が生きててよかった』

カズトの声はスピーカーではなく、今は耳に嵌《は》めた無線イヤホンから聞こえていた。〈御影奈々〉が所持していたものだ。彼女や遺体の男性はこの研究所の所員で、所内のどこにいても常時連絡が取れるよう、所員には通信用のイヤホンマイクがもれなく支給されていたようだ。

同じく拾い上げた遺品のペンライト（こちらは彼女の私物らしい）の点き具合を確認しつつ、トオルは宙に向かって問う。

「この食堂には、もうさっきみたいな化け物はいないのか？」

『今のところカメラには映っていない。もちろん死角はあるから、百パーセントの保証はないが――ふふ』

イヤホンから聞こえた零れ笑いに、トオルは眉を顰《ひそ》める。

「……何がおかしい？」

『いや』

カズトは一呼吸おいて、

『さっきのお前の台詞《セリフ》を思い出したんだ。ありがとう。覚えていてくれたんだな。俺のことを、親友として』

数秒の間を置き、かあっと顔が赤くなった。もしかして、僕とこいつは親友じゃない？　あるいはこちらが一方的にそう心の中で思っていただけで、相手は特に意識してなかったとか。だとしたら、相当恥ずかしい失言だが――。

「彼女たちは、いったい何者なんだ？」

誤魔化しがてら、床に転がった二つの遺体を指さす。

「ここの所員であることは分かるんだが、どうしてこうなった？　何かのウイルスのせいか？　ここは生物兵器を開発する軍の研究所か？　僕やお前はなぜ無事なんだ？　外からの救助隊は？　ほかの生き残りの人たちは、今どこに――」

『待て待て。そう興奮するなよ』

カズトはニヤニヤ笑いが透けて見えそうな声で、

『言っただろう。無駄話をしている時間はないって。それに中途半端にいらない情報を与えて、お前を戸惑わせたくないんだ。特別に、最初の質問にだけ答えるとすると――二人の正体なら、ネームプレートに名前があったはずだ』

「見た。女性のほうは〈御影奈々〉と書いてあった」

『〈なっち〉か』

カズトは故人を偲《しの》ぶように、

『彼女は……まあ、そこまで悪い人間でもなかった。ただ少しばかり、男と金にだらしないだけで。この研究所に来たのも、男に唆《そそのか》されて手を染めた結婚詐欺《さぎ》で捕まりそうになったあげく、闇金の借金が膨らんで、行き場所を失ったからだ』

返事は思いつかなかった。その説明を聞く限り、十分〈悪い人間〉に思えるが。というか、そんな彼女の経歴もかすむほど、この研究所は問題を抱えた人間の集まりだったということか？

「……もう一人の名前は、確か〈田中陽《たなかよう》〉だった」

弔いがてら目にした遺体の男性のネームプレートを思い出しつつ、トオルは探るように訊《たず》ねる。

「彼も、悪い人ではなかった？」

『田中は……どうだろうな。彼についてはよく知らない。あまり興味がなかったから。ただ一つ言えるのは、彼がどうなろうと、おそらく誰も泣かない。死んでもいいやつだ』

トオルの懸念が、さらに少しだけ深まった。死んでもいい？　僕の親友とは、こんな人を人とも思わない冷淡な発言をする人間だったのか？

「……世の中に、死んでもいい命なんてないよ、カズト」

『急にどうした。頭の打ちどころが悪かったか、トオル？』


カズトの指示で、食堂を出た。目指すは一つ上の階にある、地上直通のエレベーターホールだ。そのために、まずはフロア西端にある階段に向かうらしい。

カズト曰《いわ》く、輸血パックは例の化け物に対抗する武器になるとのことで、点滴スタンドごと持ち歩くことにした。キャスターの音に気をつけつつ通路を少し進むと、後ろで食堂の照明が消える。節電だ、とカズトが説明する。

『さっきも言った通り、地下の非常電源はかつかつだからな。設備が破壊されて、外部からの送電が止まっているんだ。最低限、エレベーターを動かす分は残しておかないと』

「僕が起きたとき、医務室の電気はついていたみたいだが」

『お前のために、あのへんの区画には明かりをつけといたんだよ。目覚めるのを待っていたんだ。

少し目を離した隙にいなくなっていたもんだから、焦ったけどな』

僕が起きるまで、医務室をモニター越しに監視していたということか。ちょうど何かの用でモニターから離れていたときに、運悪く僕が目覚めて出て行ってしまったのだろう。

『照明はこちらで管理できるし、監視カメラもそこら中に配備されているから、誘導は心配ない。ただ――』

「何だ?」

『目に見えないものまでは感知できない。例えばガス漏れだ。ガス検知器もあるにはあるが、それほど多くないし、検出できるガスの種類も限られている。腐っても研究所だ。何かの爆発性ガスが部屋に充満していて、照明のスイッチを入れた途端にドカン、なんてオチも十分あり得る。異変を感じたらすぐに知らせろ。匂いでもなんでもな』

「ああ。わかっ――」

そこで急に、ズキリ、と頭が痛んだ。

爆発――。

立ち止まり、額《ひたい》に片手をやる。

『どうした?』

「いや……」親指で強くこめかみを押さえる。「今一瞬、何か思い出しかけたんだが……」

また少し、処理待ちのような短い沈黙があった。

『……そうか。まあ、無理して思い出さなくてもいい。そのほうが好都合なこともある』

「好都合?」

『さっき襲われたとき、もしお前が〈なっち〉のことを思い出していたら?』

逆に訊《き》き返してくる。

『あんなふうに、躊躇《ちゅうちょ》なく針を刺せたか? スタンドで殴れたか? 余計な情報はお前の生存率を下げるだけだ。すべてを思い出すのは、そこを脱出してからにしろ』

その台詞が暗に匂わす意味に、トオルは不穏なものを感じた。それはつまり自分も、彼女と面識があったということか? どういう関係性だ? 友人? 顔見知り? それとも――。

背中に薄ら寒いものを覚えつつ、つい言葉が口を衝いて出た。

「実は……カズト以外にも、一人だけ覚えている名前があるんだ」

『俺以外に? 誰だ?』

「ユメノ先生。覚えているのは名前だけで、それ以外は何一つ思い出せないんだが……」

今度は返事がなかった。完全な沈黙。答える気はないという意思表示。

我慢できず、重ねて訊く。

「ユメノ先生は、いい人か?」

『……天使だよ』

それ以外は余計な情報だとばかり、カズトは短く答えた。

指示通り通路を進み、やがてどこかの部屋の前に着いた。ドアを開けて特に異臭などは感じないことを告げると、中の照明が点く。中央のステンレス製の台に、フラスコやシャーレ、備品棚や業務用冷蔵庫のような大型収納庫。何かの実験室のようだ。

『細胞培養《ばいよう》室だ』

イヤホンからカズトの声が聞こえる。

『ここで連中は俺たちの血液を……いや、何でもない。先に進もう。この奥の扉を抜ければ、近道になる』

血液をどうするのだろう、とモヤッとしつつ、台と棚の隙間を進む。途中で人の声が聞こえた気がして、身を固くした。

音のほうを向く。棚の陰になっていて気付かなかったが、部屋の隅にスチールデスクがあった。そこに白衣を着た男性が座り、壁に向かって何やらぶつぶつ呟《つぶや》いている。

『中島《なかじま》だな』

声が解説する。

『中島良平《りょうへい》。本社で出世コースを歩んでいたが、派遣の女子社員へのセクハラ行為が問題になり、この研究所に左遷させられた。こいつは〈嫌な奴〉だ』

セクハラ上司か。警戒するが、一目で正常な状態ではないとわかった。顔は死人のような土気色で、口からは長い涎《よだれ》を垂らし、薬品瓶から何かの液体をビーカーに注いでは、晩酌のようにぐびりと呷《あお》っている。

『気付いてないようだな。無視して先を急ごう』

「あいつ……何を飲んでいるんだ?」

『エタノールみたいだな。中島はアルコール依存症なんだ』

ぞっとしつつ、トオルは早足で奥のドアを目指す。だが男に気を取られすぎたせいだろう、患者衣の袖がステンレス台の上の試験管に当たり、ガシャンと落とした。

しまった、と唇を噛《か》んだときには遅かった。

音に反応し、〈中島〉がぐりんと首を巡らす。

「……やぉうおよええあ?」

目が合う。満面の笑みで立ち上がった。〈中島〉はガラス瓶とビーカーを両手に掲げ、まるで宴席で部下に酒を強要する面倒な上司のように、呂律《ろれつ》の回らない舌でこちらに向かってくる。

心拍数が急上昇した。咄嗟《とっさ》にスタンドを構えるが、近づく男の歩みを見て、少し気を緩める。思った以上に動きは緩慢だ。これなら早足で歩く程度で、余裕で引き離せる。

安心していると、カズトの舌打ちが聞こえた。

『すまない、トオル。俺の勘違いだ』

「勘違い?」

『瓶のラベルが見えた。奴が飲んでいるのはエタノールじゃない。ニトロだ』

「ニトロ? ニトロって、あの?」

『そう。ニトログリセリン。おそらくエタノールと間違えて、薬品保管庫から持ってきたんだ。ニトログリセリンは医薬中間体として狭心症薬などにも使われる。この研究所にあってもおかしくない。入室時にお前が匂いを感じていなかった時点で、気付くべきだった』

カズトの声が緊張を帯びる。

『逃げろ、トオル。ニトログリセリンは火の気がなくても、衝撃で爆発するぞ。奴が瓶を落としたらアウトだ』

弾《はじ》かれたように、走り出す。

「もぉおてえええ」

〈中島〉が追ってきた。思わず振り返り、液体がちゃぷんちゃぷんと揺れるの見て、肌が粟立《あわだ》つ。

奥の扉に飛びつくのと、「おわっ?」と〈中島〉の奇妙な声が聞こえるのが同時だった。

部屋を飛び出て、後ろ手に扉を閉める。

直後に、激しい爆発が起きた。

炸裂する爆音と爆炎。背にした扉ごとトオルは吹き飛び、一瞬意識が飛ぶ。気付いたときには、ひしゃげた扉の下にいた。間一髪、鉄製の扉が爆風を防いでくれたらしい。

通路には煙と粉塵《ふんじん》が充満して、しばらく目も開けられなかった。イヤホンも耳栓代わりにはならず、耳鳴りが音を遮断し、焼け焦げた匂いが嗅覚を麻痺《まひ》させる。

『――オル、トオル！　無事か?!　おい、返事をしろ、トオル！』

聴覚が回復するにつれ、カズトの焦った声が聞こえてきた。

トオルはすぐには答えず、体に乗った扉を押しのけると、ゆっくりと起き上がった。声が安堵の色に代わる。

『よかった。無事だったか、トオル？』

「……大丈夫。扉が盾になった」

『ギリギリだったな。──頭、どうした？　今ので怪我したのか？』

「いや。何でもない」

トオルは無意識に頭にやっていた手を下ろし、取り澄ました笑顔で答える。

だが頭の中は、別の思考で占められていた。

今の爆発で、記憶がフラッシュバックしたのだ。

すべてではない。蘇《よみがえ》ったのは、ほんの一瞬の場面だ。おそらくは、自分が記憶を失う直前の瞬間。どういう経緯でそこに至ったかまでは思い出せない。だが確かに、記憶を失う直前、今と同じように自分の目の前で爆発が起きた。逆に言えば、それが原因で自分は記憶を失ったのだ。

そのとき──確実に、自分は見た。

爆発に飲み込まれる、カズトの姿を。

すうっと、手足が冷たくなる。気味悪さと共に、耳に嵌めたイヤホンに指を触れた。表情を読まれないようなるべく監視カメラから顔を隠し、ごくり、とつばを飲み込む。

もし、この記憶が事実なら──。

今話している〈こいつ〉は、いったい誰なんだ？

『……大丈夫か、トオル？　さっきから顔色が悪いぞ』

「あ、ああ……ちょっと疲れただけだ」

作り笑顔で動揺を隠して歩きつつ、トオルは必死に思考を巡らせる。

まず、カズトは実際に死んでいると仮定する。ならば当然、この声は偽物。何者かがカズトを装い、ボイスチェンジャーか何かを使って話しかけているということだろうか？

——いや、とトオルは否定する。声を変えたところで、会話の内容やリズムなど模倣しなければならない点は無数にある。そして今のところ、多少は引っ掛かる箇所はあるものの、この〈声〉の言動にトオルはそこまで違和感を覚えてはいない。

……なら、ＡＩか？

その可能性は考えられた。二十一世紀初頭に有名人の言動を真似るＡＩチャットボットが登場して以来、ＡＩの人格模倣技術は飛躍的に進歩している。当人流の喋り方はもちろん、性格に応じたリアクションや情感を込めた感情表現などもお手の物だ。

今にして思えば、会話に不自然な間や、あまり人間味を感じない台詞もあった。あれは文字通りコンピュータの処理待ち時間だったり、ＡＩがカズトのブラックジョークを額面通り受け取ったゆえの、学習結果だったりするのだろうか？

だとしたら……いったい誰が、何のために？

『次の角を曲がったら、最初の扉を開けてくれ。次の部屋を突っ切る』

〈声〉を聴き、我に返る。ひとまず大人しく指示に従うと、宣言通り扉が現れた。

中に入ってＯＫの合図を出すと、照明が点く。殺風景な研究室だった。書類が山積みの机に据え置きPC、本が乱雑に並んだ書棚。主にデスクワークを行う部屋のようで、実験器具などはない。

『〈中島〉のグループの研究室だ。あいつ、ああ見えてプロジェクトの責任者だからな』

何のプロジェクトだ、と質問が喉まで出かかったが、どうせ答えはないだろうと思い、飲み込んだ。それよりも、と思考を続ける。なぜだ？　なぜ記憶を失くした自分に、わざわざカズトを騙《かた》って語りかける必要がある？

『もっとも、プロジェクトが成功したらあいつ自身はお払い箱になるから、あまり本気で取り組む気はなかったようだがな。一度、あいつのPCをハッキングして最高機密レベルのフォルダにアクセスしてみたんだが、中を見て噴き出したぜ。大量のアダルト画像しかなかった』

……罠《わな》か？

これはカズトを装って僕を安心させ、どこかに誘導しようという作戦か？

不安に胸がうずく。僕は愚かにも、自ら蜘蛛《くも》の巣に飛び込んでいるのだろうか？　だとしたら、この件について〈声〉に訊くのは危険だ。獲物が罠に勘付いたと気付いた連中が、今度はどんな強硬手段に打って出てくるかわからない。

ただもちろん、この声が正真正銘のカズト本人、という可能性もある。自分の記憶が何かの思い違いで、実はカズトは生きていたという、甘くて淡い希望が。

――見定めなくては。

声が本物か偽物か。もし偽物なら、その声を騙る意図はどこにあるのか。

この声に、人の血は通っているのかどうか。

その判別は意外と難しくないかもしれない、とトオルは思った。ＡＩはあくまで取得したデータをもとに学習している。それはつまり、データにないことは知らない、ということだ。自分たちが知っているはずのことを〈声〉が知らなければ、それはデータの抜け落ちを意味し、その時点で〈声〉が作りものだと判明する。

記憶だ。やはり記憶が鍵になる。

断片でいい。思い出せ。二人しか知らない記憶を——。

ハッキング。

先ほどの〈声〉の他愛もない話の中の一語が、ふと頭に浮かんだ。それを呼び水に霧が晴れるように一つのシーンが脳裏に蘇る。

つい、声が出た。

「——hash collision」

＊＊＊

「ハッシュ《hash》・コリジョン《collision》」

「え？」

「ハッシュの衝突だよ。ハッシュはプログラムで使う関数の名前で、コリジョンは衝突。ハッシュ関数はある数字を全く別の数字に置き換えるものなんだが、ごくまれに、異なる二つの数字を同じ数字に置き換えるという可愛いミスをする。それを〈ハッシュの衝突〉と呼ぶんだ」

意味はよくわからなかった。話の意味はもちろん、目の前の自分と同い年くらいの少年が、なぜ初対面の自分にそんな話をするのかも。

トオルは助けを求めるように周囲に目をやるが、ここに自分を連れて来た大人たちはすでにいない。まるでお見合いで「あとは若い人たちだけで」と退散する仲人よろしく、逃げるように去っていってしまった。

そして実際、空気は乗り気でない見合いそのものだった。気まずい沈黙が続き、緊張に頭痛さえし始めたころ、先陣を切るように相手が口にしたのが先の英単語だった。

「そうオドオドするなって。そういえば、自己紹介がまだだったな。俺は二宮一翔《ニノミヤカズト》。十六歳。よろしくな」

「僕は森坂透。同い年だ……君も、ここに売られてきたのか？」

「大金でな。お前もそうだろう？　だから安心しろよ。物の扱いは対価で変わるんだ。安物の服は普段使いにできても、高級ブランドスーツを粗雑に扱うやつはいない。ここでは俺たちはＶＩＰ待遇なんだぜ」

言われて、トオルは連れて来られた部屋を見回す。案内人は「ホビールーム」だと言っていたが、その名の通り室内には様々な娯楽が詰め込まれていた。大画面ディスプレイに数々のゲーム機、漫画や小説、アナログなボードゲーム、飲み放題・食べ放題のスナックコーナー。

絨毯《じゅうたん》はふかふかで、空調も最適。爽やかな柑橘《かんきつ》系のアロマまで焚《た》かれている。つい先日まで自分が生活していた、同居人のひしめく黴《かび》臭い六畳間とは確かにえらい違いだ。

「そのハッシュ何とかは」

同い年で初対面の相手に舐《な》められないよう、トオルは気張って訊く。

「僕たちが大金で売られたことと、何か関係あるのか？」

「ん？　ああ――まあ、あるといえば、ある。いや、ない……か？」

「どっちだ？」

「ただの比喩だよ。〈ハッシュの衝突〉は。俺たちの血液の希少性のな」

「血液の希少性？」

「〈黄金の血〉って知ってるか？」

逆に訊き返してくる。

「赤血球の細胞膜には三百五十弱の表面抗原があって、その抗原ごとに血液型が分類される。ＡＢＯ型だけじゃないんだ。世界で最も珍しいといわれる血液型はＲｈ《アールエイチ》ｎｕｌｌ《ナル》型で、今も世界中で四十人前後しか確認されていない。まさに数億人に一人の〈黄金の血〉だ。そして俺たちの血は、それよりもさらに珍しい。そんな希少な血がこうして二人も被《かぶ》るのは、まさにハッシュ値が衝突するようなもの――と言いたかったんだが、まあ、プログラマー界隈《かいわい》以外には通じないたとえだよな。わかりにくくて悪かった」

カズトがニッと笑う。一歩こちらに近づくと、親しげに手を差し出してきた。

「つまり、俺たちの血はとんでもなく貴重で、一卵性双生児並みに似ているってこと。よろしく、兄弟。ところで——兄と弟、どっちを演《や》りたい？」

＊　＊　＊

『〈ハッシュの衝突〉《hash collision》か』

イヤホンから聞こえる〈声〉に、トオルははっと我に返る。

『懐かしいな』

「……覚えているのか？」

『もちろん。俺たちの記念すべき初会話だからな』

——正解だ。

トオルは視線を落とす。これで〈声〉は本物と断定できるだろうか？　いや……今の記憶は、おそらくこの研究所の施設内でのことだ。ならば監視カメラなどで、やり取りが記録されていた可能性がある。これだけで判断するのはまだ早い。あと一つか二つは、何らかの確信が欲しい。

それにしても——と、考え込む。

今の記憶だけで、いくつも気になる点が出て来た。大金で売られた。ＶＩＰ待遇。数億人に一人の〈黄金の血〉を超えるという、とんでもなく貴重な血液。

記憶の中のカズトは十六歳で、当時の自分と同い歳だった。ということは、出会ったのは一年ほど前ということだろうか。初対面の態度から見るに、カズトのほうが先にこの施設にいて、後から自分が加わった形なのだろう。しかし、あの圧倒的な知識量――独学なのか何かの英才教育の賜物なのかは知らないが、彼が平均以上の知能の持ち主であることは間違いない。

『研究室の奥の扉を出たら、物音に気を付けてくれ』

思考に沈んでいると、また〈声〉が聞こえた。

『さっきの爆発音で、〈飲みたがり〉が数体、近くに集まってきた。連中は音に敏感なんだ。点滴スタンドのキャスター音も、なるべく立てないようにな』

「〈飲みたがり〉？」

『例の化け物連中だ。〈吸血鬼〉じゃまんまだから、俺が命名した。いいセンスだろ？』

どうだろうな、とつい苦笑が浮かぶ。同時に懐かしいものを感じて、少し心が和んだ。

そうだ。カズトはこんなやつだ。いつも自信に溢《あふ》れていて、底抜けに陽気。理知的で頭の回転が速いが情熱的な面もあり、面倒見がよい兄貴肌で、そして――。

そして？

消えかかった記憶の熾火《おきび》が、再びめらめらと燃え上がる。

＊　＊　＊

カズトと出会って数日で、苦手なタイプだと気付いた。

頭脳明晰《ずのうめいせき》で抜け目がないと言えば聞こえがいいが、要は狡猾《こうかつ》。加えて我が強く、些細《ささい》なことでも主導権を取りたがる。

初対面で耳慣れない専門用語を使ってきたのも、ある種のマウンティングだったのだろう。彼の博識さは、知識で人より上に立ちたいという支配欲の裏返しだ。こんな男とこの先も生活を共にするのか、と最初は暗澹《あんたん》たる気持ちになったが、幸いなことに、居住空間のプライベートは十分すぎるほど保たれていた。その気になれば、ほぼ接触を避けて生活はできる。自分たちの〈雇い主〉たちも、ライオンとシマウマを同じ檻《おり》に閉じ込めるような愚策は犯さなかったらしい。

そしてその苦手意識は、すぐに嫌悪に変わった。

半月ほどたったある日のこと。トオルは給湯室で久々にカズトに出くわした。カズトはこちらに背を向け、壁際に誰かを追い詰めている。

トオルも顔見知りの男性所員だった。確か田中という名前で、なぜか上半身裸で床にうずくまっている。剥き出しの背中には、ミミズ腫れのような赤い火傷《やけど》の痕ができていた。

カズトの手に湯気の立つケトルが握られているのを見て、すべてを察した。

「……愛着障害なんだ」

トオルに気付くと、カズトは初心《うぶ》な少年のようにはにかんだ。

「俺は、両親から愛情を受けずに育った。ネグレクトだ。だから俺は人の痛みが理解できず、こうして加害衝動の赴くままに他人を傷つけてしまう——な、わかるだろう？」

わかるよ、と答えた。何一つわからなかったが、それがこの場をやり過ごす、一番無難な答えだと思ったからだ。

カズトはニッと笑うと、再びケトルを傾け始めた。甲高い悲鳴がバイオリンのように響く。その声を聴きながら、トオルは冷蔵庫を開け、未開封の牛乳パックを手に取った。そして静かに踵《きびす》を返すと、惨劇《さんげき》の現場には一瞥《いちべつ》もくれずに、給湯室を出た。

＊＊＊

気付くと、口元を押さえていた。

『どうした？　吐き気がするのか？』

「い、いや……大丈夫」

カメラに向かって手を振って誤魔化し、すぐに下を向く。

……何だ？　今の記憶は。

困惑する。まるで思い出の記念アルバムに、誰かのいたずら写真が紛れ込んだかのようだ。

何かの間違いだ——そう思いつつ、トオルはさらに切れかかった記憶の糸を手繰《たぐ》り寄せる。

＊＊＊

それからしばらくは、平穏な日々が続いた。

週に一度、多い時には二度、三度と繰り返される不快な採血の時間を除けば、特に不満はなかった。唯一、生活習慣病を防ぐために食事の内容や間食のスナック菓子の量などはコントロールされたが、もともと食にあまり興味のないトオルにとって、大した制約ではない。

健康で文化的な——いや、健康でありさえすればいい生活。

その平穏に亀裂が入ったのは、半年後のことだった。

トオルが日課のトレーニングをこなし、ジムのシャワールームで汗を流していたときだった。背後に、人の気配を感じた。振り返ると、服を着たままのカズトが冷笑を浮かべて立っている。

「——誰が、近親相姦野郎《インセスト》だって？」

その一言と共に、カズトの拳《こぶし》が顔にめり込んだ。続いて腹部。さらに蹴り。

完全に不意を衝かれ、なすすべがなかった。もんどりうって倒れたトオルに跨《また》がると、容赦なく拳の雨を降らせてくる。

理由はわからなかった。インセスト、という言葉にも全く心当たりはない。が——大方、無意識に彼の不興を買うような真似を自分がしたのだろう。身に覚えのないことで難癖をつけられ、理不尽な暴力を受けることには慣れている。

かといって、痛みに慣れているわけでもない。誰かが止めに来てくれることを期待したが、シャワールームに監視カメラは見当たらなかった。さすがに人として最低限の権利は守られているのか。襲撃場所にカズトがここを選んだのも、おそらくそれが理由だ。下手をすれば、このまま殴り殺されるかもしれない。

痛みと諦めの中、トオルの心を占めていたのはただ一つ――もったいない、という感情だった。

――おいおい。もったいないことするな。血が垂れ流しじゃないか。僕たちの血液は、黄金よりも価値があるんだぜ？

何十発目の殴打を耐えたときだろうか。突然ブザーが鳴り、非常灯の赤ランプが点滅した。少し間を置いてシャワールームのドアが開き、大勢の所員が雪崩《なだれ》を打って飛び込んでくる。

カズトが彼らに捕まり、自分の上から引きはがされた。……視《み》てたのか。最低限のプライベートさえ守られていなかった事実に驚愕《きょうがく》しつつ、トオルは気を失った。

＊　＊　＊

つい、足が止まってしまった。

『……疲れたか？』

優しい声音が、イヤホンから伝わる。

「いや」

表情を見られないよう、咄嗟に壁側を向きつつ、答える。

「ここで僕たちは、いったいどんな生活を送っていたのか、と思って」

『極めて健康な生活だよ。あいつらにとっては、俺たちの体をベストな状態に保つことが至上命令だ。月一の人間ドックで検査数値が数ポイント悪化しただけで、まるで不治の病みたいな慌てぶりだったぜ』

「……僕たちも、仲良くやれていた？」

『もちろん。最高のダチだ』

声には微塵《みじん》の揺らぎもなかった。演技なのか、こちらの記憶が間違っているのか。ＡＩならば、見せかけのフレンドリーさを本物の友情と勘違いして学習するかもしれないが――。

――どういうことなんだ？

記憶のほうが間違っている、と思いたかった。カズトの〈声〉を聴き、真っ先に親友だと思った自分の感情に嘘偽りはないし、そのことを疑いたくもない。

それとも――あのあと何かがあって、自分たちの関係は劇的に好転したのか。いや、きっとそうだ。あの喧嘩《けんか》のあと、僕たちは互いの誤解を解き、本物の信頼関係を築いたのだ。

雨降って地固まる、というやつだ。

『疲れたら遠慮なく言えよ、トオル。いざというときの余力を残しておくほうが大事だ』

〈声〉にうなずいて答えつつ、トオルは静かに目を閉じる。

思い出そう。あのあと、何があったかを。

＊　＊　＊

カズトが激怒した理由は後程判明した。主任研究員の中島が同僚とカズトの陰口を叩いていたところを当の本人に見つかり、保身のため、咄嗟にその陰口の出どころをトオルに押し付けたのだ。

そのころ、トオルがカズトを極力避ける態度をとっていたのもよくなかった。とんだとばっちりだったが、しかしこの事件は、必ずしもトオルにとって不運とはいえなかった。そのあとに自分の完全な誤解だと知ったカズトは、その後ろめたさからか、トオルへの態度をだいぶ軟化させていったのだ。

中島程度の人間に操られたことに対する、気恥ずかしさもあったかもしれない。何にせよ、この状況はトオルには都合がよかった。相手に貸しがあれば、心理的に優位に立てる。ただの殴られ損には終わらなかったというわけだ。

変化は、もう一つあった。

事件を受け、所内で人事異動があったのだ。中島は研究プロジェクトの要職にあったため減給処分で済んだが、代わりに数名が管理不行き届きということで生贄《いけにえ》のように更迭され、その穴埋めとして、新しい人員が補充された。

その中に、「夢野佐央里《ゆめのさおり》」という女性がいた。

彼女は研究員ではなく、主にトオルたちの健康面をサポートする看護チームに所属していた。医師ではなく、看護師——あるいは心理カウンセラーのような役回りだろうか。二十代半ばくらいで医務室に常駐しており、白衣姿がどことなく保健室の養護教諭を彷彿《ほうふつ》とさせることから、自然と「ユメノ先生」という呼び名が定着した。

採血のほか、トオルの怪我の回復具合を日々確認し、ガーゼなどの交換を行うのも彼女の役目だった。彼女は人怖《ひとお》じする性格らしく、最初の数日は事務的な挨拶のみで会話は終わった。四日目になり、少しお互い慣れてきたところで、ようやく踏み込んだ質問が投げかけられた。

「あの、一つ、お聞きしていいですか?」

「はい」

「お二人って……仲、あまり良くないんですか?」

「僕とカズトですか?　いえ、別に。普通です」

「……本当に?」

「はい。普通の友達同士です」

「友達……にしては、ずいぶん思い切って殴られているような」

「もしかして、聞いていませんか?　事件の経緯」

「聞いています。ですが、ちょっとよくわからなくて。少し悪口言われたくらいで、ここまで友達に暴力を振るうでしょうか。これではまるで、殺す気で殴ったみたいな――」

「男は殺す気で殴り合って、親睦を深めるんです」

何の茶番かわからなかったが、冗談には冗談で応えよう、と軽口を叩いた。この研究所に、二人が「友達だ」などという建前を本気で受け取る者はいない。

冷めた笑いが返ってくるという予想に反して、彼女は「へえ!」と感心する声を発した。

「漫画とかで読んだことがあります。本当なんですね、あれ。いいですね、男子の友情って」

揶揄《からか》われている？　訝し気に彼女を見たが、続けて交わした数分の会話で、トオルは直ちに自分の認識違いに気付いた。違う。皮肉などではない。彼女は本当にこちらの言葉を真に受けて、思った通りに発言しているだけ。

そう。彼女は善良だ。

衝撃を受けつつ、医務室を出た。まず気になったのは、彼女がここに来た理由だった。所内の噂《うわさ》話に詳しい御影奈々という研究員を捕まえて訊くと、彼女には病気の弟がいて、その治療のために多額の金が必要だということがわかった。また臨床治験段階の最先端治療を施してもらうためにも、この研究所のオファーを受ける必要があったことも。

もしそれが事実なら——トオルが知る限り、この研究所で一番まともな勤務理由だ。

そしてそのまともさが、かえって彼女の人間的欠陥を浮き彫りにしているとも気付いた。本当にまともな人間なら、間違ってもこんな犯罪的組織に足を踏み入れたりはしないだろう。確かに彼女は悪人ではないかもしれない。だが多くの場合、人を犯罪の道へ誘うのは悪ではない。愚かさだ。善悪の判断以上に、何が本当に自分にとってプラスで何がマイナスかの損得勘定ができない人間が、目先のニンジンを手に入れるためだけに行動し、罪を犯す。

＊　＊　＊

夢野佐央里。

ハッと目を見開いた。彼女が、「ユメノ先生」だ。

動揺して点滴スタンドを通路の壁にぶつけ、ガシャンと騒音を立ててしまう。

『馬鹿ッ――』

イヤホンから、小声で罵倒が飛んだ。

ドキリとする。慌ててスタンドを両手で握り、周囲に耳を澄ませた。物音はしない。しかし死角から今にも何かが飛び出てきそうで、つい前方の曲がり角に目が釘付《くぎづ》けになる。

『……大丈夫。近づいてくるやつはいない。次からは気を付けろよ』

安全宣言に、ほっと胸を撫で下ろす。短く謝罪し、これまで以上の慎重さで、点滴スタンドを移動させながら歩き始めた。

しかし――犯罪的組織。

スタンドに気を配りつつも、頭の中では様々な思考が渦巻いていた。そうだ。この研究所は、決して存在を公《おおやけ》にできるような施設ではなかったはずだ。何をやっていたかまでは思い出せない。だが今の記憶から感じるのは、ここがどこか人道に背くような後ろめたさを伴う施設であり、何か非倫理的な行為に手を染めていたという印象――。

『……前言、撤回』

考えていると、再び〈声〉が聞こえた。

『今の音のせいかは不明だが、〈飲みたがり〉が一体、こちらに向かってきている。このままだと真正面から鉢合わせることになる。隠れてやりすごそう』

「隠れるって……どこに？」

『次の三叉路《さんさろ》を左に曲がった先に、サンルームがある。そこに身を隠すんだ。連中は別に鼻が利くわけではないから、中に籠っていれば気付かれない』

太陽光《サン》ルーム――地下なのに？

首を傾《かし》げつつ、〈声〉の指示通りに進む。やがて前方に、ポップな緑色に塗られた自動ドアが現れた。近づくと左右にスライドし、隙間から陽ざしのような光が漏れ出てくる。

日光？

驚きつつ中に足を踏み入れ、さらに目を丸くした。ヤシの木もあれば、熱帯地方にしか自生しないような巨大な花もある。まるで植物園だ。

『そう驚くなよ。光はもちろん、天井のＬＥＤパネルによる疑似太陽光だ。中に〈飲みたがり〉がいないか確認するため、さっきつけた。――その様子だと、本当に何も覚えてないんだな』

「え？　あ、ああ」

曖昧にうなずく。見回すと、広さもちょっとした都市部の公園くらいはあった。これだけ緑があれば、地下生活もそれほど苦にはならないだろう。

圧倒されていると、ふと中央の広場に目が留まった。

園内の掃除用であろう手洗い場があった。周囲にはホースやモップ、バケツなどが乱雑に積まれている。

そのバケツを見た瞬間、どくん、と心臓が跳ねた。

バケツに――血が溜まっている？

ぞっとして、思わず後ずさる。

『どうした？』

震える手で、バケツを指さす。

「あのバケツに、血が――」

『血？』

一瞬〈声〉が驚いたように途絶え、すぐに呆れた声色に変わった。

『よく見ろ、トオル。何も入っていない。空のバケツだ』

え？ と目をこすって再確認する。確かに空だ。今のは幻覚か？

『大丈夫か、トオル？ お前、本当に疲れてないか？』

無言で苦笑を浮かべる。実際、疲れているのかもしれない。謎の〈声〉に従って化け物だらけの地下研究所を脱出しようとしつつ、失った記憶を取り戻そうとしているのだ。神経も磨《す》り減って当然だ。

ちょうどいい。そこのベンチで少し、体を休めるか。

そう気を緩めた瞬間、何かが脳内のシナプスで爆《は》ぜた。

――血のバケツ。

まるで断線した回路が急につながったように、怒濤《どとう》のごとく記憶が雪崩《なだ》れ込む。

＊＊＊

「なあ、知ってるか。トオル？」

ばつの悪さの裏返しなのだろう。あの暴力事件以来、カズトは急に距離を詰めるようになってきた。そしてまるでそれが罪滅ぼしだと言わんばかりに、研究所のデータサーバーや監視システムにアクセスしては──やはりカズトは天才児で、プログラミングの腕前は凄腕のハッカー並みだった──盗み見した所員のプライベート情報を、喜々としてトオルに報告してくるのだった。

「北山啓子《きたやまけいこ》っていう、中年の元薬剤師の研究員がいるだろう。あいつ、なんで足が悪いんだと思う？」

「さあ」

「あの女、旦那の毒殺容疑を免れるために、自分も同じ毒を飲んだんだよ。あの足はその後遺症だ。肝が据わってるよなあ」

話にはさっぱり興味は持てなかったが、徐々に憎めない気持ちが湧いてきたのも事実だ。籠の中の鳥である自分たちに、ただ健康に生き長らえる以外に存在意義はない。愛着障害はさておき、この永遠の退屈を紛らわせるには、多少の憂さ晴らし程度の娯楽は必要だったのかもしれない。

だがあるときから、急にカズトの口数が少なくなった。

日参のように続いていた報告も途絶えた。飽きたのだろうか、と軽く捉えていたある日、食堂でたまたまカズトと出会い、流れで昼食を共にすることになった。タッチパネルでメニューを選び、ドリンクコーナーでホットコーヒーを手に取ったところで、誰かがカズトにぶつかった。

ぶつかった相手はカズトを見ると、ひいっ、とやけに大げさに床にしりもちをつき、顔を手で庇《かば》った。

若い男性だった。ネームプレートには〈田中陽〉とある。カズトの〈お気に入り〉だ。

トオルは顔をしかめた。相手の粗相のお返しに、カズトが喜々として熱々のコーヒーをぶちまけると思ったからだ。だが予想に反し、カズトは彼を無視してそのまま素通りした。後を追いかけて興味津々に訊く。

「どうした？　今日は寛容だな」

カズトは無表情のまま、配膳口から出て来たキーマカレーのトレイを手に取った。

「――手当が、もらえるらしい」

「手当？」

「特別慰労手当。少し前に暇つぶしに所員の給与情報を覗《のぞ》き見してたら、一年ほど前に就業規則が改定されていたことに気付いた。〈献血者〉の加害性行為――つまり俺たちの暴行を受けた所員には、その身体的・精神的苦痛度合いに応じ、別表一に記載する補償金が支払われる」

口元に、歪《ゆが》んだ笑みが浮かぶ。

「笑うよな。あいつらにとっては、俺が付けたかすり傷一つでさえ、文字通り〈ご褒美〉だった、ってわけだ。今にして思えば、確かにクリスマスや休暇シーズン前は、やたらと挑発的な態度をとるやつが多かった。今の田中だって、わざとぶつかってきたんだ。俺の嗜虐《しぎゃく》性は、連中の恋人へのプレゼント代やリゾートホテル代にポイント交換よろしく換金されていたんだ。とんだ錬金術だ」

しばらく言葉が出なかった。カズトは水槽前のテーブル席に向かうと、乱暴にトレイを置いて座る。優雅に泳ぐ熱帯魚の群れを眺めながら、ぽつりと呟いた。

「……萎《な》えたな」

それからカズトの暴力行為はめっきり影を潜めた。カズト自身も自室にこもりがちになり、姿自体を見かけなくなった。カズトの暴力衝動さえ利用してしまうこの組織の営利精神にはさすがにトオルも唖然《あぜん》としたが、かといって、特にカズトに肩入れする気もなかった。むしろ気兼ねなく所内を自由に歩き回れるようになったことを喜び、これまでの鬱憤を晴らすように、一人の時間を満喫した。

次にまともな会話を交わしたのは、その三週間後だった。

所内でトオルの一番のお気に入りは、サンルームだった。散策やちょっとした運動ができる程度の広さで、光と緑に満ち、空調などの演出でほのかな四季も感じることができる。中でも、バナナの葉で隠れた秘密基地のような一角で本を読みながら寝落ちするのが、トオルがこの味気ない地下生活で唯一見出していた楽しみだった。

その日もそうだった。読書と午睡を終え、かりそめの満足感を味わいながら自室に戻ろうとすると、顔認証で開く出入口の扉がピクリとも動かなかった。故障だろうか。

「……すまないな」

困惑していると、背後から声がかかった。

驚いて振り向く。ソテツの植栽の陰にあるベンチに、顔面蒼白のカズトがいた。四肢を脱力したように投げ出し、左腕を傍らのバケツに突っ込んでいる。

「システムをハッキングしたんだ。扉はあと二時間開かないし、監視カメラも延々無人の映像を流し続ける。まさかお前も中にいたとは思わなかった。室内はざっと確認したんだが」

バケツの中には、赤い液体が溜まっていた。

……瀉血《しゃけつ》死《し》か。

状況は一目で理解できた。どうやって調達したのか、血まみれの注射器と剃刀《かみそり》も横に転がっていたのだ。血を抜き、自殺を図ったのだろう。そしてその企《たくら》みは、現在進行形で今もまだ続いている。

納得し、静かに歩み寄る。カズトが怯えるような表情を浮かべた。もはや剃刀を握る力もなさそうな右腕を弱々しく上げて、目で訴える。

「頼む。止めないでくれ」

「……止めないよ」

トオルはベンチに近づき、バケツを挟んだ隣に腰かけた。

「どのみち、できやしない。このバケツの血は致死量で、扉はあと二時間開かないんだろう？　となると、助けるには今すぐ僕の血を輸血しなきゃいけないが、残念ながらそんな都合のいい道具はここにはないんだ。惜しかったな。僕はO型だから、君が何型だろうと輸血してやれたのに」

一瞬、絶句するような沈黙があった。だがすぐにカズトはぐしゃっと顔を歪めると、ひいっ、と引き笑いのような息を漏らす。

「よかったよ。俺が思っていた以上に、お前がクズ野郎で」

トオルは答えず、ただ熱心にカズトの顔を見つめた。徐々に血色を失っていくカズトの顔から、妙に目が離せなかった。

じっと見ていると、カズトがやや不愉快そうな顔をした。

「なんで、そんなに見るんだ？」

「……興味深いから」

「殺人愛好症《エロトフォノフィリア》か。クズどころか、とんだ変態だな」

「別に殺人に興味はない。僕は、そう——たぶん、何かが終わっていくのを見るのが好きなんだ」

「終わっていく？」

「寂れた町の風景とか、夕日の沈む様子とか、長い物語が結末に向けて動き出していく流れとか。

アリジゴクに捕まったアリが、必死にもがきながら底に落ちていくのを見るのも好きだ。何だかぞくぞくする」

「なら、死性愛好症《タナトフィリア》だ。やっぱり変態だよ、お前は」

そんな用語があるのか。カズトの博識さに感心した。自分も以前通っていた学校では成績は悪くないほうだったが、カズトの頭脳は明らかに群を抜いている。普通に生きていれば、ひとかどのことを成し遂げたのではなかろうか。

「お前の、その目——」

観察していると、カズトの水気を失った唇が、かすかに動いた。

「いいな」

ふっと瞼《まぶた》が落ちた。意識を失ったのか。それとも今の戯言《ざれごと》が、今際《いまわ》の際《きわ》の言葉だったのだろうか。

カズト、と呼びかけるが反応はない。手を伸ばし、頸動脈《けいどうみゃく》で脈拍を確認しようとした、そのとき——。

「何を——やってるんですか！」

息を切らせて走ってきた誰かに、突き飛ばされた。

突然割り込んできた闖入者《ちんにゅうしゃ》の顔を見て、トオルは目を丸くする。

ユメノ先生？

どうしてここに——という疑問は、その髪の寝ぐせと、頬に付いた枯葉を見てすぐに氷解した。

彼女もここで人目を忍び、午睡を貪っていたのだ。

ユメノ先生は激しく取り乱しつつも、状況を理解し、気丈に応急処置を始めた。町医者が持つような彼女の黒鞄《くろかばん》から輸血用の器具が取り出されたのを見て、トオルの目が再び皿になる。

困ったのは、彼女に献血を懇願されたことだ。自分たちの体はその免疫特性上、一般の血液は受け付けない。助けたい気持ちは毛頭なかったが、ここで要請を拒み、積極的にその死の責任を負いたいとも思わなかった。カズトは怒り狂うだろうなと思いつつ、トオルはしぶしぶ腕を差し出す。

後日、カズトが一命を取り留めたと知っても、トオルには何の感慨も湧かなかった。ただ、助けたことへのカズトの報復があるかどうか、それだけが気になった。

そして、もう一つ——あれだけ血を流しても、人は死ねないんだということを、学んだ。

＊　＊　＊

『〈飲みたがり〉が細胞培養室まで移動した。そろそろ行こう』

イヤホンの〈声〉で、意識を現実に引き戻された。

トオルは俯《うつむ》きつつ、うなずく。平静さは装っていたものの、内心は激しく取り乱していた。

今のは——僕？　本当に僕は、あんな人間だったのか？

信じたくないという気持ちと、妙に腑《ふ》に落ちた感覚が胸中でせめぎあった。そうだったのかもいるのはアルバートとカインの二人だけで、リオンは微妙そうな顔をしながら時折頷くだけだ。それはアイナが持ってきたホットミルクを飲んでも変わらなかった。何故なら……

「腹がたぷたぷで、味がイマイチわからん……」

古ポーションの飲みすぎによる弊害＋バーベキューの食べすぎで、これまで何度も飲んだり食べたりしてきたいつもの牛乳とチーズと、白毛野牛の牛乳とチーズの違いがわからなかったからだ。

さすがにこればかりはどうしようもなく、飲み終わった後でアルバートとカインが牛乳とチーズを購入できるだけしたいと話を持ちかけてきたが（ただし、牛乳とは違いチーズは量が少ないので即座に断った）、リオンだけは牛乳とチーズの価値がイマイチわからず、後で調子が戻った時に味を確かめる為に牛乳を少量しか購入しなかったせいで、家に帰ってから後悔したそうだ。

なお、リオンは翌日にうちにやってきて牛乳を買いたいと言っていたが、牛乳の余剰分は前日にアルバートとカインに買い占められて残っていなかった上、新しい牛乳をテルが出さなかった為（マーサおばさんの見立てでは、数日間は出さないだろうとのことだった）に、リオンは泣く泣く牛乳を諦めて帰っていった。

第九幕

土地を購入してから早数か月、王都には雪が舞う季節となっていた。蒔いた芝生の種も芽を出し伸びてはいるが、今は寒さのせいで成長が止まっており、根を傷めるからと立ち入ることができない状態になっている。一応畑の方は、元の土地から入ることができるようにしてあるので芝生を踏む心配はないが、中途半端な季節に畑を作ったせいか土作りが上手くいかなかったからなのか、大した作物はできていなかった。

「元気だな～」

俺の見ている先では、エイミィ、ティーダ、ルナの三人が数センチメートルほど積もった雪をかき集めて雪合戦をしている。合戦といっても、ただ近くにいる相手に雪玉をぶつけるだけの遊びだったが、時折シロウマルが三人の間をすり抜けていき、フェンリルとしての身体能力を十分に生かして雪玉を避けるので、シロウマルが三人に近づいた時には、ボーナスキャラを狙うかのような盛り上がりを見せていた。

以前エイミィが嫌がらせを受けているという話は、三馬鹿が味方についたとたんピタリと収まったそうだ。それは、三馬鹿が学園でアイドル的な扱いを受けているのでその影響があったというのもあるが、三馬鹿がエイミィと親しくしている様子を、学園の関係者が問題のあった生徒の保護者にそれとなく伝えたのが一番の理由だそうだ。

そのことを知ったほとんどの保護者は、自分の子供がそんなことをしているとは思っていなかったらしく（いても、平民の生徒と馬が合わない程度だと思っていたそうだ）、俺の所まで謝罪に来る保護者がいたくらいだ。ただ、中には親の指示に従っていた生徒もおり、主犯格の生徒がそうだった。

その保護者も、周りが謝罪に行ったので形だけでもしておこう、という感じでうちに謝罪に来たみたいで、めちゃくちゃ態度が悪かった。常に上から目線でいないと気が済まないのか、「謝ったのだからこれでいいだろ」みたいな態度で帰っていったのだが、後日しっかりとバチが当たることとなった。

実はその時、うちに何人かの貴族が訪れたということを心配した王様とマリア様が、お忍びで様子を見に来ていたのだ。その時のお二人は、自分たちがその保護者の前に出るようなことはしなかったが、帰ってからシーザー様や宰相といった身近な人にその話をしたそうだ。それがそれぞれの親しい人たちへ『ここだけの話』という感じで広がっていき、次の日には王城で働く関係者の半分が、その次の日には外部の関係者が……と範囲が広がっていった。

後になってその話を上役の貴族から知らされた保護者は、急いで俺の所に謝罪に来たが、俺は取り合わないようにマリア様に言われていたので門の前で帰ってもらった。

王様たちも、実際に何か直接的な罰を与えたわけではないそうだが、ティーダが退位するまでは滅多なことではあの一族が重要な役職に就くことはないだろう。これでエイミィをいじめる生徒はいなくなるだろうと、たまたま遊びに来ていたアルバートたちから教わった。ただ、今回の件でエイミィの影響力を知った生徒の親たちからは、何とか自分の子の側室あたりに押し込めないかと考える者もいるだろう……とも言われた。

なお、そのいじめていた生徒の保護者は子爵で王城に勤めており、親・子・兄弟共に平凡かそれ以下の能力しかないそうで、王家から睨まれた状態が何年も続いてしまうと、子爵家としての位を維持することも難しくなるかもしれないとのことだった。

そんなことを思い出しながら庭で遊ぶ三人の様子を見ている俺は、このところ依頼を受けていない。ただ依頼を受けていないのは俺だけでなく、この時期の王都を拠点とする冒険者の多くが開店休業状態となるのだ。それは好き好んで寒さと戦いながら仕事をしたくないというのもあるが、場所によっては獲物となる魔物がほとんど姿を見せなくなるというのが大きな理由として挙げられる。

その反面、セイゲンのようなダンジョン都市は人が増え、他の時期の倍以上の冒険者が集まるらしい。もっとも、集まる冒険者の大半は金欠の者である為か、この時期はセイゲンの治安、特に金銭関係での悪事が増えるそうだ。

なお、この時期にダンジョン都市《セイゲン》を目指す冒険者の何割かは、道半ばで脱落するらしい。その理由は、金欠の者でも最低限の装備は持っているので、それを狙う盗賊などに襲われたりするからだ。

その他にも、食べるものがなくて飢えた魔物にとっては、往来の少ない道を歩く冒険者は格好の獲物だと見られることも多いし、たちの悪い同業者にも気をつけなければならない。冬場に活動する新人冒険者の死因の大半が、移動中に人や魔物に襲われたことが原因だと言われている。つまりダンジョンに潜るよりも、ダンジョン都市へ行く途中の方が危険だということだ。

だから俺とじいちゃんは、王都でゆっくり過ごすことにした。いつもより危険で厳しい時期に活動する理由はないし、別に金に困っているわけでもないので、今年はぬくぬくゴロゴロの怠け者として過ごすのだ。

ちなみに去年までは冒険者の身分でもなかったので、長期間宿に引きこもって過ごしていたら、前払いをしていても宿の人にかなり怪しまれたりしたものだ。ゆっくりと過ごせたのは満腹亭に泊まることができてからであり、それでも最初のうちはおやじさんとおかみさんに怪しまれていたが、それは『俺が実家の金を盗んで家出したのではないか？』といった感じのものだったらしく、心配したおやじさんが昔のコネを使って俺の情報（ギルドで獲物を換金して生活していたこと）を集めてからは、普通の客として見てもらえるようになった。なお、「犯罪で金を得たのではないのかと思わなかったのか？」と訊いたところ、「礼儀正しくて、身なりを整えている子供だったから、犯罪者より貴族の子供の可能性が高い」と思い、その線で情報を集めたのだそうだ。

「お～い、そろそろやめて戻ってこい。風邪引くぞ～」

そんなことを考えていると、三人が遊び始めてだいぶ時間が経つことに気がついたので、一度休憩をとって体を温めるように言った。最初は物足りなさそうな顔をしていた三人だったが、集中力が途切れたことで寒さを感じたのか、いそいそと屋敷へ戻ってきた。そんな三人に気づいたシロウマルも、慌てて屋敷の中へと戻ってくる。多分、三人が同時に戻っているのを見て何かもらえるのだと勘違いしたのだろう。もらい損ねては大変だと慌てていたに違いない。

「三人共、体を拭いて着替えてこい。シロウマルはジャンヌとアウラに体を拭いてもらえ」

三人と一匹は、雪の中を遊び回っていたせいでびしょ濡れになっていた。一応入口の所でアイナたちが待機していたけど、三人に関しては拭くだけでは風邪を引きそうなので、部屋に戻って着替えさせることにした。

実はこの三人、この屋敷内に自分たちの部屋を確保したのだ。最初は冬休みの間、エイミィが王都に残るというので、学生寮の自室以外の拠点としてうちの部屋を貸すことにしたのだが、その話が出た時にちゃっかりティーダとルナも自分たちの部屋を確保したのだった。もっとも二人は王城が近いので、うちにいる時に使用する部屋というだけで寝泊まりしたことはないが、部屋を確保したことでこのところ毎日のように遊びに来ているのだ。まあ、部屋を用意したといっても、元々王様たちがじいちゃんの様子を見に来た時に利用する部屋（男女用に二部屋用意していた）を片付けて兼用するようにしただけだが、それでも自由にできる部屋が増えたことを二人は喜んでいた。まあ、ティーダは休みの間でもエイミィに会える口実ができたから嬉しいのかもしれないが……

そんなこともあり、この日もティーダとルナはうちに遅くまでいるつもりのようだが、子供であっても二人は王族であるので、それなりに仕事は存在する。その為、

「ティーダ様、ルナ様。明日から王族としての仕事が待っておりますので、今日はいつもより早めに戻ってくるようにと、マリア様より言付かっております」

着替えてホットミルクを飲んで体が温まったところに、アイナからマリア様の命令が告げられた。さすがの二人もマリア様の命令には逆らえず、泣く泣く（特にティーダが）帰り支度をさせられていた。

「テンマ。お客様が来たんだけど、アムールに用事があるみたい」

二人の帰り支度の最中、玄関の方からやってきたジャンヌが来客を告げた。ただ、目的はアムールらしく、屋敷に上げていいのかわからなかったので俺に訊きに来たのだそうだ。

「とりあえずアムールを呼んできてくれ。問題はないと思うけど、俺も一応立ち会うから」

「わかった」

ジャンヌはそう言って、アムールの部屋(俺やじいちゃんの部屋の方向とは逆にあり、ジャンヌとアウラの部屋の横)へと向かおうとしていたが、俺たちの様子を見ていたアイナに何かを耳打ちされ、ペコペコと頭を下げて何かを謝っていた。

「アイナ、ジャンヌに何を言ったんだ?」

「いえ、大したことではありません。ただ、今のジャンヌの身分は奴隷でメイドなので、主人であるテンマ様にタメ口で話す癖だけはつけないようにと注意しただけです。もちろんテンマ様が許可したということは存じていますが、屋敷ではともかく外でも同じ調子だと、あの子の為にもなりませんので」

アイナはそう言っているが、ジャンヌの様子を見る限りでは、それ以上のことを言ったのかもしれない。確かにそんな癖がついてしまい、もし仮に貴族相手にそんな口調で話してしまったら、知り合いならともかく、知らない相手だった場合どんな目に遭わされるかわからない。

「確かに、いつも俺やじいちゃんが近くにいるとは限らないから、気をつけないといけないことだな。ありがとうアイナ」

「いえ、あの子たちの教育は私の仕事でもありますから」

普段あまり気にしていないことだったので、気づかせてくれたことに対しお礼を言ったら、何故かアイナは照れくさそうにしていた。理由はわからないけど、珍しいものを見ることができたと思っておこう。

「テンマ、客って誰?」

「いや、俺が知らない相手みたいだから、アムールを呼んだんだけど……もしかして寝ぼけているのか？」

アイナの珍しい姿を見ていると、眠たそうな目をしたアムールがやってきた。アイナに注意されたばかりのジャンヌが説明し忘れたということはないだろうから、アムールがよく聞いていなかったのだろうと判断した……しかし、昼を大幅に過ぎている時間帯なのに寝ぼけている様子からすると、朝食の後でまた眠っていたのだろう。そういえば、朝食の時は一緒に食べたので姿を見ているが、昼食の時は下りてきた気配すら感じなかった。ちなみに我が家では、屋敷にいる時は朝食と夕食は基本的に皆揃って食べているが、昼食はバラバラに食べることが多い。その理由は、それぞれ昼は何かの用事で出かけていることも多いからだ。例えば俺とアムールは冒険者として依頼を受けていたり、じいちゃんはブラブラと散歩（決して徘徊《はいかい》老人と言ってはいけない）していたり、ジャンヌとアウラは王城でメイド修業をしたりと、予定が揃わないことの方が多いので、各々で済ませた方が効率的なのだ。

なるべく屋敷に誰か残るようにはしているが、最悪ゴーレムたちが残っているので防犯上の問題はほとんどないし、ククリ村の誰かに留守番を頼むという手もあるが、俺が屋敷に来てからは頼んだことはなかった。

そういったわけで、用事がなければアムールが昼食後にずっと寝ていても、気がつくことはないのだ。たまに俺も昼寝しすぎて、夜眠れなくなることもあるし……

「とにかく、客を外で待たせているから急ぐぞ」

「お～……おふっ！」

フラフラしながらも俺の後ろをしっかりとついてきていたアムールは、外の寒さで一気に目が覚めたようで、変な声を出していた。

「あそこだ」

「ん〜……あっ！　ラニタン！」

アムールは門の所で待っている客を見つけると、少し考えた素振りを見せた後で、何やら可愛らしい名前を叫んだ。ちなみに、『タン』などとつけているが、相手はふくよかな体型をした男性だ。

「お嬢様……何度も言っていますが、私の名前は『ラニ・タンタン』です」

どうやら、『ラニタン』はアムールがつけたあだ名のようで、本名はラニ・タンタンというそうだ……いや、『タン』が一つ増えただけで、ほとんど変わってはいないけどな。

「それで、ラニタンが何故ここに？」

「いや、ラニ・タンタンですって……ここには、行商の帰りで王都に寄ったので、挨拶に来たんですよ。これからハナ様とお嬢様のやり取りはうちを通して行うことが多くなるでしょうし、うちとしても新たな取引先を開拓するチャンスですからね」

アムールと男性……ラニさんは知り合いのようだ。ハナさんの名前を出したということは、それなりに親しい間柄なのだろう。ちなみに前に一度挨拶に来たそうだが、その時は俺たちが南部に行っていた為、会うことができなかったそうだ。

「アムール、とりあえず上がってもらえ。今後会う機会が増えるかもしれない相手を、いつまでも寒空の下にいさせるのは失礼だしな……俺も寒いし」

「ん、わかった」

「どうも、すみません」

応接間にラニさんを案内し、外に漏らしたくない話もあるだろうからとアムールと二人だけにしようとしたが、ラニさんは俺にも用事があるそうで、時間があるなら話を聞いてほしいと言われた。この時ラニさんが外套《がいとう》とマフラー（長いので顔全体を隠せるみたいだが、会った時は頭と首に巻いていた）を外したのを見て、「だからタンタンなのか」と思ってしまったが、さすがにその理由を話すのは失礼なので黙っておいた。

「それで今日訪ねた理由なのですが、挨拶が第一の理由で、第二の理由がハナ様からお嬢様の近況を聞いてくるように言われていたのと、ご入り用な品がないかということ。最後が、テンマ様へ南部や他の地域の商品をご紹介することです」

「つまり、ハナさんとアムールの連絡係をするついでに、うちの御用聞きをするということですか？」

「その通りです。専属で行うわけではありませんので、ご要望のものを即座に持ってくるということはできませんが、南部のもので王都では手に入りにくい品なども比較的お安くお持ちすることができます」

主に南部の商品が中心で時間がかかることもあるそうだが、ラニさんは俺が南部の食べ物が好きだと知っているようで、俺が断ることがないだろうと思っているみたいだ。最悪断られたとしても、ハナさんとアムールの連絡係が一番の目的なので、損はないと考えているのだろう。

そして、その考えは当たっている。俺としても断る理由はないし、ハナさんが連絡係に使うくらい信用しているということは、俺の知る限りで南部の商品を扱う人物としては一番信用できるということだ。もっとも、ラニさんにしてみればハナさんが一番に優先させるべき人物なので、完全に気を許すわけにはいかないだろうが、ハナさんと敵対するようなことがない限り害はないと見るべきだろう。

「今ある商品ですと、これなんか珍しいと思います」

俺が何も言わないことで許可が出たと判断したらしいラニさんは、商品が入っていると思われるマジックバッグから白い板状のものテーブルの上に置いた。それは……

「酒粕《さけかす》ですか？」

「ご存じでしたか。南部では珍しいものではないのですが、他の地域だとあまり見かけないので……そういえば、南部でかなりの量の清酒をご購入されたのでしたね」

と言われたので、酒を購入した際に店員から聞いたからだと返した。さすがに前世の経験で知っているとは言えないからな。ついでに使用方法も店員から聞いたが、ちょうど在庫を切らしていたそうで購入はできなかったと言うと、

「それなら、試しに購入してみませんか？　ちょうどこの後会うことになっているお得意様に注文されたものですので全ては無理ですが、多少なら融通することができます」

ラニさんはそう言うと、「これだけなら売ることができる」と一キログラムの酒粕の板を五枚出して、一枚二〇〇Gだと言った。その時、

「ラニタン、嘘をついても無駄。『これだけなら』ではなく、『これしかない』が本当なはず。これが南部以外でそんなに売れるとは思えない。だから全部出す」

アムールがラニさんを睨みながらテーブルを叩いた。ラニさんが何か言おうとするたびに、アムールがテーブルを叩いて黙らせるので、ついにラニさんは観念して残りの酒粕を出した。

「残りは四枚と半分を超えるくらいです……お嬢様の言う通り、新商品のサンプルとして一〇キロほど持ってきた酒粕は、物珍しさから味見はしてもらえますが、誰も欲しがりませんでした」

「むふんっ！　私の目は誤魔化せない！　全部で一〇〇〇Gなら買う！」

そう言ってドヤ顔のアムールが一〇〇〇Gを払って一〇キログラム近い酒粕を受け取り、そのまま台所へ運んでいった。アムールが応接間から出ていったところで、

「ところでラニさん。以前聞いた話では、酒粕は一キロあたり高くても一〇〇Gもしないそうなんですが……」

「はい、しません。大体五〇Gから八〇Gといったところでしょうか？　ここまで持ってきた手数料を入れても、一〇〇Gももらえれば十分儲《もう》けが出る……といったところですかね」

やっぱり思った通りだった。先ほどアムールが指摘し、残りの酒粕を出した際に「一〇キロ持ってきた」とラニさんが言ったのを聞いて、いくらサンプルでも行商をするのに一〇キログラムしか持ってきていないのは、さすがに少なすぎると思ったのだ。売れなかったとしてもマジックバッグに入れておけば劣化は防げるのだし、王都なら南部産の珍しい商品というだけで、数十キログラムは軽く捌けるはずである。何せ、見栄っ張りの金持ちに「普通の人なら、滅多に口にすることができないもの」とでも言えば、たとえ口に合わないと思っても、自慢するだけの為に買い漁る者はいくらでもいるからだ。

「聞いていた通り、テンマ様は油断ができませんね。それなのにお嬢様ときたら……ハナ様には、ちゃんとご報告せねばなりませんね。ところで、酒粕はまだ四〇キロほどあるのですが、買いませんか？　もちろんアムール様に売った値段よりお安くしますので」

ということで、残りを一キログラムあたり八〇Gで買うことにした。希望価格より二〇G安いのは、初回限定のサービスとのことだった。

支払いをしている時に、「もしかして、ハナさんに報告するのは、『ラニタン』と呼ばれることの仕返しですか？」と俺が訊くと、ラニさんはニッコリと微笑んだ。アムールが知らない所で仕返しする程度には、ラニさんはアムールに対して怒っているようだ。そんな事情を知らないアムールが応接間に戻ってきた時には、俺が買った酒粕はすでにマジックバッグに入れられた後だったので、アムールは何も気がつかないままドヤ顔を続けていた。

この時の応接間は、俺は酒粕を安く買えてホクホク、ラニさんは手持ちが捌け、ついでに仕返しする楽しみもできてホクホク、アムールはラニさんをやり込めたと思っていてホクホク……といった感じで、三人とも上機嫌というある種奇妙な空間となっていた。

ラニさんに何か入り用のものを訊かれたので、今のところ頼むものはないが、次回来る時くらいに味噌や醬油などを頼むかもしれないと言うと、次回はサンプルとして色々なものをたくさん持ってきてくれるとのことだった。

「テンマ様、お客様がいらっしゃいました」

「またお客？　というか、まだ帰っていなかったのか……もしかして、ルナが駄々でもこねた？」

ラニさんとの話し合いが一段落ついた時、新たな来客の訪問を告げにアイナが応接間に入ってきた。すでにティーダたちと帰ったものと思っていたので、アイナの登場には少し驚いてしまった。

「いえ、駄々はこねませんでしたが、のろのろと着替えたり、わざと部屋に忘れ物をしたり、トイレにこもったりといった、往生際の悪さを見せただけです」

やっぱり王様の孫なだけのことはあると思わせるようなルナの行動だ。さすがのアイナも頭に来ているらしく、表面上は穏やかなままだが内心かなり怒っているみたいで、アイナがルナの話をした瞬間、一瞬部屋の温度が氷点下まで下がったと勘違いするほどの怒気を感じた。

そんなアイナの怒気を感じたのは俺だけではなかったようで、アムールとラニさんもアイナからなるべく距離を取ろうとソファーの端まで移動していた。

「とりあえず、お客さんを出迎えに行くか」

「ただいま、玄関の所でお待ちいただいております」

アイナが敷地内に入れたということは、俺と親しい人物ということだ。そして、ククリ村の関係者や王様たちならそのまま俺の所へやってくるはずなので、それ以外の人物となる。

「もしかして、アルバートたちが来た？」

「いえ、アルバート様ではなく、お父様のサンガ公爵様です」

珍しいなと思いながら玄関まで急ぐと、サンガ公爵と護衛の男……ステイルが外套を脱いだ状態で待っていた。

「お待たせしてすみません」

「いや、こちらが突然来たのだから仕方がないよ。それに、大して待っていないしね」

応接間にはラニさんがいるので、とりあえず他の部屋に案内しようと思ったら、応接間の方からアムールとラニさんが向かってきているのが見えた。

「テンマ、ラニタン帰るって」

「だからラニ・タンタンですって」

とお決まりとなりつつあるやり取りをしていると、

「ラニ・タンタンだと！　南部の耳目が来ているのか！」

ラニさんの名前に反応したのは、それまで静かに気配を消していたステイルだった。

「そういうお前は、サンガ公爵家の影！」

ステイルの声と殺気にも近い怒気に反応して、ラニさんが戦闘態勢をとった。が……

「ステイル！」

「ラニタン！」

互いに主と主筋《しゅうすじ》に止められて下がった。だが、二人共いつでも飛び出せる体勢で互いに睨み合っている。ちなみに、ステイルはサンガ公爵に前を塞がれる形で止められたが、ラニさんはアムールにぶん殴られて止められた。

「南部の狸《たぬき》め……」

「公爵家の飼い犬が……」

二人共、下がりながらも互いの悪口を言っている。案外、似た者同士なのだろう。ちなみにラニさんは、ステイルの言葉にもあったように『狸の獣人』である。先ほど俺が『タンタン』と聞いてなるほどと思った理由は、『たんたん狸の～……』の歌詞を思い出したからだった。あと、ステイルは犬の獣人ではなく、普通の人族である。ただ単に、ラニさんが他の悪口を思いつかなかっただけだろう。アムールに殴られた頭をさすりながらのセリフだったしな。

睨み合う二人を近づけさせないように気をつけながら応接間に戻り、サンガ公爵とアムールがテーブルを挟んで対面に座る形にした。俺は中立の仲裁役ということで、二人の横顔が見える位置に座っている。

「うちのステイルが申し訳ない」

「こちらこそ、ラニタンが粗相をしてしまって……」

アムールの言葉を聞いたラニさんが、小さな声で「お嬢様！」と言った。おそらく、ペットのような言われ方が頭に来たのだろうが、サンガ公爵の手前、大声を出すことができなかったみたいだ。その様子を見ていたステイルが小さく笑い、またも睨み合いが再発したが、今度は俺がテーブルを小さく叩くことで収めた。まるで裁判官にでもなった気分だ。

「とにかく、先ほどの二人の行動は、両家の諍《いさか》いではなく個人的な行動ということでいいですね」

早々にそう俺が切り出すと、公爵とアムールは同時に頷いた。

「それで、何でこの二人はこんなに仲が悪いんですか？　二人共、両家の諜報《ちょうほう》を担っているようですから、そのことで反目するのは理解できるんですが、そのこと以上に敵意があるみたいですけど」

何故ここまで睨み合う仲なのかわからないので、疑問に思ったことを二人の上司たちに訊いてみたが、アムールはわからないと首を横に振った。まあ、ラニさんの直接の上司はハナさんなので、アムールにはその情報がないのかもしれない。

なので、もう片方のサンガ公爵の方を見ると、少し困ったような顔をしていた。何か公爵家の機密に関するような話なのかと思っていたら、俺の考えていることを察した公爵は、

「いえ、秘密にしたい話ではありますが、機密というわけではありません。一〇年くらい前になりますが、サンガ公爵家と当時の南部自治区との間で、争い事の一歩手前までいったことがありまし

て、そのことが関係しているのですよ」

　当時の南部自治区は、多くの貴族から完全に信用できる所ではないと思われていた（今もそうだが、それを反省した王家とハナさんにより、関係はだいぶ改善されている）。その為、南部自治区の近くで王国側の貴族たちによる合同演習がたびたび行われていたそうだ。王国側としては南部自治区への牽制行為であったが、された方としては当然挑発行動と見ていたらしい。そんな中、王国でも屈指の大貴族であるサンガ公爵家が演習に初参加するとなった際、南部自治区はあまりの大物の登場に、今度こそ南部に攻め入るつもりだと危惧したらしく、これまでにないほど警戒を強めた。南部自治区の気配を察知したサンガ公爵家側の緊張も高まり、両者の警戒レベルは戦争の一歩手前というところだったそうだ。

　緊張が続いたある日の夜中、公爵家側の陣地に南部側の数名の間者が潜り込み、いくつか情報が盗み出されてしまったのだ。幸いサンガ公爵をはじめとする重要人物に怪我はなく、侵入者との間で斬り合いに発展したが死者も出なかった。

「つまり、その時に斬り合ったのがこの二人……というわけです」

　両者の腕はほぼ互角で、斬り合ってから数分ほどでステイル側の援軍が到着したということもあり、ラニさんはすぐに逃げ出したそうだ。サンガ公爵の考えでは、両者とも横槍が入らなければ相手を打ち倒すことができていたと思っているらしく、未だに斬り合った時の気持ちを引きずっているのだろうとのことだった。

　俺からすると、互角だったということで引き分けのように思えるが二人はそう思えないようで、ステイルは間者対策の為にいたのにラニさんたちに侵入され、その失点を取り返そうと戦ったのに逃げられて恥の上塗りをしたと思っているみたいで、ラニさんは完全に不意をついた形で侵入できたのに大した情報が奪えず、相手を倒すこともできずに逃げることしかできなかったと考えているみたいだった。

サンガ公爵は侵入者に情報を盗まれたことを理由に演習を切り上げたそうだが、元から演習には乗り気ではなかったので南部に恨みはないそうだ。そして、王様に南部自治区近くでの演習をやめるように進言し、理由を聞いた王様もその進言をすぐに受け入れたらしい。

ある意味、二人の斬り合いが王国と南部自治区の争いの元を消す要因になったようなものだが、二人にすれば自分の仕事に汚点がついたようなものなので納得がいかず、その不満を相手に向けているのだとサンガ公爵は言った。

「私としては、南部と問題を起こすというのなら、ステイルを捨てることになるのも仕方がないと思いますけどね」

「そうなったら、うちもラニタンを捨てるしかない。幸い、ラニタンの代わりはいるから、大した問題ではない」

最悪、問題の二人を切り捨てれば、対外的に両家に争う気はなかったと言えるわけだ。そう言われた二人は戸惑っていたが、やがて自分たちの主（主筋）が本気で言っているとわかると、自分と相手の主に謝罪し、続いて俺に謝罪してから、最後に嫌そうな顔をして相手にも謝罪した。

これで終わりだと、サンガ公爵はこの話をやめようとしたが、サンガ公爵が言い終わる前にアムールがラニさんに、「次に問題を起こしたら、ラニタンじゃなくてレニタンを来させるようにする」と言ったところ、ラニさんはかなり焦っていた。

新しく出た名前にサンガ公爵は興味を持ったようだが、さすがに他家の話を聞くことはできないと思ったみたいだった。だが、アムールはそんなサンガ公爵を気にした様子も見せず、

「テンマ。ラニタンが嫌になっても、その妹のレニタンがいるから問題ない。むしろ、ラニタンより優秀だから、言えばすぐに替える」

と自分のところの情報を暴露していた。あまり子爵家の情報を言いふらすと、ハナさんに怒られやしないかと注意したが、ナナオでは普通に知られていることだと言って、アムールは気にした様子を見せなかった。

この情報に一番驚いていたのはサンガ公爵ではなくステイルで、自分と互角だったラニさんより優秀な者、しかもそれがラニさんの妹だということに衝撃を受けたようだった。何だかんだ言っても、ステイルはラニさんのことを認めているのかもしれない。

「テンマ様。ようやくルナ様の支度ができましたので、失礼させていただきます」

まだいたのか？　と言う間もなく、アイナは一礼をして応接間を出ていった。急に現れたアイナにサンガ公爵は驚いていたが、それよりもステイルとラニさんの驚き方の方がすごかった。

アイナが去った後で、「気配を感じなかった」とか、「足音どころか、ドアを開けた音すら聞こえなかった」とか言っていた。本職二人の肝を冷やして去っていったアイナは、本当にメイドなのかと改めて疑問に思ってしまったのだった。

俺がドナドナされるルナと、エイミィと離れるのが寂しいらしいティーダを玄関で見送ってから応接間に戻ると、頭に新しいたんこぶを作ったラニさんがいた。サンガ公爵に理由を訊くと、俺がいない間にまたもステイルと睨み合いをしたらしく、アムールに鉄拳制裁を食らったそうだ。ちな

みに、ステイルの方もサンガ公爵にお仕置きを受けたみたいで、すねの部分を押さえながらうずくまっていた。

サンガ公爵とアムールは、背後の二人を無視して再度謝罪をする羽目になった。ラニさんはともかくとして、ステイルは下手すると捨てられてしまうのではないかと思ったが、サンガ公爵があれくらいで使える人物を手放すとは思えなかったので、ステイルを勧誘することはやめた。たとえ勧誘できたとしても、これからちょくちょくやってくる予定のラニさんと顔を合わせるたびに問題を起こされては、たまったものではないしな。

場が落ち着いたところでサンガ公爵に来訪の目的を訊いてみたが、どうやら特に目的はなかったそうで、たまたま王都に来る用事があり、たまたま時間が空いた上に俺が屋敷にいると知ったので遊びに来たのだそうだ。

そのままたわいもない話で盛り上がっていると、日が暮れてきたということでラニさんが帰ると言い出した。明日南部へ出発するのに、まだ準備ができていないとぼやいている。どうもステイルと張り合ったせいで、帰るに帰れなかったようだ。

急ぎ足で去っていったラニさんを見送ると、サンガ公爵もそろそろ帰ると言って玄関までやってきたのだが、夕食に誘うと応接間に引き返していった。

その夕食に南部の素材を使った料理を中心に出すと、サンガ公爵は大変喜んでいたが、ステイルは時折複雑そうな顔をしながら食べていた。おそらく、先ほどまでやり合っていたラニさんの顔がちらついて、純粋に食事を楽しめなかったのだと思われる。

サンガ公爵は食後、さすがに宿泊まではしなかったが、結構遅くまでじいちゃんと酒を飲んでいた。その時に、「プリメラを王都に置いておきたい」といったことを何度も言っていた。まあ、サンガ公爵はグンジョー市より王都の方が来る機会が多いだろうし、王都にはアルバートがいるので色々と安心できるのだろう。

ちなみにアルバートのことはあまり心配していないようで、俺がたまにこき使っているとじいちゃんから聞かされても、いい経験だと言って笑っていた。そして、アルバートたち三人がやらかした数々の話を聞いて、面白いネタが聞けたと喜んでいたくらいだ。

晩酌も終わり、そろそろ帰ろうかというところでサンガ公爵は玄関の近くでメリーを発見し、撫でようと近づいたのだが、メリーはそんなサンガ公爵に体当たりをしようと全身に力を入れ始めた。

「させん！」

メリーが力を解放させようとした瞬間、すかさずステイルが間に入ってサンガ公爵を守ろうとしたのだが、メリーはここで予想外の技を繰り出した。

「めっ！」

「うおっ！」

ステイルはメリーの視線が自分の腹部に向いていたので、腰を軽く落として両手でボールをキャッチするような構えをとっていたのだが、メリーは一瞬ジャンプするようなフェイントをかけて、ステイルの注意が一瞬上に向いたところで股の間を潜って背後に回り、後ろ足でステイルの股間を狙ったのだ。

ステイルはかろうじて蹴りを防いだが、その隙にメリーはサンガ公爵の方へと向かって走り出した。まあ、さすがに俺も止めに入っていたので、サンガ公爵がメリーに襲われることはなかったが、これまで猪突猛進といった傾向が強かったメリーの進化に、俺は軽く恐怖を覚えた。

「すみません、公爵様」

「いや、不用意に近づいた私も悪かった。もしかしたら、不審者が近づいてきたと思ったのかもしれない」

サンガ公爵はそう言って許してくれたが、メリーは絶対挨拶代わりに体当たりをしようと考えただけだと思う。

メリーは俺に抱きかかえられて、不満そうな顔をしながらも大人しくしていたが、ステイルは軽く落ち込んでいた。まさか子羊にしてやられるとは思っていなかったのだろう。落ち込むステイルに、リオンはもっとひどい目に遭ったと伝えると、ステイルはそれでもミスをしたことには変わりないと言いながらも、多少立ち直ったようだ。サンガ公爵はリオンがやられた話を聞いて、同情しながらも大笑いしていた。

「また新たな被害者が出るかもな」

サンガ公爵を見送った後で、自分の寝床へと帰っていくメリーを見ながら、俺はそんな予感がしてならなかった。

その夜、寝る時にふと思ったのだが、どうやらメリーは男に対しては厳しいようだ。よくよく思い出してみると、メリーは俺やリオンなどの男性に向かっていく時は全力で攻撃しているみたいだが、アウラやクリスさんやルナなどの女性に向かっていく時は、どこか手加減をしているように感じる。

何故そう感じたのかと言うと、いくら急所を攻撃されたといっても、メリーの攻撃はリオンを一撃で沈めた威力があったというのに、アウラはぶつかった所が赤くなったり尻餅をついたりしたくらいで、一番攻撃されているルナに至っては、転んだ拍子に軽い擦り傷ができたくらいである。クリスさんに関しては、二人より丈夫で身体能力が高いということもあって怪我一つない。

「ティーダに気をつけるように言っておくか……」

うちに遊びに来る中で最弱と言える男性はティーダなので、注意する必要があるだろう。万が一、ティーダがリオンと同じ目に遭ってしまっては大変だ。あんな被害に遭うのはリオンだけでいい。

そんなひどいことを考えながら、俺は眠りについた……はずだったのだが、

「うぇ〜〜い！」

「化物！」

不意に不審な気配を感じて目を開けると、変な生き物が俺を覗き込んでいた。突如目の前に現れた謎の生物に対し、俺は思わず右の拳を叩き込み、追撃の魔法を放とうとしたが……

「待つんだテンマ！」

「テンマちゃん、相手はナミタロウよ！」

という、聞き覚えのある声が俺を止めた。

「は？」

その言葉を聞き、すんでのところで魔法を中断して声のした方を見ると、そこにいたのは技能神と武神で、俺が殴り飛ばしたのは二人（二柱）の言った通りナミタロウだった。

「二人がいるということは、ここはあの部屋か……ということは、また夢か」

よく見てみると、二人の後ろの方に縄でぐるぐる巻きにされて猿轡をされた創世神が転がってい

る。創世神の顔はカサカサに乾いており、ミイラの一歩手前といった感じがする。

「～～～～」

創世神は一応生きているようで、俺と視線が合うと（目の周りが黒ずんでいて、本当に見えているのかはわからない）何か言っていた。耳を澄ましてみると、「た～す～け～て～」と言っているようにも聞こえる。猿轡と半ミイラ化のせいで断言はできないが、状況からしてもそれに近いことを言っているのは間違いないだろう。あまりにもかわいそうだったので縄を解いて猿轡も外したのだが、カサカサの肌の回復方法がわからなかった。なので、水魔法を使って潤いを与えてみたところ、なんと見る見るうちに回復していった。正直言って、気持ちが悪い光景だった。

「何とか助かった……」

何故助かったのか不思議に思っていたら、技能神が「魔力切れ寸前のところ、回復の呼び水となる魔力を吸収できたからだ」と教えてくれた。

「それで、今度は何で呼ばれたんだ？　それと、何故ナミタロウまでいるんだ？」

「ナミタロウに関しては簡単なことだよ。テンマくんを呼べるくらいなんだから、同じ転生組のナミタロウを呼べないわけはない！」

「それで呼んだ理由だけど、特にないわよ。強いて言うなら、ナミタロウと私のリクエストかしら？」

「てへぺろ」

視界の端の方でナミタロウが何かやっていたが、誰も突っ込まなかった。

「だって……だって仕方なかったんや――！　すぐにでも呼ばれると思っとったのに、テンマってば一向に呼ばへんし……せっかく海の幸を大量にゲットしたんに……」

「いや、だったら普通に遊びに来ればいいんじゃないか？　俺も、海の幸は嬉しいし」

じいちゃんの屋敷の場所はナミタロウも知っているし、王都に入るのもナミタロウなら楽に侵入できるだろうし……

そう言うと、ナミタロウは、目からウロコが落ちたといった顔で、

「思いつかんかった……呼ばれな行けんとばかり思っとった！　んじゃ、今からそっちに行くで〜……あばよっ！」

そう言うとナミタロウは、地面にダイブするかのように飛び込み、そのまま消えていった。さすがは夢の世界。何でもありのようだ。

「あっ！　やばい！　愛の女神に、テンマ君が来ているのがバレたっぽい！　武神、技能神、すぐに出入口の封鎖！」

「任せろ！」

「やってやるぜっ！」

創世神の指示に、即座に反応する二人。ちなみに、二番目のセリフが武神だ。いきなりの漢《おとこ》モードだった。

「何で封鎖？　別に来ても問題ないんじゃないのか？」

俺の疑問に創世神は……

「別にテンマ君がいいなら我慢するけど……今から愛の女神がやってきて騒ぐとなると、テンマ君が帰れるのは何時になるかわからないよ。今は僕の力でこの空間を無理やり安定させているけど、

不安定になったら時間軸がズレちゃうかもね」

何でもナミタロウは、丸一日近くこの空間に居座っていたそうで、創世神は力の大部分を消費してしまったのだそうだ。まあ力の消費は、空間の維持に使われたというよりも、ナミタロウとの遊びに力を使ったのが原因だそうだが……

なので、最初は俺を呼ぶのも反対したそうだが、ナミタロウと武神の強い要望と技能神が悪乗りした結果、創世神の力を無理やり使って俺を呼び出したのだそうだ。なので、そんな状態で愛の女神に乱入されたら、どうなるかわからないらしい。

「と、いうわけで……テンマ君、おやすみなさい」

その言葉と共に、俺は先ほどまで寝ていた布団の所まで押され、強制的に横にさせられた。正直言って眠気はなかったのだが、創世神が俺の額に触れた瞬間、意識が遠くなっていった……

「あっ！　そういえばテンマちゃん。何やらテンマちゃんのお話を作ろうとしている人たちがいるみたいだから、チェックしておいた方がいいわよ。じゃあ、おやすみなさい……チュ！」

完全に意識が消える前に、武神からそんな不安になるようなことを言われてしまった。そんな情報は俺の意識がある時に言ってほしかった。なお、最後の投げキッスは、意識が飛びそうになりながらも寝返りを打つことで回避できた……と思う……というか思いたい。


「朝か……」

眠り足りないせいで少し頭痛がするが、あの夢の中での騒ぎを思い出すと二度寝する気になれず、気合を入れて起き上がることにした。それに武神の最後の言葉が本当ならば、俺の物語が作られている最中か計画の段階にあるということなので、早めに手を打っておいた方がいい。この場合の手とは、マリア様に相談することだ。

一応この世界にも、前世よりかなり緩いがプライバシーや著作権というものが存在し、実在の人物やその人物をモデルにした話の場合、あまりにも事実からかけ離れていたり、そのモデルの不利益になりそうだと判断されたりすると罪になるのだ。さらにそのモデルに出資者などがいる場合、その出資者の許可なしで話を作ることは罪となる。

そして、出資者ではないがディンさんのように騎士団に所属している場合、情報の漏洩《ろうえい》を防ぐ為にその上司である王様の許可が必要になる。

俺の場合は成り行きではあるが王族派に属しているので、そのトップであるマリア様に出版に関するコントロールをお願いするのだ。

ここまで名前が売れてしまっては、本が出されるのを止めることはできないと思うので、その前にマリア様のお墨付きで王家公認の話を選んでもらうのだ。そうすればそれ以降に出る俺の物語は、王家公認のもの以外の話は全てフィクションであると思われるかもしれない……などという希望的観測を思い浮かべながら、俺は王城へと急いで向かった。

第一〇幕

ある所に、幾多の試練を乗り越えて夫婦となった男と女がいました。

男と女は幸せに暮らしていましたが、子に恵まれませんでした。

それでも二人は幸せに暮らせるだけで十分だと、女神に感謝しながら日々を過ごしていました。

ある日、二人を見守ってきた女神が男の夢に現れ、森のある場所へ行くようにという神託を授けました。

男が女神に言われた場所へと向かうと、そこには赤ん坊がいました。

赤ん坊の近くには親と思われる人はおらず、森には危険な魔物や動物がすんでいることから、男は夢に現れた女神の神託は捨てられた赤ん坊を助けようというものだったのだと理解し、自分の家に連れて帰りました。

女は男が連れてきた赤ん坊に驚きましたが、男の話を聞いて自分たちの子として育てる決心をしました。

その瞬間から男と女は、『父』と『母』になったのでした。

赤ん坊は父と母の愛情を一身に受け、才能溢れる少年へと成長しました。

中でも魔法の才能は天才的で、それは父と母、それに母の師匠である祖父までも舌を巻くほどです。

さらには魔法の才能だけでなく、武術の才能に魔物を仲間にする才能まで持っていました。

そんなある日、少年は自分の眷属のスライムとフェンリルと共に、魔物に襲われていた王様を助けます。

王様は少年に感謝し、貴族となって王都で暮らさないかと誘いましたが、父と母、それに祖父が大好きだった少年は、この村で家族と暮らすことが自分にとっての幸せだと言って断りました。

その言葉に感動した王様は少年の意思を尊重し、困ったことがあったらいつでもお城に来るようにと言って、村を去っていきました。


その後も少年の幸せな日々は続きました。

父と森に入って狩りをし、母と一緒に料理を楽しみ、祖父と魔法の勉強に励んでいましたが、ある日その幸せが終わる日がやってきました。村に巨大なドラゴンが現れたのです。

しかもドラゴンはドラゴンゾンビとなっていて、何千何万という手下を従えていました。

その脅威に村を守るはずの兵士たちは真っ先に逃げ出し、少年と少年の家族は村人たちと共に村に取り残されてしまいました。

少年たちは、生きる為に戦うことを決めました。しかし、ドラゴンゾンビは強敵でした。

それもそのはずでそのドラゴンゾンビは、ゾンビになる前は王国を滅ぼそうと大暴れした伝説のドラゴンだったのです。

少年たちは徐々に追い詰められてしまいます。それでも勝つことを信じ、皆で戦い続けました。

その思いが通じたのか、少年の放った魔法がドラゴンゾンビを撃ち抜きました。

倒れて動かなくなったドラゴンゾンビを見た家族や村人たちは、少年を讃える為に外へと飛び出していきました。しかし、それこそがドラゴンゾンビの狙いだったのです。

父と母と祖父が少年に駆け寄った時、ドラゴンゾンビは倒されたふりをやめて立ち上がり、少年目がけて渾身《こんしん》のブレスを放ちます。

ドラゴンゾンビのブレスにいち早く気づいた父と母は、少年を助ける為にブレスの攻撃範囲から突き飛ばしました。魔法が得意な祖父は、少しでもドラゴンゾンビのブレスから少年を守る為に、自分ではなく少年に障壁を張りました。

そのおかげで少年はほとんど怪我をしませんでした。でも、父と母、それに祖父はブレスの直撃を受けてしまいます。

ブレスが収まった時少年が見たものは、ブレスにより抉《えぐ》られた地面と破壊された防壁、そして倒れて動かなくなった村人たちでした。

父と母と祖父がいた位置より後方の村人たちですらそうなのです。少年の家族の生存は絶望的でした。


少年は深い絶望と共に、激しい怒りを覚えます。

それはこれまで感じたこともないような怒りでした。その怒りの激しさには、ドラゴンゾンビですら恐れを抱いたほどです。

そしてその怒りは天にいる女神にまで届き、女神は少年の怒りに胸を痛めました。

そこで女神は少年が怒りで壊れてしまわないように、怒りを勇気と力に変える魔法を唱えました。

女神の気配に気づいたのか、それとも少年が新たな力を身につけたことに気づいたのか、ドラゴンゾンビはその場から逃げ出そうと、少年に背を向けて走り出しました。

ドラゴンゾンビは村からだいぶ離れたことで安心したのか、足を止めて村の方へと振り向きました。

それは、少年から逃げ切れたと思い込んだことでできた完全な油断でした。

ドラゴンゾンビが振り返って見たものは、数十メートル先で空中に浮かんでいる少年でした。

少年は女神の魔法によって空を飛ぶことができるようになり、ドラゴンゾンビを追いかけていたのでした。

戦わなければならない。そうドラゴンゾンビが覚悟した時には、すでに少年の魔法が発動した後でした。

ドラゴンゾンビが少年に襲いかかろうとした時、突然横から大きな木が飛んできて、ドラゴンゾンビの体を叩きつけたのでした。それも、一本ではなく何本も……

初めは大地に爪を立てて踏ん張っていたドラゴンゾンビでしたが、徐々に耐えることができなくなり、ついに爪が大地から離れてしまいました。

ドラゴンゾンビは慌てて大地を摑もうとしましたが、徐々にドラゴンゾンビの体は大地から遠ざかっていきます。

空中へと持ち上げられたドラゴンゾンビの体は、少年の周りをぐるぐると回っていきます。

それは女神が少年に魔法をかけたことで目覚めた力でした。その力は少年を中心として竜巻を起こす力。しかもただの竜巻ではなく、ドラゴンゾンビすら飲み込む巨大な竜巻です。

少年の竜巻に飲み込まれたドラゴンゾンビは、なすすべなく体を傷つけられていき、ついに息絶えることとなりました。


伝説と言われるドラゴンゾンビに勝った少年でしたが、その顔に喜びはありませんでした。

父と母と祖父を同時に目の前で失った少年は、気力体力共に尽きる寸前で、そのままだと死んでしまうかもしれませんでした。

そんな少年を助けたのは、災禍を免れた少年の眷属でした。

フェンリルはスライムの力を借りて少年をその背中に乗せると、一目散にその場を離れました。

何故ならドラゴンゾンビは倒されたのですが、その配下はまだ残っていたからです。

スライムとフェンリルの機転により難を逃れた少年でしたが、安全な場所に到着してからもなかなか意識を取り戻しませんでした。

結局少年が意識を取り戻したのは、ドラゴンゾンビを倒してから数日後のことでした。

それから数日かけて村へ戻った少年でしたが、村には誰も残っていませんでした。村の人々は皆、悲しみが多く残るその村を離れてしまっていたのです。

それでも少年は、必死で父と母と祖父を捜しました。しかし、一日かけて捜しても三人の痕跡を見つけることはできませんでした。さらに多くの思い出が残る少年の家は、ドラゴンゾンビたちによって破壊されていました。

悲しみに暮れる少年でしたが疲れもあったので、その日は家があった場所で眠ることにしました。

その夜に見た夢は、家族揃って幸せに暮らしていた時のものでした。

夢の中で少年は、父に狩りのやり方を教わり、母に勉強と料理を教わり、祖父に魔法を教わっていました。それは一〇日ほど前までは、当たり前のように繰り返されてきたことで、少年が幸せを感じていた時間です。

そんな幸せの夢の最後は、家族がドラゴンゾンビのブレスによって消える瞬間でした。

朝起きると、少年は夢で見たことを思い出して泣きました。その日は一日中泣き続け、次の日の朝あることを決心します。

この国を見て回ろう、それが終わったら次は世界を見て回ろう。

そうして少年は旅に出ました。父と母と祖父が生きたこの世界を……


「なんじゃこりゃ……」

マリア様に相談に行った俺に差し出されたのは、そんな内容が書かれた本だった。

「私の所に持ってこられた本の中で、一番まともだったのがそれよ。何でもそれに絵をつけて、子供向けの絵本にするそうよ」

マリア様が言うにはすでに何冊も本が作られていて、それらがマリア様の元に見本として届けられたのだそうだ。いくら冒険者だとはいっても、さすがに王族が後ろ盾になっている者の本を勝手に販売することはできないと判断した作者が多かったらしい。

ただ、本の内容の多くが恋愛ものだったそうで、即座にマリア様が製作を却下したらしい。中にはマリア様に対しどこが悪かったのかと訊いてくる作者もいたそうだが、全て納得させた《ダメ出しした》上で没にしたそうだ。

ちなみに恋愛ものの話を持ってきた作者の大半は、何かしら貴族の息がかかっていたみたいで、中には実在の貴族令嬢に激似のヒロインが登場している話もあったらしい。

その次に多かったのは、俺が実際に受けた依頼を元にした話で、マリア様はその内容に期待したそうだが、そもそも俺の冒険者としての活動期間が短いので本になりそうな話の数が少なかった為、やむを得ず断念したそうだ。

「とりあえず貴族の息がかかっていなさそうな話で、まともな内容の本を持ってきた作家は条件付きで次の製作も許可したけど、目に余る内容の本を持ってきた作家はブラックリストに載せておいたから」

まともと判断された作家はチャンスを与えられるそうで、次の作品がマリア様の検閲をクリアすれば王家公認の本として販売され、弾かれた作家は次のチャンスが未定となるらしい。たとえマリア様の許可を取らずに本を販売したとしても、それらはデタラメな内容の本だと王家が批判することもできるし、度が過ぎると王家に喧嘩を売ったと判断するのだそうだ。

「だから、多少の誇張や都合のいい話の本が出回るかもしれないけれど、完全にデタラメなものなんかは出回りにくくなるはずよ」

今回マリア様の検閲をクリアした作品も、登場人物の名前こそ出してはいないが、俺の経歴を多少でも知る人が読んだら誰がモデルになっているかわかる内容ではある。ただ、特定されたからといって俺に不利益が出る内容ではない。せいぜいその本のせいで俺の注目度が上がり、多少の恥ずかしい思いをするくらいだろう。

「俺が俺に関する全ての本の出版を許可しないってこともできると思うんですけど……それはそれでまずいですよね？」

「そうね。王家の権力を使えばそれも可能ではあるけれども、そうすると裏でどんな内容の本が売られるかわからなくなるわね」

そうなるくらいなら、マリア様が許可したものだけが正規品だ……という通り道を用意しておいて、その他のものは嘘の内容だらけのものだと購入者に思わせた方が、俺にとっても王家にとっても都合がいい。

「え〜っと……それじゃあ、今後もお願いします。ただ、くれぐれも恋愛ものだけは許可しないでください」

「わかっているわ。それを許可するとしても、最低でもテンマが結婚した後の話ね……私としては今すぐにでも結婚して、早くテンマの子を抱かせてほしいものだわ」

『誰と』とは言わなかったが、マリア様の中では候補が浮かんでいるのかもしれない。まあ、俺とマリア様が知っている女性という条件があるだろうからおおよその見当はつくが、そこで誰かを特定するようなことはしてはいけない。それをしてしまうと、帰るのが遅くなってしまうだろう。

「それでは、これで失礼します」

下手に藪《やぶ》をつついて蛇を出してしまわないように、急いでマリア様の部屋から出ることにした。

一応今いる場所は王族の居住区なので、寄り道などせずに帰ろうとしたのだが、こういう時に限ってあと少しというところで余計な人に出会ってしまう……王様とか、王様とか、王様とか……

「マリアへの用事は終わったようだな。じゃあ、行くぞ」

いつもとは違う地味な服を着た王様に嫌な予感がしたが、掴まれた腕を無理やり振りほどくのもどうかと思ったので、大人しくついていくことにしたのだったが……

「やっぱり、逃げれば良かった……」

連れていかれた先には、アーネスト様とライル様、それにルナがいた。唯一の救いは、ティーダもいたことだろうか？　これで何かあったとしたら、ルナはティーダにツッコミを任せることができる。

「色々とすみません……」

ティーダは俺の視線に気がつくと、申し訳なさそうに頭を下げた。

「いや、ティーダも被害者だろうから……というか、何をする気か知らないけれど、マリア様やシーザー様はこの集まりを知っているのか？」

俺の疑問に、ティーダは首を横に振った。つまり、マリア様に怒られることが確定の集まりということだ……いざとなったら、王様たちを見捨てて逃げるか……

「逃げる時は、僕も一緒にお願いします。ついでにルナも……」

ティーダのお願いに俺は黙って頷いたが、ティーダは巻き込まれたから仕方がないとしても、ルナの場合は積極的にこの集まりに参加しているだろうから、助けたところでシーザー様の説教は免れないだろう。

「よし！　準備が整ったから、今からあれで行くぞ！　それとテンマ、これより先、我々に様は不要だ。さんで頼む」

「了解しました。王さん」

王様……王さんの要望通りに返事をして、俺は王さんが指差していた馬車に乗り込んだ。

「ちょっ！」

「ほれ行くぞ、王さん」

「ぶふっ！　お先、王さん」

「王さん、先に乗るね」

「え～っと……失礼します、王さん」

順に、アーネストさん、ライルさん、ルナ、ティーダだ。

「そういうことではない！」

「王さん。あまり騒ぐと、マリア様にバレますよ」

「そうだぜ、王さん」

「さっさと乗らんか、王さん」

「くそっ！　テンマめ！」

ブツブツと文句を言いながら、馬車に乗り込んでくる王さん。言っていることはわかるのだが、どう考えても様をさんに変えたくらいでは正体を誤魔化すことはできないだろう。ある意味、この国一番の有名人なのだから、そのままの名前を使うよりも偽名を使った方がいい……と馬車の中で力説したら、王さんを除く全員の賛同を得ることができた。これ以降、王さんが正式な偽名となった。

「それで、これからどこに行くんですか？」

「ああ、言ってなかったか。これから行くのは、俺がたまに行く食堂だ」

仮にも王族で軍務卿《きょう》ともあろう人が、どこに出没してるの！　と思ったが、よくよく考えてみれば不自然なところはなかった。だってライルさんだし、王さんの息子だし……マリア様が知っているのか気になるところだけれども。

馬車は何事もなく市街地へと入り、王城から出発して一時間くらいで目的の場所の近くに到着した。

「それじゃあ、馬車を頼む。帰りはいつも通りの時間になると思うから、二時間くらいしたらこの場所に来てくれ」

ライルさんは御者を務めた兵士（一般市民に変装中）にそう言って金を渡し、裏路地へと入っていった。

その後を俺たちはついていったのだが、誰の案内もなく初めてこの場所に足を踏み入れたなら、間違いなく迷うだろう……というくらい入り組んだ場所にライルさんの行きつけの店はあった。

「ふむ、見た目は普通の居酒屋だな」

王さんの言葉に、ライルさんを除いた全員が頷いた。皆、心のどこかでいかがわしいことができるお店の可能性を捨てきれていなかったのかもしれない。まあ、ルナがいる時点でその可能性は、ほぼゼロではあるのだけれども……

「当たり前のことを言わないでくれ……それはそうと、俺はこの店では兵士の『ライさん』で通っているから、皆正体がバレないようにしてくれよ。絶対だからな！」

そう念押ししたライルさん改めライさんは、もう一度俺たちの変装をチェックし始めた。

それぞれの関係は、王さんたちは当たり前だがライさんの家族として紹介し、俺は王さんの知り合いの子供で、兵士見習いということになった。つまり、ライさんの後輩であり部下となるわけだ。

それぞれの見た目は、『王さん』は少し裕福な役人の格好で、髪をオールバックにしてメガネを装着。

アーネストさん改め『ネストさん』は、老紳士といった感じの服装にシルクハットっぽい帽子にメガネ。

ルナ改め『ルーナ』は、髪を解いて変装用の違う学園の制服を着てメガネ。

ティーダ改め『ディーノ』は、ルーナと同じ学園の制服にメガネ。

俺はテンマ改め『ソラ』で、下級兵士がよく着そうな服と頭にバンダナを巻いてメガネ……

「メガネばっかりだ……」

最初は王さんとディーノだけがメガネをする予定だったのに、ライさんが「皆顔が隠れていない！」と、無理やりメガネをつけさせたのでこうなってしまった……なお、そんなライさんの変装はというと……

「おじさまは、いつもとほとんど変わらないのにね」

である。いつもよりラフな服装ではあるが、大して変わったようには見えない。

「まあ、気にすんなって。さっさと入るぞ」

そう言うとライさんは慣れた感じで店に入り、店の中を少し見回してから女性の店員に話しかけ、個室が空いているか訊いていた。女性店員が空いていると答えると、案内されるよりも先に個室へと向かい、さっさと中に入っていった。まあ、個室といっても衝立のような物で簡単に区切ってあるだけなので声は丸聞こえだし、角度によっては中の様子が見えるようなものだった。

「酒はいいや。今日は家族を連れてきたし、子供もいるからな。ああ、でもそっちの二人には出してくれ」

と、酒を勧めた店員に言い訳のようなことを言っているライさんだった。その会話の内容から、いつもはカウンターで飲み食いしていると知ることができ、王さんはその自由さに少し羨ましそうな顔をしていた。

「おいしいですね。正直、ライさんオススメの店だから、もっと大雑把な味かと思ってました」

出されたのは串焼きや煮込みといった、おかずにも酒の肴にもなりそうな料理ばかりだったが、丁寧に下ごしらえをしているようで、臭みなどは全くなかった。

「そうだろ、そうだろ！　内臓なんか臭すぎて食えたもんじゃない！　といった感じの店が多いが、ここではむしろ内臓を食わないとな！」

「この腸の串焼きは、以前テ……ソラさんの所で食べたものより、おいしいかもしれませんね」

「レバーも臭くなくておいしいね」

ディーノは遠慮がちにそう言っているが、ルーナは俺の所で食べたものよりおいしいと言って、出された内臓料理を頬張っている。王さんとネストさんも、何故これまでこの店を黙っていたのか、と言いながら、料理と酒を楽しんでいた。

しばらく色々な料理を楽しんだ俺たちは、ルーナが眠たそうにし始めた頃に店を出た。

ライさんは支払いを済ませた後、足元の覚束《おぼつか》ないルーナを背負って馬車の待っている所まで連れていった。馬車に乗り込んだ時点で、俺たちは偽名を使うのをやめたのだった。

「では、ここらへんで失礼しますね」

帰りの途中で、屋敷の前まで馬車で送るというのを断り、王城と屋敷への分かれ道で降りた俺は、何か忘れていることがあったように思いながらも、皆に別れを告げて歩いて帰った。

その数日後、マリア様とシーザー様とイザベラ様にしこたま（巻き添えで）怒られたティーダに、自分だけ逃げたと非難されてしまった。

そういう俺も、じいちゃんやアムールたちにお土産がないと怒られてしまった。そして数日後の夜に、ライル様行きつけの店に案内させられ、さんざん飲み食いした代金を支払わされたのだった。ちなみにさらにその次の日、俺もマリア様にお叱りを受けた。何でも、じいちゃんたちを居酒屋に連れていった時に、何故自分も誘わなかったのか？　ということでだ。

かなり理不尽に思えたが、王様と同様（もしかするとそれ以上）にマリア様も外で気軽に食事などできる立場ではないので、怒るのも無理はないだろう。なので、全ては誘わなかったライル様と王様とアーネスト様が悪いというのを身振り手振りで力説し、俺で再現できそうな料理（内臓の代わりに普通の肉を使用したもの）をマリア様とシーザー様たちに用意すると約束することで、マリア様の怒りを正しい所へと向けることに成功した。

唯一の誤算は、俺の作った料理を食べたマリア様が、居酒屋で出た内臓料理に強い興味を持ってしまい、結局連れていかされることになったのだった。しかも、マリア様と同じ理由で、シーザー様とイザベラ様も同行したいとのことだった。困った俺はクライフさんとアイナ、それとディンさんに相談し、居酒屋を近衛隊名義で貸切にして、変装した三人と当然のようについてきたルナとティーダを隊員に紛れ込ませる形で乗り切った。この時、王様とライル様がこっそりとついてこようとしたが、マリア様のひと睨みで大人しく戻っていった。なおザイル様も誘ったところ、「私だけが外で食事をしてきたら、ミザリアが悲しむだろう？」という言葉を残し、早足で自宅に帰っていった。

居酒屋での食事は、さすがに変装しただけではマリア様の存在感を消すことはできず、店員に正体がバレてしまったが、俺やティーダやルナは以前と違う服装だった為か同一人物とは思われなかったようで、ライさんの正体がライル様であるとはバレていない……と思う。

第一一幕

「よいしょっと……」

雪が降り積もり、王城から遊びに来る人がいない日を選んで、俺はマジックバッグとディメンションバッグの整理を行うことにした。理由は、この間じいちゃんたちを居酒屋に連れていったことが発端だった。

それは居酒屋で食事を終えた後、スラリンたちのお土産をマジックバッグに入れた時に気がついたのだが、そうやって買ってきたお土産などが、忘れていたものも含めてかなりの量が残っている状態だったのだ。

それは俺の管理ミスというのが大きいが、マジックバッグに入れておけば、半永久的と言っていいくらいに持ってしまうことも理由の一つだった。なので、何がバッグの中に入っているのかを確かめつつ、いらないものは処分してしまおうと思ったのだ。

今俺が持っているマジックバッグは、使っているものが四個、使っていないものが三個の合計七個。ディメンションバッグは使っているものが三個、使っていないものが二個の合計五個だ。

使っているマジックバッグには、神たちからもらったものも含まれていて、ディメンションバッグはスラリンたちが使用しているものとライデン専用のもの、それと貯蔵庫代わりに使っているものだ。スラリンたちのバッグはライデンを除いた眷属が共同で使っている為一番広く、続いてライデン専用、そして使用していないバッグ、最後が貯蔵庫代わりのバッグだ。

貯蔵庫代わりのバッグには、時間の経過が必要なもの（完成前の味噌や醤油、熟成肉など）が入っており、常温と低温で分ける必要がある時は、予備のものを使って分けている。今は味噌と醤油だけなので、貯蔵庫代わりのバッグは一つなのだ。

「ざっと調べただけでも、食べ物関係がたくさんあるな……」

食べ物のほとんどはマジックバッグに入っているのだが、軽く調べただけでも三分の一近くが食べ物関係だったのだ。食材に調味料、それに完成品とそれぞれ揃っており、このまま入れっぱなしでも問題はないと思われるが、そう思っていたからここまで増えてしまったのだろう。

とりあえず、食材は全て空いているマジックバッグに移し替えて、次に多かった素材関係を見てみた。

「いらないものは、今度売りに行くか」

素材は珍しいものや利用頻度が高いものを優先的に残していき、簡単に集まるものや必要がないものは冒険者ギルドに売ることにした。基本的に売るのはランクの低い魔物の素材だが、中にはBランク（相当含む）以上の素材も含まれているので、まとめて売ればかなりの値段になるだろう。

こちらも空いているマジックバッグに一時的に移したのだが、途中で空いていたマジックバッグが全て満タンになってしまったので素材を移す作業を中断して、一度神たちからもらったマジックバッグに残りの素材を移してから作業を再開した。

「これで一区切りついたかな」

作業を始めて二時間ほどで、マジックバッグの中身を分ける作業が終わった。大まかな種類ごとに分けたのだが、マジックバッグだけでは数が足りなかったので、空いているディメンションバッグも使っての作業だった。

分けた種類は、『食料・食材』『素材』『武器・防具』『アイテム』『お金』『売り物』『ゴミ』『その他』だ。『その他』に分けられた中には家具や馬車など、バッグの空き数の関係で細かく分けることができなかったものが入っていたり、『素材』や『アイテム』の中に、薬や薬の素材があったりするので、近々もう一度仕分けしないといけない。

『お金』は数えるのが嫌になるくらいあったので、ディメンションバッグの方に種類ごとに箱分けしている。

「問題はこれだよな……」

分ける上で一番困ったのは、『現時点で必要はないけれど、処分するのはもったいない』と思えるものだった。それは主に『武器・防具』に分けているもので、多少のキズなどがあり修理すれば使えるけれど、今使っているものには性能が及ばず、捨てるにしても思い入れがあり、かといって売っても大して値段がつかない。強いて言うなら予備に取っておくかな？　くらいのものなのだが、そうすると整理している意味がない。そして最初に思考が戻る……

「こういうのは、思い切って捨てるのが正しいんだろうけど……できないんだよな……」

しばらく考えた結果、自分の中で順番を付けてから下位のものは処分し、上位のものは修理することにした。ただ、修理してもサイズが合わないものもある為、そういったものはエイミィにあげることにした。学園では実践練習などもあるので使う機会はあるだろうし、弟子なのだからあげてもおかしくはないだろう。

「今度、エイミィを連れてケリーの所に顔を出すか……ケリーも暇しているだろうし」

冒険者の活動が少なくなるということは、冒険者相手の商売をしているケリーの仕事も減るということだ。この時期に装備を見直す冒険者もいるだろうが、それでもそこまで多くはないだろう。

「いらない木製や革製のものは、今度草原にでも行って焼却処分するとして、鉄製のものはケリーに相談するかな。打ち直したら売り物になるものもあるだろうし」

これで『武器・防具』の仕分けは終了にし、残すものは『お金』を入れているディメンションバッグに一緒に入れた。そして、空いたマジックバッグに、ケリーに打ち直しを依頼するものと処分を相談するものを入れた。

「『食料・食材』は、今日からでも消費していくか……いくつかは残しておくとして、肉なんかは近々宴会でもして一気に消費するか」

こちらはすんなりと整理することができた。基本的に、食料・食材は一度の買い物で結構な量をまとめ買いして一度の食事で結構な量を消費するので、その時に残ってしまったものを処分する感覚だからかもしれない。そんな中でいくつか残したのは、冒険中や依頼中に食べる分を残す為だ。あと、白毛野牛の肉みたいに希少価値が高いものは、いざという時の為に取っておいた方がいいだろう。酔っぱらいを量産するような宴会で出すのはもったいない。

残す『食料・食材』は、神たちからもらったマジックバッグに入れて、消費する分はジャンヌとアウラに預けることにした。そこそこの量があるが二人にもマジックバッグを渡してあるので、全部渡しても問題はないだろう。

マジックバッグの整理の為にも早めに渡しておこうと二人を探すと、ちょうど台所で夕食の献立を考えている最中だったらしく、使用できる食材が増えることは喜ばれたがその量の多さには呆れられた。なお、台所で二人からおやつをもらおうと待機していたシロウマルとソロモンによって、食材として渡したお肉の半分近くがその場で消費されることとなった……

「先生、変なもの拾っちゃいました！」

ちょうどシロウマルとソロモンがおやつを食べ終わった時、エイミィが慌てた感じで食堂へとやってきた。何でも屋敷の手前で拾ったそうだが、あまり変なものを拾わないように言っておかないといけない。

「エイミィ、もし危険なものだったらどうするんだ？」

「ごめんなさい……でも、この変な魚、先生の家の前で『先生の家紋』を持った状態で凍っていたんです！」

まずは注意しようとしたら、エイミィから嫌な予感のするワードが放たれた。

「エイミィ、すぐにそれをここに出して！」

「はい！」

エイミィは、いつもいーちゃんしーちゃんが入っているディメンションバッグの口を開けて、中から変な魚の氷漬けを取り出そうとしたが、大きすぎていーちゃんしーちゃんの力を借りても動かすことができないようだ。

「どうやって入れたんだ、これを？」

エイミィに代わってその『変な魚』を取り出そうとバッグを覗き込むと、思った通りナミタロウの氷漬けが中に入っていた。

「門の所にいるゴーレムに手伝ってもらいました」

そういえば、この屋敷に自由に出入りすることができるエイミィは、ゴーレムに簡単な命令を出すことができるんだった。いつもは遠慮してなのか、エイミィはあまりゴーレムを使わないので忘れていた。

「そういえばそうだった……よい、しょっと！」

さすがに俺でもナミタロウを引きずり出すのはきついので、ギガントを召喚して外へとナミタロウを取り出した。

「これ、芯まで凍ってないか？」

「すごいカチカチですね」

エイミィはドアをノックするみたいに硬さを確かめ、その横ではいーちゃんしーちゃんがカチコチのナミタロウをつついていた。

「テンマ……さすがに死んでない、これ？」

「さすがのナミタロウも、これでは無理なんじゃ……」

それまで俺の後ろで見ていたジャンヌとアウラは、さすがのナミタロウもこの状態では無理だろうと思っているようだ。だが、相手はあのナミタロウだ。これくらいで死ぬようなタマではない。

「すぐに風呂に連れていくぞ！　解凍だ！」

自然解凍でも大丈夫な気もするが、お湯で解凍した方が早いだろう。案の定……

「ふぃ〜……ビバノンノ、やな！　お湯はもっと熱くてもええで！」

息を吹き返したナミタロウは、風呂を堪能し始めた。その生命力に呆れたジャンヌとアウラは、仕事が残っているからと言って戻っていった。

エイミィは初めて見る生き物に興味津々の様子だが、俺が先ほど言った『危険なもの』発言のせいか、不用意に近づくことはなかった。

「それで、何でまた屋敷の前で力尽きていたんだ？」

「いや〜さすがに魚類が雪の中を移動するのは無理があったわ。何とか屋敷のすぐそばまで来たんやけど、そこがワイの限界やったわ！　もう少しで、『鯉のルイベ』になってまうとこやったな！」

たとえルイベになっていたとしても食べないし、食べなきゃいけない状況だったとしても、必ず火は通すだろう。

「何か、大味そうですね」

「何やて！　わいほど繊細な味の魚はおらんで！」

エイミィの少しずれた言葉に、ナミタロウは見逃すことなくツッコミを入れていた。そのせいでエイミィが俺の後ろに隠れてしまったが、ナミタロウは気にせずにお風呂を楽しんでいる。

「テンマ、ちょっとそこどいてや……そいっ！　……あうちっ！」

ナミタロウはお風呂の中から勢いをつけて飛び出し、そのまま滑って脱衣所まで突っ込んでいき、脱衣所の棚に激突した。後で棚を調べてみると、ナミタロウがぶつかった所を中心にかなりの範囲が壊れていた。

「ごめんちゃい」

それが、棚にめり込んだナミタロウを救出した後の第一声だった……かなりイラっとした。とりあえず修理は今度することにして、ナミタロウを応接間まで連れていくことにした。

しかし、ナミタロウは勝手知ったる他人の家といった感じで俺とエイミィを置き去りにして、スイスイと床を泳ぐように進んでいく……念の為床を触って確かめたが、濡れたりナメクジのような粘液がついたりしているわけではないのに、どうやって進んでいるのか不思議に感じたが、ナミタロウなのでそういうこともあるのだと思うことにした。

「先生、ナミタロウって何なんですか？」

一応、俺の眷属として大会に出たということは誰かに聞いて知っているようだが、詳しくは知らないそうだ。そんなエイミィの質問に対して俺は……

「実は、俺もよく知らない」

だって、ナミタロウだし……俺の答えに、エイミィは少し呆れた顔をしていたが、いずれエイミィも理解するだろう。ナミタロウはこの世界の七不思議の一つだということに……

「まあ冗談はさておき、俺たちも早く行こうか。ナミタロウだけにすると、何をしでかすかわかったものではないし」

そう言うと、エイミィは笑いながら俺に合わせて急ぎ足になった。

「わっしょーい！　わっしょ――い！」

応接間に近づくにつれて、徐々に大きくなっていく不吉なかけ声。応接間のドアを開けてナミタロウを見てみると、どうやら俺の予感は当たってしまったようだ……全く嬉しくは……

「ナミタロウ、よくやった！」

前言撤回。めちゃくちゃ嬉しかった。何故なら……

「イカ、タコ、アジ、サバ、イワシ、カツオにマグロ！　タイにヒラメにカレイ、ホタテにアサリ、ハマグリ、カキ、サザエ、アワビにウニ！　ワカメにアオサ、ヒジキに昆布やで～……ドヤッ！」

元日本人の俺にとっては、めちゃくちゃ嬉しいお土産だった。中でも、昆布が一番嬉しいお土産かもしれない。ちゃんと干しているのもポイントが高い。昆布以外にも、イカやタコも生と干されたものが用意されており、さらにはナミタロウが歌っていた以外の海産物もあるらしく、ここに出されたものはお土産の半分にも満たないそうだ。

「ドヤヤッ！」

グイグイくるナミタロウに、俺はお礼にマジックバッグに入っていた芋ようかんを差し出した。好物を目の前にしたナミタロウはすごい勢いで俺の手から芋ようかんを奪い去り、さっそく口の中に放り込んでいた。

「さっそく、今日の夕食に使うか！」

様々な調理法を考えながら、ナミタロウからお土産を受け取った順にマジックバッグへと放り込んでいく。

「イカがうまい……」

途中でイカの干物をちぎってつまみ食いしながら作業していたら、シロウマルとソロモンがすすっと俺の横へとやってきて、揃って口を開けていた。ただ、イカの干物はよく噛まないと味が出ないので、すぐに飲み込むことが多い二匹は、あまり好みではなかったようだ。

ジャンヌとアウラも海産物と聞いて興味があったみたいだが、以前食べたことのあるタコを除けば、今あるのは生のものや海藻にイカの干物といったもので、手を伸ばすには少し戸惑うようなものだったらしく、大人しく調理されるまで待つことにしたみたいだ。ついでに二人の後ろでは、アムールがイカの干物をかじっている。南部ではイカを食べる機会はあまりなさそうだが、タコが食べられるならイカも大丈夫と言って、俺がつまみ食いしていたやつを横からかっさらっていったのだ。ちなみに、俺はイカの干物を手でちぎっていたので、アムールが望んでいた間接キスは達成されることはなかった。

「先生、海にも栗《くり》があるんですか？」

エイミィはウニに興味があるみたいだが、それは『味に』というよりは『見た目に』のようだ。そこで、ウニを一つ目の前で割ってみせると、栗の仲間だと思っていたエイミィはかなり驚いていた。しかも、その中にある黄色いものを食べるとは想像もしていなかったようで、俺がウニの卵巣（精巣）を指ですくって食べてみせると、少し引いていた。

ちなみに、ナミタロウが持ってきた海産物は、一度氷点下まで冷やして締めているそうで鮮度は抜群らしく、生で食べても問題はないそうだ。久々に食べたウニの味はめちゃくちゃうまく、このままご飯にのせて食べたいくらいだった。

「テンマ、おかわり。ご飯大盛りで」

「私もお願いします」

「私のも」

「先生、私も」

そして、ウニは見事女性陣のハートを撃ち抜いた。俺がエイミィの前でウニを食べてみせたことで、ウニはおいしいものだと判断したシロウマルとソロモンが俺の所にやってきてウニをねだり、それに続いてアムール、アウラ、ジャンヌ、最後に遠慮がちにエイミィが並んだのだ。

仕方がないのでウニを大量に捌き、少しでも満腹感が出るようにウニ丼にしたのだが、それでも足りなかったみたいだ。すでに五人と五匹分（なんと、ゴルとジルまで食べた）を作ると、ナミタロウが持ってきたウニの半分近くを消費することになってしまったのだ。ちなみにナミタロウは、ウニは海で飽きるほど食べたらしく、ウニ丼はいらないとのことだった。

「かなり減ったから、もうウニはダメ。その代わり、他の刺身で海鮮丼を作るから」

さすがにウニばかり消費されても困るので、他の魚で我慢してもらうことにした。

ウニは終了だと聞かされた面々はがっかりといった表情をしていたが、俺が用意したものを見て喜々として思い思いにご飯の上にのせ始めた。

イメージしたのは『勝手丼』だ。これなら自分で好きなものを選ぶことができるし、少量ずつ色々なものをのせることができるので、一度に全種類味わうことも可能だ。

「一応言っておくけど、一人ひとすくいしたら次の人に交代だからな。でないと、独り占めしようとする奴も出てくるし……」

そう言いながら先ほどから同じものしかのせていないアムールの方を見ると、アムールはそっとマグロのたたきが入っている深皿をテーブルの上に戻した。マグロのたたきと言ってはいるが、正確には中落ちと皮ぎしの身を混ぜてたたいたもので、俺の中では用意したものの中でメインに相当すると思っている品だった。

アムールに、何故それればかりを狙ったのかと訊くと、

「鮭でも、そこがおいしい所だったから」

ということだった。その発言を聞いた他の面々は、急いでマグロのたたきが入った皿に手を伸ば

したが、最初に手に取ったのはジャンヌだった。

「やった！」

元からアムールの次を狙っていたのか、他のみんなより動きが早かった。その次はアウラで、以下スラリン、エイミィと続き、ラストが俺だった。順番は手が皿のあった場所に手がついた順（スラリンは触手）で、判定は俺がした。意外だったのは、スラリンの性格からしてエイミィに先を譲るかと思ったのに譲らなかったことだ。

そんなことを思っている間にジャンヌはひとすくいし終わり、次のアウラの番になった。

「ふっふっふっ……ジャンヌは甘いですね」

何故か不敵な笑みを浮かべるアウラは、おもむろにマグロのたたきに刺さっているスプーンを持ち上げ、深皿の底の方からごっそりとたたきを山盛りで持ち上げた。

「すくうというのは、こういうことを言うのですよ！」

その手があったか！　という表情を浮かべるアムールとジャンヌだったが、少し考えればその危険性に気がつくはずだ。そして案の定、俺が危惧していたことが起きようとしていた。それは……

「あっ……」

アウラが山盛りのたたきがのったスプーンを丼の方に少し動かしたところ、たたきの山が根元の方から崩れてテーブルの上へと落ちていった。

「……」

「アウラ、アウト～！　スプーン、没収～！」」

落ちたたたきを見てから、何事もなかったかのようにもう一度挑戦しようとしたアウラに対し、アムールとジャンヌは息の合った声と動きでスプーンをアウラから奪い取り、わずかに残っていたマグロのたたきをアウラの丼にポンッとのせると、次のスラリンに手渡した。

スラリンはスプーンを受け取ってすぐにマグロのたたきをひとすくいするかと思ったら、まずはご飯をお皿のすぐ横に移動させた。

「私のも？」

続いてスラリンはエイミィの前に触手を伸ばして丼を受け取ると、自分の丼の横にエイミィの丼を置き、流れるような動きでマグロのたたきにスプーンを刺した。

「「「おおっ！」」」

「落～ち～ろ～」

スラリンがスプーンを持ち上げると、先ほどのアウラよりも大きな山ができていた。その光景に俺とアムールとジャンヌとエイミィは感嘆の声を上げたが、アウラだけはスラリンに呪いを送っていた。しかし、アウラの祈りは届くことはなく、スラリンはひとかけらも落とさずにエイミィの丼にたたきの山をのせ、続いて自分の丼にも同じくらいの大きさの山をのせた。厳密に言うと、スラリンはふたすくいしているのでルール違反ではあるのだが、自分の為にしたわけではないし、喜ぶエイミィの姿を見て指摘するほど堕《お》ちた人間はいなかった。まあ堕ちかけた人間はいたが、ギリギリ踏みとどまったみたいだ。

「ほとんど残ってないな……」

最後に俺の番になったのだが、アムールの集中攻撃とアウラの自爆、スラリンのクリティカル二発をくらったマグロのたたきは、ほんのわずかしか残っていなかった。もっとも、その状態でもアウラよりは多いのだが。

とりあえずマグロのたたきが終了したところで次を狙うことにしたが、ここで新たなルールが追加されることになった。それは、全員が同時に次に狙うものを指差し、被らなかったら一番ですくうことができ、被ったらじゃんけんで順番を決めるというものだった。そして、先にすくい終わっても、全員が終わるまでは待つというものだ。マグロのたたき以外では、アジ・サバ・イワシのたたきやなめろう、カツオの刺身が人気で、貝や白身魚はあまり人気がないようだ。

そうやってほとんどの品がなくなるまで繰り返した結果、アムールとアウラの丼は具がご飯の倍ほどになり、俺が具とご飯が半々程度、ジャンヌとエイミィは具が少なめという感じになった。アムールとアウラに関しては『やっぱりな』といった感じだが、それを上回ったのがスラリンだった。

スラリンは何と具がご飯の三倍から四倍ほどになり、のせた具が奇跡的なバランスで大きな山を作っていた。その山の一部には、アウラが自爆で落としたマグロのたたきも含まれている。さすがにテーブルの上とはいえ、落としたものを食べようとはしなかったアウラだったが、スラリンは特に気にした様子もなく、許可を取った上で自分の丼に加えていたのだ。

「「スラリンの欲張り～！」」

それを見て調子に乗っているのは、いつも食い意地が張っていると言われているアムールとアウラだった。二人は、自分たちの盛り方も欲張りすぎだと言われるくらいの大きさなのを棚に上げて、スラリンをいじって楽しんでいたが……

「「スラリン、優しい」」

「別皿だな。わかった」

何とスラリンは、自分の丼をシロウマルたちに分け始めたのだった。スラリンの作った丼は、シロウマル、ソロモン、ゴル、ジルの四匹と自分のものに分けられたので、最終的にはジャンヌとエイミィのものより具が少なくなってしまった。

それまでスラリンをいじっていたアムールとアウラは、ジャンヌの冷たい視線と物足りなかったシロウマルとソロモンのねだるような視線に耐え切れず、自分たちの丼から具を提供せざるを得なくなった。ちなみに俺は、シロウマルとソロモンの視線がアムールとアウラの丼に注がれている間に、自分の丼の攻略を進めることにした。

エイミィも同じように俺の横に避難していたが、住処《すみか》であるディメンションバッグから顔を覗かせたいーちゃんしーちゃんとくーちゃんには勝てず、自分の丼の大半を分け与えることになった。そして俺は半分以下になった丼を持って悲しそうな顔をするエイミィを見て、自分の丼を分け与えるしか道はなくなってしまった。まあ、元々多めに盛ったし相手がエイミィだったので、そこまで多く渡さなくても大丈夫だった。

「ん？　皆で何を食べていたのじゃ？」

全員が食べ終わったのを見計らったかのように、どこかへ出かけていたじいちゃんが戻ってきて、テーブルの上に置かれていた空き皿を見てそう尋ねてきた。

「わいのお土産やで～！」

ナミタロウの一言で、自分のいない間にご馳走《ちそう》が振る舞われていたことに気がついたじいちゃんは、何かを期待するような目で俺を見たが、残り物で作ることができたのは白身魚とホタテの刺身による『白い海鮮丼』だった。

「おいしいのじゃが……白色以外も食べたかったのう……」

じいちゃんも淡白な味の白身魚よりマグロや青魚のように味の濃い方が好きみたいで、少し物足りなく感じているようだった。なおこの数日後、突然うちにやってきたマリア様とティーダとルナたちによりウニは全てなくなり、マグロもトロの部分はほぼなくなることになった。

「先生ごめんなさい。ルナちゃんに何を食べたか訊かれて、つい話しちゃいました……」

とのことだった。何でも、ルナとティーダと遊んでいる時に、最近うちで何か珍しいものを食べたか訊かれたので海鮮丼のことを話してしまい、それがルナ経由でマリア様まで話が行ったそうだ。マリア様はルナがそわそわしているところを見て何かあると感づいたそうで、アイナとクリスさんをお供にしてルナたちについてきたそうだ。

「テンマ……今度こういったイベントをする時には、ちゃんとあなたの口から誘ってほしいものね」

と、マリア様に笑顔で言われてしまった。ついでに、自分の分がなくなるから、王様とライル様とアーネスト様には言わなくてもいいとも……

「ウニが……」

そんな奇襲を受けて台所にできたウニの山（残骸）を見ながら、俺は密《ひそ》かに落ち込んでいた。あと数回は楽しめると思っていたウニが全てなくなってしまったのだから、これは当然のことだと思う。

マグロや他の魚は残っているので、海鮮丼自体は楽しむことができるのだが、ここまで早くウニがなくなるとは思っていなかったので、意外とダメージが大きかったりする。

「テンマ様、どうかなされましたか？」

落ち込みながらウニの山（残骸）を眺めていると、ひょっこりとアイナが台所に現れた。

「いや、別に……ただ、ウニの殻は肥料になるのかな？　って思っただけだ」

「嘘ですね」

咄嗟に嘘をついてしまったが、アイナには通用しなかったようだ。だが、ウニの殻にはカルシウムなんかが含まれているだろうから、実験用に乾燥させて取っておくことにしよう。

「ウニというものは初めて見ましたけど……最初に食べた人は度胸がありますね。普通はこんなのが食べることができるとは思いません……が、食べてみるとおいしいものですね。テンマ様が落ち込むのもわかる気がします。ですので、マリア様に相談してみましょう」

そう言うとアイナは、ウニの殻を持ってマリア様がいる部屋へと向かった。

「マリア様、失礼します」

「アイナ、テンマはいた？」

アイナが部屋をノックするなり、マリア様は心配そうな声でドアを開けた。そしてアイナの後ろにいる俺を見るなり、

「テンマ、ごめんなさいね」

と謝ってきた。その後続けられた話では、マリア様も俺が落ち込んだのがわかっていたらしく、これまでちょくちょく王族関係者が我が家で飲み食いしていたことを思い出したそうだ。まあ、マリア様はあまり食べに来ないが、ティーダやルナはもちろんのこと、王様にアーネスト様とライル様もそこそこの頻度でやってきているのだ。一応食材を持ってきたり、ティーダやルナの分の代金

をシーザー様が二人に持たせたりしているが、俺の方からも持ち出している。まあ、俺の持ち出し分に関しては、ギルドで依頼を受けたついでに得た食料などが大半ではあるが、南部で買ってきたような珍しい食材もあるので、そこそこの金額を消費していることになる。ちなみに、マリア様はティーダとルナがちょくちょくやってきて食事をしていることは知っていたが、王様たちの方は予想していたよりもかなり回数が多かったそうで驚いていた。

ウニを食べすぎたと反省したところに、アイナとじいちゃんから王様たちの所業を聞かされたせいで、怒りと申し訳なさでどうしていいのかわからずに、アイナに俺の様子見を頼んだのだそうだ。

「マリア様、そのことで提案があります」

マリア様の謝罪にどう答えていいのか迷っていると、アイナがウニの殻をマリア様の前に差し出した。

「アイナ……それがどうかしたの？」

マリア様はアイナが横から口を挟んだことに少し苛立《いらだ》っている様子で、ちょっとだけ声にトゲがあった。

「実は、先ほど頂いたウニの正体がこれらしいのですが、マリア様はこれをよくご存じではないですか？」

アイナに言われて手のひらにのっていたウニの殻をよく見たマリア様は、ウニに見覚えがあるようで驚いた表情をした。

「これがあのウニなの……こんなのがあんなにおいしかったの？」

「やはりそうでしたか。マリア様から以前お話を聞いたものと同じ特徴でしたので、もしやと思ったのですが……マリア様、これを謝罪代わりにご実家から取り寄せてはいかがでしょうか？」

「そうね！　それがいいわ！　テンマ、これまでの謝罪になるかはわからないけど、私の故郷からウニをたくさん持ってこさせるわね！」

ウニの正体を知ったマリア様は、いきなりハイテンションになって俺の手を何度も激しく振っていた。

「ええっと……一体何なんでしょうか？」

いきなりの展開についていけない俺はマリア様にそう尋ねてみたのだが、マリア様は俺のことを忘れたかのように猛烈な勢いで手紙を書き始めた……まあ、急ぎすぎているせいで、何度も書き損じた手紙をくしゃくしゃに丸めて捨てていたが……

「それでアイナ。マリア様はどうしてこうなったんだ？」

「実はこのウニという生き物は、マリア様の故郷ではゴミのように扱われているらしいのです」

何でもマリア様の故郷は北の海に面している公爵領で、その公爵領の所有している漁場ではウニがうじゃうじゃといるらしく、領民も食べ物と認識していないし漁業の邪魔になるので、定期的に取り除いて処分しているのだそうだ。

アイナはウニの中身だけでは気がつかなかったそうだが、ウニの殻を見てマリア様なら簡単に手に入るものだと気がついたらしい。

「できたわ！　アイナ、急いでこれを実家に届けるように手配してちょうだい！」

「了解いたしました」

アイナは手紙を受け取ると、屋敷の外で待機していた御者に渡して王城へと持っていくようにと指示を出しに行った。

「これでウニは食べ放題になるわよ！　いずれ父と弟がウニのおいしさに気がつき名産にしようと動くかもしれないから、その前にウニが食用になることを発見した功績を主張して、ウニを確実に手に入れることができるようにしましょう！　ついでに昆布も！」

マリア様が言うには誰もウニを食べない（周辺の領や隣国でも）らしく、これが受け入れられれば大きな産業になることは間違いないそうだ。その情報をマリア様の弟（現公爵）と父親（前公爵）に売りつけて、見返りとして俺の分のウニをタダで手に入るようにするらしい。

そんなことを話しながらテンションが上がりすぎたマリア様は、俺の手を取って踊り始めた。まあ、踊り始めたといっても社交ダンスのような踊りではなく、酒場で酔っぱらいが適当にするみたいな踊りとは言えないようなものだったが、そんな踊りにもかかわらず、マリア様の動きはどこか上品だった。

そのままマリア様のテンションが上がり、踊りのフィニッシュで俺に抱きついた時、

「なあ、アイナ……息子の俺としては、この場面を見てどういった反応をするのが正解だと思う？」

「……笑えばいいのではないでしょうか？」

声のした先には、無表情で俺とマリア様を見ているアイナと、独自の嗅覚でうまいものを察知したらしいライル様がいた。

「「「「…………」」」」

しばしの間時間が止まる俺たち四人。ライル様はどう反応していいかわからず、アイナは我関せ

ず、マリア様は、はしゃいでいるところを見られて恥ずかしくてといった感じで、俺は誰かが動き出すまで余計なことは言わないようにとした結果、妙な緊張感のある空間が出来上がった。

「ライル！　そこに座りなさい！」

「お、おう……」

最初に動き始めたのはマリア様だった。突然名前を呼ばれたライル様は、とりあえず言われた通りにしようといった感じに大人しくその場（廊下）に正座した。そしてそこから始まる説教。その説教の半分は、マリア様の照れ隠しが入っていたのだろう。まあ半分といっても、元々の説教にマリア様の照れ隠しの説教が加わったので、実際には通常の倍近い内容の説教になっているようだ。

「テンマ……マジですまんかった」

ライル様が俺にこれまでの飲み食いに関することの謝罪をしたのは、マリア様の説教が始まってから三時間ほど経ってからのことで、それまでライル様はずっと廊下で正座しながらマリア様に説教されていたのだ。ちなみに説教された結果、これまでの飲み食いの代金はマリア様が管理しているライル様の給料から払われることとなり、ライル様の月の小遣いはさらに減少することになったそうだ。

ちなみに食事を期待してうちにやってきたライル様だったが、さすがにマリア様の説教の後で食べさせろとは言えなかったようで、俺に謝罪した後ですぐにティーダたちと一緒に王城へと帰っていった。これから王様と一緒に二回目の説教を受けるのだそうだ。ついでに、後日聞いた話ではその二回目の説教の時にアーネスト様がいなかったせいで、アーネスト様を追加した三回目の説教も受ける羽目になったのだとか……

マリア様たちに海鮮丼を振る舞った次の日、

「これがエイミィに譲る予定の防具だよ。俺が昔使っていたやつだから傷がついているけど、ものはいいし軽くて丈夫だから、少し修繕したら十分使えるよ」

予定より遅くなったが、マジックバッグの中に入れていた防具などをエイミィに渡すことにした。

これは俺がグンジョー市で活動するより前に使っていたもので、二足歩行のトカゲの魔物『リザードマン』の革で作られた防具だ。いい部位を集めて作られたものだそうで、職人自慢の逸品とのことだったが、いい部位だけで作ることにこだわったせいで一般的な成人男性では体が入らず、女性であってもきついサイズになってしまったらしい。

そのおかげで、当時の俺の稼ぎでも買うことのできる値段となっていた。まあ、店の人には盗んだ金ではないかと怪しまれていたみたいだったが、そのまま置いておくよりも、気がつかないふりして売った方がいいと思ったようだ。何せ、女性でもきついので、子供くらいしか身につけることができないサイズだったしな。

軽く丈夫で動きやすかったので、当時の俺のお気に入りの防具だったのだが、一年半ほどできつくなってしまい、二年目を迎える前に他の防具へと変更したのだった。他の防具に替えた後も、何度か職人の所へ修繕できないか持ち込んだのだが、修繕に使える素材がなかったり職人の腕がイマイチだったりで、これまでマジックバッグの肥やしとなっていたのだった。

そんなリザードマンの防具だったが、王都には信頼できる職人《ケリー》もいるし、修繕にはワイバーン亜種や地龍の素材がある。

「俺が使っていた頃よりいい防具になるはずだ」

「お兄ちゃん。そこまでするんだったら、ワイバーン亜種の素材なんかで一から作った方がいいような気がする」

エイミィの後ろでリザードマンの防具をつついていたルナ（昨日の今日なのに、懲りずにやってきた）が、首をかしげながら疑問を口にしたが、それにはいくつか理由がある。

「ワイバーン亜種なんかの素材で一から作らない理由の一つが、新品だと固くて動きにくいということ。俺が以前使っていたやつは古いけど傷みは少ないし、ずっとマジックバッグで保管していたから使いやすい硬さのままだ。二つ目は、ほぼワイバーン亜種や地龍の素材で作ると、高価すぎるし危ないということだ」

高価な素材だとわかると、確実にエイミィから奪い取って売却、もしくはバラして使おうとする奴が出てくるはずだ。その時にエイミィが怪我をするくらいならまだいいが、手っ取り早く殺してから奪い取ろうと考える奴がいては困る。一応エイミィには護衛用のゴーレムを渡してはいるが、経験の浅いエイミィでは、不意を突かれることの方が多いだろう。なので、いい防具だけど無理にリスクを負う《殺してまで奪う》ほどのものではないと思わせて、目立たない所にだけ高価な素材を使って修繕するのだ。

「まあ、学園の演習程度だと、リザードマンの素材だけでも十分だろうけどな」

どういった演習を行うのか詳しく聞いていないが、せいぜい近くの森や草原に行くくらいとのことらしい。

「先生、ありがとうございます！」

エイミィは自分の防具が持てるということに軽く興奮しているようで、いつもより声が弾んでいた。

「武器はここにあるものでも構わないと思うけど、どうせならケリーの所で見てから選んだ方がいいと思う」

というわけで、さっそく俺たちはケリーの工房へと移動することにした。ティーダとルナも一緒ということで、護衛でついてきたクリスさんも一緒だ。

「それでこの大所帯というわけかい」

工房に着くなり、俺たちの数を数えたケリーが呆れたような声で迎え入れてくれた。

大所帯というだけあって、工房に来たのは最初のメンバー（俺とティーダたち三人とクリスさん）に加え、アムールにジャンヌにアウラ、それにアイナにシロウマル（クリスさんの要望で、バッグから出て移動している）に、何故かアルバートたち三馬鹿もいる。

アムールは俺が外に行くと言ったらすぐに準備を始め、ジャンヌとアウラは俺がいなくなるとアイナがきつくなるという理由でついてきて、アイナはそんな二人の監視役（本当はティーダとルナの護衛）として参加することになったのだ。

そこまではよくある話だが、何故三馬鹿までもがここにいるのかというと、たまたまどこかで遊ぼうとしているところに俺たちを見つけたので、面白そうだと強引に合流したからだった。

普通なら追い返すところだが、少し前にアルバートたちに世話になったエイミィが構わないというので、遠慮なくついてきた形だ。なお、エイミィに近づく男ということで、先ほどからティーダがリオンを警戒している。

「そんで、要件はこの防具の修繕・調整と、武器の相談だな……防具も武器もすぐにはできないから、今日相談して、後日の渡しになるぞ」

そう言ってエイミィの了承を得ると、ケリーは木板に測ったエイミィのサイズを書き込んでいった。その時にティーダがこっそりと木板を盗み見ようとしていたが、アイナにガッチリと腕を掴まれていた。なお、そのことに気がついたのは俺とアイナとクリスさんだけだった。ティーダはアイナとクリスさんに工房の隅に連れていかれ、他の皆にバレないように説教されていた。説教が終わったティーダは、自分のしたことを悔やみ恥じていたので、男の子なら好きな子のことを知りたがってもおかしくはないとフォローしたのだが、ティーダから俺もそうだったのかと訊かれてしまい思わず、「(今世では)ない」と答えてしまった為、逆にとどめを刺す結果になってしまった。

そんな落ち込むティーダをよそに、エイミィは周りに相談しながら装備や武具の調整内容を決めていく。その中で鎧の色をどうするかという話になった時ルナが、

「鎧の色は真っ赤がいい!」

と言い出した。そしてその声が工房に響いた時、一番反応したのは何故かティーダだった。その提案に、肝心のエイミィも乗り気のようだ。

「何で赤がいいんだ?」

とりあえず赤を推した理由をルナに尋ねると、何でも自分が持っている鎧と同じ色だからだそうだ。

「テンマ様。ルナ様のいう赤は、王家では特別な意味を持ちます」

アイナの説明によると、王族の男性は名前にブルーメイルとあるように『青い鎧』を着用するそうだが、対する女性は『赤い鎧』を着用するのだそうだ。鎧には多少金や銀を使うそうだが、ほぼ

赤一色となっており、他の貴族が使ってはいけないということはないのだが、礼儀として正式な鎧に同じ色を使う場合、他の色を半分近く使うのだとか。ただ、一般人が使う鎧については、あまり色を気にする必要はないそうだ。

「なるほど……でもな、赤はやめた方がいい」

俺の言葉を聞いて、一番驚いていたのはティーダだった。おそらく、自分と対になる色をエイミィが身に着ける様を想像していたのだろう。若干恨めしそうな目で俺を見ている。対してルナとエイミィは、不思議そうな顔をしているが、特にそれ以上は思っていないようだ。ちなみに、俺の言葉にアムールとアイナは当然という顔で、他のメンバーは何故だかわからないといった顔をしていた。

「エイミィは将来、冒険者としても活動するつもりなんだろ？　その場合、赤い鎧は目立ちすぎる。逆に目立つ鎧で敵や標的を引き寄せるという奴もいるけど、冒険者は黒や茶色のような色の鎧で、相手に気がつかれないようにするのが基本だ」

例えば、将来エイミィが一番利用するであろうダンジョン内だと薄暗い所が多く、赤などの色は敵からも発見されやすいのだ。これは草原などでも同じで、獲物を狙おうにも赤は目立つので逃げられやすいし、飛行できる魔物に襲われやすい。

「それに対して王族は、戦争などの際にわざと周りから目立つ格好でいる必要がある。味方には『俺もここで戦っているぞ』、敵には『ここにお前たちの欲しがっている首があるぞ』……ってな」

その話を聞いたエイミィは驚いた顔をして、すぐに赤はやめると言った。それに釣られたようにルナも他の色に変えると言い出したが、アイナに王族の務めだと注意された。

結局エイミィは鎧の色を茶色がかった薄緑（前世で言うところのうぐいす色かオリーブ色）に決めた。

ちなみに鎧の色に関して言えば、俺とアイナは黒でジャンヌとアウラが鳶《とび》色、クリスさんが白、アムールが黒と黄色のトラ柄、アルバートは藍色、カインが灰色、リオンが深緑だ。最後の三人は、これが正式な色と決めているわけではないらしく、たまたま現在気に入っている色なのだそうだ。

それと、色のことでルナがアムールのトラ柄が目立つと言ったが、あの柄は動物（動物型の魔物含む）に対しては迷彩効果があるし、そもそも隠蔽効果のあるマジックアイテムでもあると言うと納得していた……というか、考えるのが面倒になったらしく、マジックアイテムだからそんなものだと思うことにしたみたいだった。

「武器はどうする？」

「先生のみたいな片刃で、短いのがいいです」

どうやら最近、学園でも刀の形をした武器が流行っているそうだ。まあ、エイミィは流行っていなくても片刃の武器がいいそうだが、ケリーは難しそうな顔をしていた。

「まあ、どうしてもというのならいいんだが……知ってるかい？　テンマが活躍してから刀に乗り換える奴が増えたけど、そのほとんどが早い段階で諦めて、元々使っていた武器に戻しているんだよ」

ケリーの話では、俺が大会で見せた刀の切れ味に魅力を感じ、多くの若い冒険者が刀を使うようになったそうだが、王都に出回っている刀の多くは鋳造したものを研いだだけというものが多いせいで、使用中にポッキリと折れたりぐにゃりと曲がったりしてしまう事態が多発したそうだ。

刀の本場ではない王都ということもあり、二流三流の品が多いというせいもあるが、たとえ一流の刀であっても使い方を知らないせいで、他の剣と強引に打ち合って刃を欠けさせたなどはよく聞く話なのだそうだ。そして、その修繕費だけで生活に困窮する冒険者もいたらしい。

それと、ケリー自身は数本しか刀を打っておらず、それらも練習の為ということで売りに出さずに全て処分したそうだが、鍛冶師仲間の中には、練習品《二流品》だと断った上で安価で売ったのにもかかわらず、すぐに折れる不良品を掴まされたと言われ、喧嘩沙汰になった人もいたそうだ。ただ、その喧嘩は鍛冶師の圧勝で終わったらしいけど……

ちなみにその鍛冶師は刀鍛冶の経験者で、作られた練習品は一流とまでは言えなくとも十分使えるものだったらしく、たまたま通りかかった南部の行商人によれば、「この品質の刀がその値段で買えることはまずない」とのことだったらしい。

「ラニさんか」

「ラニタンだ」

まず間違いなく、その行商人はラニさんだろう。刀が流行り始めたことに気がつき、商売になるかどうか見て回っていたと思われる。

「まあ、最後に決めるのはエイミィだけど、刀なら私は打たないぞ。少なくとも、売りものにするレベルのものが打てないからな」

ケリーに言われてどうしようかと迷っているエイミィに、俺はアドバイスすることにした。

「エイミィ、片刃であれば刀でなくともいいのなら、刀に似た形状の武器はあるぞ」

と言って、一本の刃物を工房の棚から取ってエイミィに見せた。

「鉈《なた》だ。これの仲間で『剣鉈』というのがあって、形だけを見るなら刀と似ているし、使い勝手もいいぞ」

刀に乗り換えて失敗した人たちは、おそらく引いて切らずに叩きつけるように使用した人たちだと思われる。この国には剣の重さと勢いを利用して叩き切る人が多いし、実際にその方が楽で技術もあまり必要ない。だが、刀くらいの薄さだと、その方法では折れたり曲がったりしても仕方がないと思う。

それに比べ鉈は、薪《まき》を割る時のように叩きつけることもあるし厚さもあるので、少々乱暴に扱っても折れないし曲がらない。それに、峰を使って鈍器のようにも使用でき、長さによってはナイフのように調理器具や工具としても使うことができる。

その説明を聞いたエイミィは剣鉈に興味が出たらしく、工房に剣鉈がないか探そうとしたが、ケリーから置いていないと言われて残念そうにしていた。とりあえず、鉈で確かめた感触が悪くないということで、武器は剣鉈という方向で進めるそうだ。

「素材は、俺が持っているやつを使うといい」

エイミィとケリーの話が素材までいったところで、処分予定だったものが入ったディメンションバッグをケリーに渡した。ケリーは渡されたバッグの中を覗き込んで、いくつか使えそうなものを引っ張り出している。

「こいつとこいつと、こいつも使えるな」

ケリーが取り出したのは魔鉄でできている武器や防具で、それらを再利用して剣鉈を何本か作るらしい。ケリーが素材を選んでいる間に、従業員の女性ドワーフがエイミィに色々な長さの棒を持たせ、板鉛などの重りを使って剣鉈の大まかな重心を決めていた。

「明後日くらいには剣鉈の試作品ができているだろうから、それくらいに来るといい。鎧の方はその後だな」

ケリーが今から製作準備に取りかかるというので、手付金を渡して皆で工房を後にした。見送りに出てくれた女性ドワーフの話によると、最近客が少なくて暇をしていたので、明後日どころか明日くらいには剣鉈が完成するだろうとのことだった。まあ、明後日と言われたので、明日来ることはないと思うが。

「これから用事がないなら、ギルドにでも行ってみようぜ！」

工房から少し離れた所で、リオンがそんな提案をしてきた。

「別にいいけど……皆はどうだ？」

俺がそう訊くと全員が頷いたので、このままギルドに向かうことにした。

そのまま歩くこと数十分。体が冷えてきた頃ようやくギルドに着いた俺たちは、寒さから逃げるように急ぎ足でギルドに入り、併設されている酒場に温かい飲み物を求めて直行した。

酒場には数人の冒険者が酒盛りをしていたが、クリスさん（身分の高そうな騎士）や俺と三馬鹿（貴族）がいたので、さすがに子供たちにちょっかいをかけるテンプレ冒険者は現れなかった。

それぞれが思い思いの飲み物を頼んで一息ついたところで、掲示板に貼られている依頼書を見てみたが、やはり時期的なこともあって、手軽な依頼はなかった。

「なあ、これを受けないか？」

リオンがアルバートとカインにそう言うと、

「悪い、今日の夜は予定が入っている」

「僕もだね」

即断られていた。その次に俺の方に目を向けていたが、

「寒いから、無理だ」

目が合った瞬間に断ってやった。寒い中、わざわざ外で活動したくはない。

こうしてギルドからすぐに去ることになったのだが、この時アルバートとカインが言っていた予定というのが女性絡みの予定だったそうで、そのことを知ったリオンは数日の間落ち込んでいたらしい。

なお、この時注文した剣鉈は、学園の演習でエイミィとティーダ（ちゃっかりお揃いのものを用意していた）が使用し好成績を収めたこともあり、学園内で一番使用される武器となった。

二人の剣鉈を作ったケリーの元には、二人と同じものを欲しがった学園生のみならず、噂を聞きつけた冒険者たちからの注文が殺到することになった。そして、増えた客の数に比例するように馬鹿な注文をする者の数も増え、俺は何度もケリーの愚痴に付き合わされることになるのだった。

特別書き下ろし

その後の影響

「控え室から出てこないで、何をしているのかしら？」

いくら表彰式を終えたからって、注目されていた選手が引きこもっていちゃ、観客は納得しないでしょうに。せめて、声援を送ってくれた人たちに手ぐらい振ってくれないと……この後の購買意欲が上がらないじゃないの！

「ちょっと！　誰も出てこないで、一体何してる……の？」

どうせ、相撲の話で盛り上がって、私や観客のことを忘れているのだろうと思っていたのだけど、控え室に入った私の目に飛び込んできたのは、熱烈な口付けを交わす妹と義弟だった。

しかも二人は、声をかけながら入ってきた私に全く気がついていないようで、口を離したと思ったら、今度は近距離で見つめ合ってから、二度目の口付けを開始した。

「あんたら……いい加減にしろ――――！」

思わず大きな声で叫んでしまったが、これは仕方のないことだろう。そして、私の声に驚いた係や警備の兵士が駆けつけてきたが、これも仕方がないだろう。悪いのは、この二人だ。

「な、何事だ！」

「えっ！　ええっ！　姉さん、何かあったの？　っていうか、いつからそこにいたの？」

こいつら……驚きながらも、離れるつもりはないらしい。むしろ、先ほどよりも強く抱き合っている。

「あんたたち。こんなところで何をしていたの？　それに、テンマやマーリン様はどこに行ったの？　あと、ついでにアムールも」

この二人がしていたことなんて、さっきまでの行いを見ていれば簡単に想像はつくからどうでもいい……というか訊きたくないけど、いない三人がどこに行ったのかは知っておかなければならない……というのに、

「三人？　そう言えば……見てないな？」

「ええ。一体、どこに行ったのかしら？　もしかして……部屋を間違えているとか？」

「そんなわけないでしょ！」

二人は、色ボケがひどすぎて周りが見えていなかったみたいだ。こいつらでは話にならないと思い、誰か三人の行方を知っている者はいないかと、控え室の近くを歩いていた係を捕まえて訊いてみると、三人は少し前に早足で部屋から出て行ったとのことだった。

「つまり、二人の奇行が見るに堪えないものだったから、気分直しを兼ねて外に遊びに行ったというわけね」

色ボケの二人は、揃って心外だとでも言いたそうな顔で私を睨んでいるが、この場にいる係や警備の兵士は静かに頷いていた。それにしても、二人はそんな顔をする前に、自分たちの体勢を見直してほしい。どんな不満があろうとも、お姫様抱っこの状態のままでは、奇行と言われても仕方がないだろうに。

「はぁ……もういいわ。三人が遊びに行ったばかりということなら、しばらくは戻って来ないでしょう。この後のことで話し合いたいこともあったけど、それは後で機会をつくりましょう。ブランカも疲れているでしょうから、サナと一緒に帰っていいわよ。ただし、何かあったら連絡するから、その時はすぐに屋敷に来るようにね」

私がそう言うと、二人は頷いて控え室を出て行った。

「ハナ様。よろしかったのですか？」

兵士の一人が心配そうな顔でそんなことを言っていた。

「よろしいもなにも、ブランカは子爵家の最上の結果を出してくれたじゃない。そのご褒美じゃないけど、サナと二人でゆっくり過ごさせる時間を作るくらいはしてあげないと。まあ何かあっても、私とあの人……私と屋敷の者たちがいつもより少しだけ頑張れば、大抵のことは二人を呼ばなくても何とかなるでしょ」

さすがに走龍や複数のワイバーンがやってきたら、二人どころかテンマやマーリン殿にも協力を要請しなければならないだろうけど、それ以外の問題なら私たちだけで対応できるだろう。

私はそんなふうに考えていたが、兵士が心配していたのはそのことではないらしい。

「いえ、私が心配しているのはそちらのことではなく、お二人をあの状態のままで帰らせてもいいのかということです」

「あの状態……あっ！」

そう言われて二人のことを思い出してみると、あの時頷いたのは二人だったけど、控え室を出る時の足音は一つだった。つまり、

「あの二人……抱き合ったまま出て行った……わよね？」

思い違いであってくれ！　と、奇跡を願ったが、その願いは兵士や係が揃って頷いたことで打ち砕かれた。

「すぐに二人を呼び戻して！　って、もう遅いわよね……」

二人が出て行ってから大して時間は経っていないが、外に出るには十分すぎる時間であり、二人の痴態を晒すにも十分すぎる時間だ。しかも、そんな二人を無理に回収すれば、それはそれで変な噂が立ってしまうかもしれない。

「せめて何らかの奇跡……ワイバーンの群れがやってくるとか、走龍が暴れ回るとかしないかしら……そうすれば、二人のことなんか気にする余裕はないだろうし……」

それはそれで大変なことになるかもしれないが、今のナナオにはテンマやマーリン殿がいるから大丈夫……とか、冗談でも口に出せないわよね……さっきの言葉も口に出していいものではなかったし……

「よし！　こうなったら……諦めて帰りましょう！　お疲れ様！」

全てを諦めた私は、兵士や係が唖然としているうちにその場を逃げ出した。できればアムールたちのように、街中を歩き回っておいしい屋台を探して、お酒を飲んで気分直し……いや、現実逃避したいところだけど、そんなことが許される立場ではないのは理解している。

「あの人が隠し持っているお酒で我慢しましょうか。確か、五〇年ものの焼酎があったわね」

マーリン殿に取られ……譲ったものには劣るけれど、その代わりがぶ飲みしても心は傷まない。

それが他人の物なら尚更ね。

「そこのあなた。悪いけど、そこら辺の屋台から、お酒のつまみになりそうなものを適当に買ってきて、屋敷に届けてちょうだい。残ったらお小遣いにしていいから」

控え室を出て最初に見かけた係に頼んで、お酒のおつまみを買ってきてもらうことにした。普通なら、こんなことは頼まないけど、あの二人を見た人たちの反応を見たくなかったのだ。係は少し戸惑っていたようだが、私の様子から何らかの事情があるのだろうと判断してくれたようで、黙って頷いて買い物に行ってくれた。

「はぁ～……これからのことを考えると、嬉しいやら悲しいやら、恥ずかしいやら頭が痛いやら、何やらかんやらで……飲まずにはいられないわね」

ブランカとサナの痴態がどこまで……少なくとも、ナナオ全体には広がったと見た方がいいわね。そのことで二人が笑われるのは仕方がないだろうけど、私まで巻き添えにされるのは我慢できないのよね……一般の人たちは言わないだろうけど、心の中では笑うだろうし、仲のいい上位者たちは絶対に……それこそ、指差して笑いながらお酒の肴にするでしょうね。

「そんなことされたら……私、暴れちゃうかも？」

自虐気味に笑うと、部屋の扉からカタカタカタカタという音が鳴り、誰かが忍び足で離れていった。

「大きなネズミね……一緒にお酒を飲みたかったのかしら？　それとも、お酒を取り戻しに来たのかしら？」

逃げたネズミは役に立たないから、最悪の場合は上位者たちに、私の代わりの生贄として差し出そうかしら？

「それが一番いいかもね。私は実務担当、ネズミはお笑い担当で」

そんな独り言を言っていると、外から兵士が「ハナ様。サナ様とブランカ様のことで、住人の一部から苦言が届いております」と声をかけてきた。どうやら、悪夢が想像より早くやってきたようだ。

「聞こえなかったふりして、このまま寝てしまおうかしら？」

まあ、そんなことができるはずもなく、私は部下たちに連れ出され、苦言に対応する羽目になったのだった。

～一年後～

「あら？　今年は例年よりも多くの子供が生まれたのね。それに、夫婦の数も増えているわ」

これは領主としてはとても嬉しい話だ。しかし、その理由を知ろうと詳しく調べてみると、

「あの二人が原因というのは、ちょっと……いや、かなり複雑な気持ちね……」

あの日の二人のいちゃついている姿に刺激を受けたカップルや夫婦が多く存在し、夫婦や子供が増えるきっかけになったという事実に、あの時色々と苦労させられ、心が荒みかけていた私としては、心の底から素直に喜べないのだった。

異世界転生の冒険者⑧／完

あとがき

お久しぶりです。初めに何書いたらいいか思い浮かばなかった、作者のケンイチです。

カバーのコメントにも書いたとおり、WEBのストックがだんだんと尽きてきていたり、なのに話が書けなかったりで、焦ることが多くなってきました……。

まあ、そんなことはどこかに置いといて……今回の話は、テンマが依頼で南部自治区へと向かう途中から始まりました。この話は、アムールが出てきた時から書こうと思っていたので、話の筋書き自体は割と早くからできていました。ただ、その筋書きだと、ロボ名誉子爵は豪放磊落といった性格をしていました。それがなんであんな性格になってしまったかというと、単に最初に考えていた設定を忘れていたからです。あとでWEBの方で読者に指摘されて、焦った記憶があります。

その他に記憶に残っているのは、獣顔の獣人の隠れ里の話を書いている最中に送られてきた、『ガラット』のデザインです。ネムさんがガラットのデザインは二通り考えてくれて、そのうちの一つが『獣顔のガラット』でした。獣顔のガラットのデザインも良くて、担当さんも押していたのですが、丁度WEBの方で隠れ里の話を投稿しており、その中で『迫害された者たちの里』みたいな設定で書き進めていました。その為、人間顔のガラットの方を採用させてもらったのですが、いずれは『獣顔』の方も使う機会を作りたいと思っています。

話を戻しますが、個人的な第8巻の目玉はズバリ、『ハナとサナ』のキャラデザです！ ハナのキャラデザを見た時、「アムールが成長したら、こんな感じなのか」と思い、サナを見た時、「美女と野獣だな」と思いました。そしてカバーデザインを見た時には、「新しいヒロインが、二人も増えた！」と思いました。ついでに、「裏表紙からブランカが睨んでるｗ」とも。つまり、目玉と言っていますが、全てネムさんのお力です！　……というのもちょっとまずい気がするので、次点として、南部編の隠れ里の話と、王都編のエイミィの話を上げておきます。

隠れ里の長の話の中で、テンマを昔襲った獣顔の獣人の話に触れていますが、これは第1巻に書き下ろした話に対してなので、ＷＥＢには書いておりません。書籍オリジナルです！

エイミィの話の方は、乙女ゲームをやったことがないので想像で書きましたが、まあまあ形にはなったのではないかと思います。エイミィを主人公として、ティーダ、テンマ、三馬鹿が攻略対象といった感じでしょうか？　隠しキャラでライル。バッドエンドの、ルナのズッ友まではカバーできそうです。

といったところで、第8巻を応援してくれた読者様、企画してくださった担当さん、マッグガーデン様、最高のキャラデザを考えてくれたネムさん、漫画を担当してくれているしばの番茶さん、皆様のおかげで『異世界転生の冒険者』はシリーズ10冊目を迎えることができました。本当にありがとうございます。これからも、どうぞよろしくお願いします。

ケンイチ

MAG Garden NOVELS

異世界転生の冒険者 ⑧

発行日　2020年2月25日 初版発行

著者 ケンイチ　イラスト ネム

発行人　保坂嘉弘

発行所　株式会社マッグガーデン

〒102-8019 東京都千代田区五番町 6-2
ホーマットホライゾンビル 5F

編集 TEL：03-3515-3872　FAX：03-3262-5557

営業 TEL：03-3515-3871　FAX：03-3262-3436

印刷所　株式会社廣済堂

装　幀　ガオーワークス

ISBN978-4-8000-0934-0 C0093

著者へのファンレター・感想等は弊社編集部書籍課「ケンイチ先生」係、「ネム先生」係までお送りください。